戦《せん》国《ごく》武《ぶ》将《しょう》物《もの》語《がたり》

真《さな》田《だ》幸《ゆき》村《むら》

風《ふう》雲《うん》！ 真《さな》田《だ》丸《まる》

小沢章友／作　流石 景／絵

講談社 青い鳥文庫

もくじ

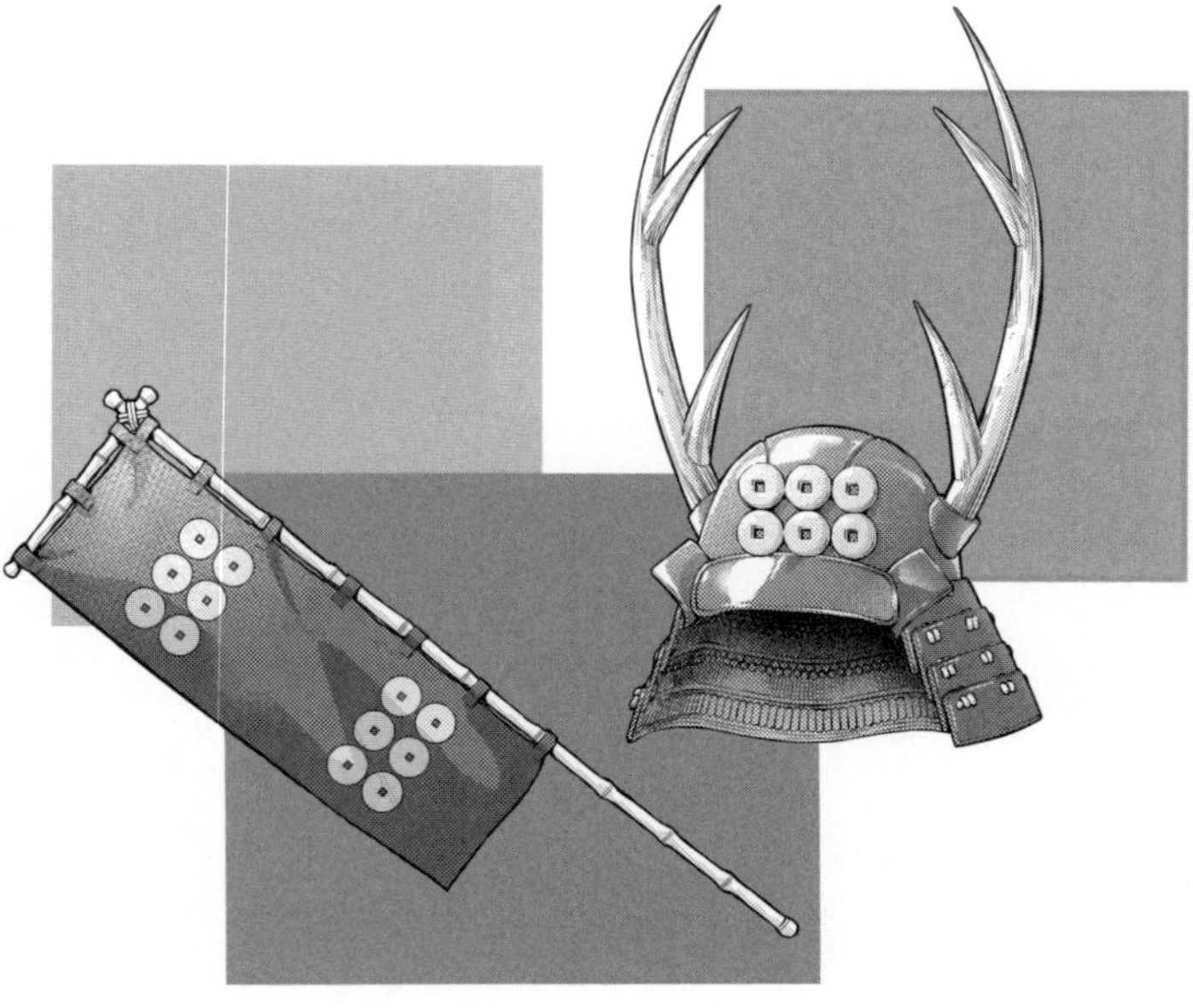

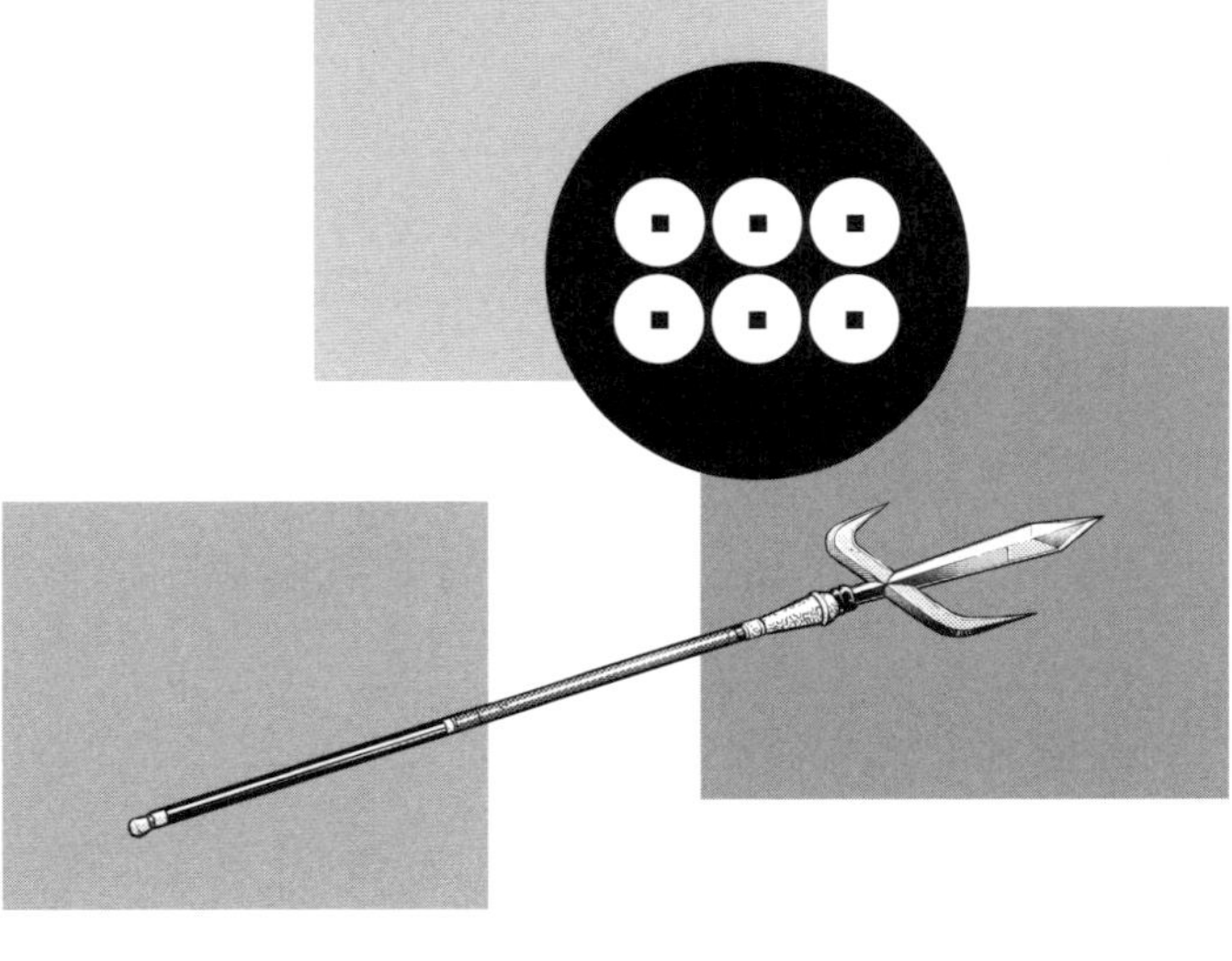

この物語《ものがたり》の舞台《ぶたい》

幸村《ゆきむら》が活躍《かつやく》したのは、織田信長《おだのぶなが》が本能寺《ほんのうじ》の変《へん》で倒《たお》れ、豊臣秀吉《とよとみひでよし》がそのあとを継《つ》いで台頭《たいとう》してきたころ。名《な》だたる武将《ぶしょう》たちが天下《てんか》をねらう、群雄割拠《ぐんゆうかっきょ》の時代《じだい》でした。

戸石城《といしじょう》（砥石城《といしじょう》）

幸村《ゆきむら》の祖父《そふ》・幸隆《ゆきたか》が攻略《こうりゃく》し、武田信玄《たけだしんげん》より与《あた》えられた山城《やまじろ》。真田軍《さなだぐん》の拠点《きょてん》のひとつ。

名胡桃城《なぐるみじょう》

幸村《ゆきむら》の父《ちち》・昌幸《まさゆき》が武田勝頼《たけだかつより》の命《めい》により築城《ちくじょう》。沼田城攻略《ぬまたじょうこうりゃく》の拠点《きょてん》とした。

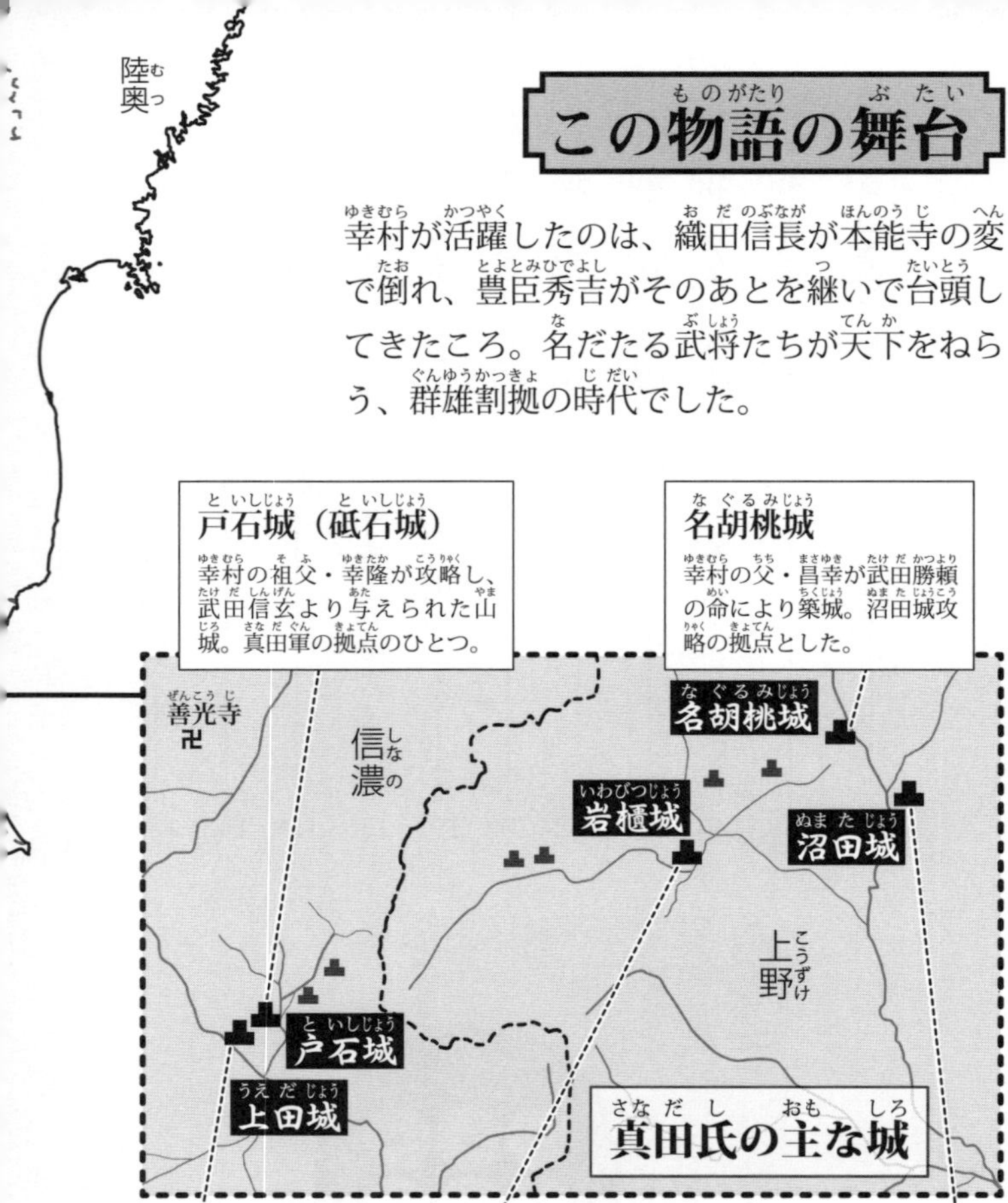

岩櫃城《いわびつじょう》

幸村《ゆきむら》の父《ちち》・昌幸《まさゆき》が武田《たけだ》勝頼《かつより》の命《めい》により攻略《こうりゃく》。これにより、武田氏《たけだし》が上州《じょうしゅう》を制《せい》した。

上田城《うえだじょう》

幸村《ゆきむら》の父《ちち》・昌幸《まさゆき》が真田家《さなだけ》の本拠地《ほんきょち》として築《きず》いた。城下町《じょうかまち》の広《ひろ》がる平城《ひらじろ》。徳川家康《とくがわいえやす》の大軍《たいぐん》を破《やぶ》った「神川《かんがわ》の戦《たたか》い」の本陣《ほんじん》。

沼田城《ぬまたじょう》

上杉謙信《うえすぎけんしん》が支配《しはい》していたが、謙信《けんしん》の死後《しご》、北条氏政《ほうじょううじまさ》が攻《せ》め落《お》とした。のち、幸村《ゆきむら》の父《ちち》・昌幸《まさゆき》が攻略《こうりゃく》。

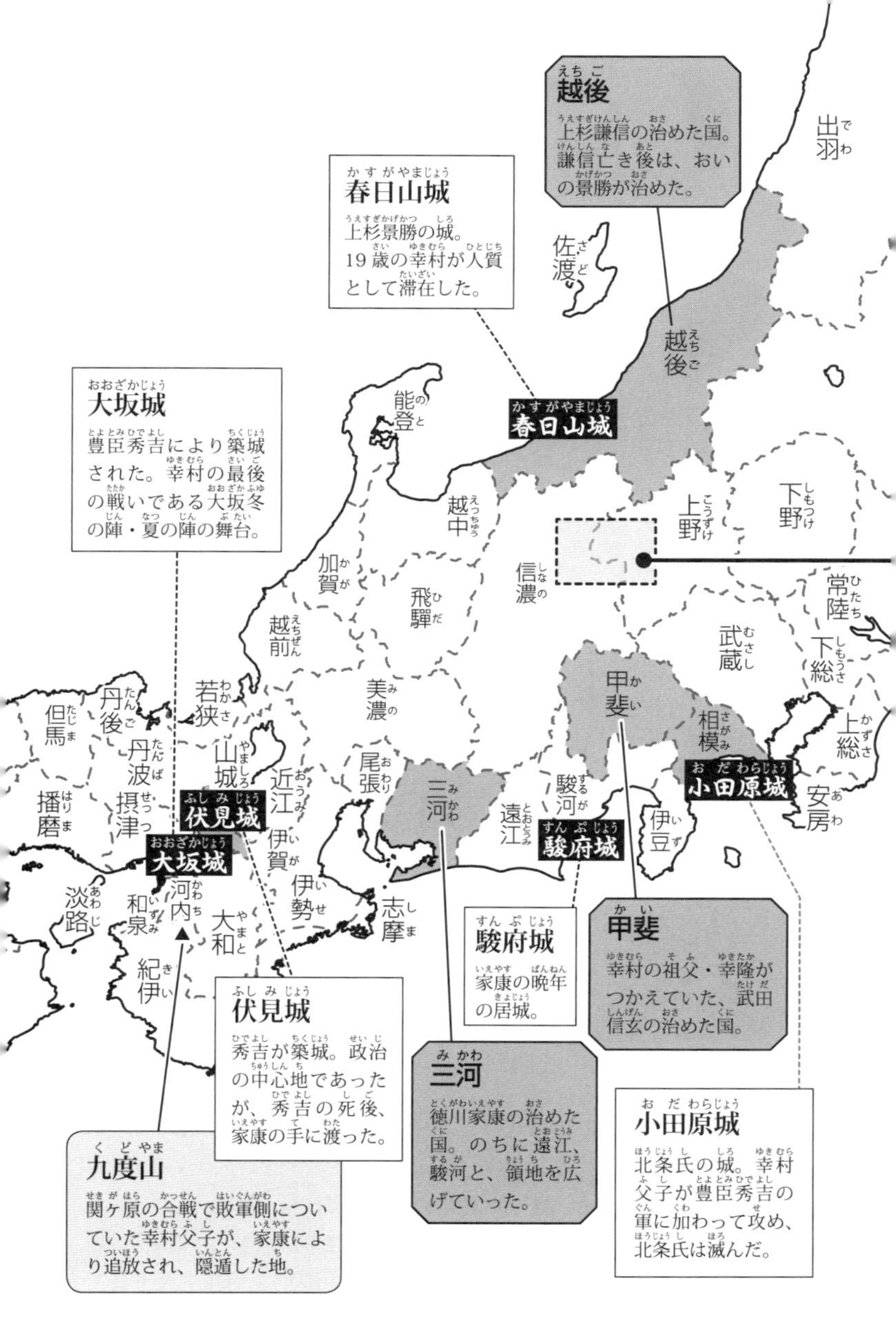

越後《えちご》
上杉謙信《うえすぎけんしん》の治《おさ》めた国《くに》。謙信《けんしん》亡《な》き後《あと》は、おいの景勝《かげかつ》が治《おさ》めた。
春日山城《かすがやまじょう》
上杉景勝《うえすぎかげかつ》の城《しろ》。19歳《さい》の幸村《ゆきむら》が人質《ひとじち》として滞在《たいざい》した。
大坂城《おおざかじょう》
豊臣秀吉《とよとみひでよし》により築城《ちくじょう》された。幸村《ゆきむら》の最後《さいご》の戦《たたか》いである大坂冬《おおざかふゆ》の陣《じん》・夏《なつ》の陣《じん》の舞台《ぶたい》。
出羽《でわ》
佐渡《さど》
越後《えちご》
能登《のと》
春日山城《かすがやまじょう》
越中《えっちゅう》
上野《こうずけ》
下野《しもつけ》
加賀《かが》
飛騨《ひだ》
信濃《しなの》
常陸《ひたち》
越前《えちぜん》
武蔵《むさし》
下総《しもうさ》
甲斐《かい》
若狭《わかさ》
美濃《みの》
丹後《たんご》
但馬《たじま》
相模《さがみ》
丹波《たんば》
山城《やましろ》
近江《おうみ》
尾張《おわり》
上総《かずさ》
播磨《はりま》
摂津《せっつ》
伏見城《ふしみじょう》
三河《みかわ》
遠江《とおとうみ》
駿河《するが》
伊豆《いず》
小田原城《おだわらじょう》
安房《あわ》
大坂城《おおざかじょう》
伊賀《いが》
駿府城《すんぷじょう》
淡路《あわじ》
和泉《いずみ》
河内《かわち》
伊勢《いせ》
志摩《しま》
大和《やまと》
紀伊《きい》
伏見城《ふしみじょう》
秀吉《ひでよし》が築城《ちくじょう》。政治《せいじ》の中心地《ちゅうしんち》であったが、秀吉《ひでよし》の死後《しご》、家康《いえやす》の手《て》に渡《わた》った。
駿府城《すんぷじょう》
家康《いえやす》の晩年《ばんねん》の居城《きょじょう》。
甲斐《かい》
幸村《ゆきむら》の祖父《そふ》・幸隆《ゆきたか》がつかえていた、武田《たけだ》信玄《しんげん》の治《おさ》めた国《くに》。
三河《みかわ》
徳川家康《とくがわいえやす》の治《おさ》めた国《くに》。のちに遠江《とおとうみ》、駿河《するが》と、領地《りょうち》を広《ひろ》げていった。
九度山《くどやま》
関ヶ原《せきがはら》の合戦《かっせん》で敗軍側《はいぐんがわ》についていた幸村父子《ゆきむらふし》が、家康《いえやす》により追放《ついほう》され、隠遁《いんとん》した地《ち》。
小田原城《おだわらじょう》
北条氏《ほうじょうし》の城《しろ》。幸村《ゆきむら》父子《ふし》が豊臣秀吉《とよとみひでよし》の軍《ぐん》に加《くわ》わって攻《せ》め、北条氏《ほうじょうし》は滅《ほろ》んだ。

おもな登場人物《とうじょうじんぶつ》

真田《さなだ》昌幸《まさゆき》

甲斐《かい》の武田信玄《たけだしんげん》の家臣《かしん》となった地方領主《ちほうりょうしゅ》、真田幸隆《さなだゆきたか》の三男《なん》。信玄《しんげん》・勝頼《かつより》の２代《だい》に仕《つか》える。兄《あに》が戦死《せんし》したため真田家《さなだけ》を継《つ》ぐ。

真田《さなだ》幸村《ゆきむら》

甲斐《かい》の国《くに》（現在《げんざい》の山梨県《やまなしけん》）の武田《たけだ》家《け》の足軽大将《あしがるだいしょう》・真田昌幸《さなだまさゆき》（当時《とうじ》の名《な》は武藤喜兵衛《むとうきへえ》）の次男《じなん》として生《う》まれる。

真田《さなだ》信幸《のぶゆき》

昌幸《まさゆき》の長男《ちょうなん》。幸村《ゆきむら》の一歳上《さいうえ》の兄《あに》。

徳川《とくがわ》家康《いえやす》

三河《みかわ》の国《くに》（愛知県《あいちけん》の東部《とうぶ》）の小大名《しょうだいみょう》の家《いえ》に生《う》まれる。数々《かずかず》の戦国大名《せんごくだいみょう》が勢力《せいりょく》を競《きそ》うなか、着実《ちゃくじつ》に領地《りょうち》を広《ひろ》げて力《ちから》をたくわえ、秀吉《ひでよし》の死後《しご》、天下《てんか》を手《て》にする。

豊臣《とよとみ》秀吉《ひでよし》

尾張《おわり》の国《くに》（愛知県《あいちけん》の西部《せいぶ》）の足軽《あしがる》（身分《みぶん》のとても低《ひく》い武士《ぶし》）の家《いえ》に生《う》まれる。織田信長《おだのぶなが》のもとで、武士《ぶし》への道《みち》をきりひらき、信長《のぶなが》の死後《しご》、その後継《こうけい》の地位《ちい》を得《え》て、天下統一《てんかとういつ》をはたす。1583年《ねん》に大坂城《おおざかじょう》を築《きず》く。

第《だい》一章《しょう》　嵐《あらし》の子《こ》

嵐《あらし》だった。

永禄《えいろく》十年《ねん》（一五六七年《ねん》）の五月十日《がつとおか》、甲府《こうふ》の地《ち》はすさまじい嵐《あらし》におそわれた。

うなりをあげて、風《かぜ》が森《もり》の木々《きぎ》をなぎたおさんばかりに吹《ふ》き荒《あ》れ、はげしい勢《いきお》いで、雨《あま》つぶが降《ふ》りしきった。雨《あめ》を切《き》りさいて、稲妻《いなずま》が光《ひか》り、雷鳴《らいめい》がとどろいた。

屋敷《やしき》が嵐《あらし》につつまれているなか、白《しろ》い細面《ほそおもて》をつらそうにしかめて、母《はは》の山手《やまのて》は赤子《あかご》が生《う》まれる痛《いた》みをこらえつづけた。

一年半前《ねんはんまえ》に長男《ちょうなん》の源三郎《げんざぶろう》が生《う》まれたときは、これほど大変《たいへん》ではなかった。空《そら》はよく晴《は》れていたし、赤子《あかご》もつつがなく誕生《たんじょう》した。

しかし、今度《こんど》のお産《さん》は様子《ようす》がちがっていた。どうしてか赤子《あかご》がなかなか生《う》まれでようとしなかったのだ。しかも、外《そと》ははげしい嵐《あらし》だった。

「もう少《すこ》しのしんぼうでございますよ。」

お産《さん》を手伝《てつだ》う女《おんな》たちは、山手《やまのて》をはげましつづけた。

だが、赤子《あかご》はなかなか生《う》まれなかった。

稲妻《いなずま》はひらめき、雷鳴《らいめい》はとどろき、雨《あめ》が降《ふ》りしきり、風《かぜ》がうなりをあげて吹《ふ》き荒《あ》れた。そして、嵐《あらし》がさらにはげしくなったとき、ようやく赤子《あかご》は生《う》まれた。

「ようよう、お生《う》まれになったぞ。」

手伝《てつだ》いの女《おんな》たちはよろこびの声《こえ》をあげた。

「ほんに、このような嵐《あらし》のなか、お生《う》まれになるとはのう。」

「さぞ、強《つよ》いお子《こ》になろうぞ。」

「さ、はよう、お湯《ゆ》を。」

角盥《つのだらい》のお湯《ゆ》で清《きよ》められると、赤子《あかご》は元気《げんき》よく泣《な》いて、手足《てあし》をばたつかせた。

ふしぎにも、赤子《あかご》が生《う》まれると、ときを同《おな》じくして、嵐《あらし》がやんだ。あれほどすさまじく吹《ふ》き荒《あ》れていた風《かぜ》がしずまり、稲妻《いなずま》も、雷鳴《らいめい》も、雨《あめ》もやんだのだ。まるで、天地《てんち》が赤子《あかご》の誕生《たんじょう》を祝《いわ》うかのように、しずまったのである。

「おお、生《う》まれたか。」

このとき、甲斐武田家《かいたけだけ》の足軽大将《あしがるだいしょう》だった、二十歳《はたち》の武藤喜兵衛《むとうきへえ》は、白《しろ》い産着《うぶぎ》にくるまれた赤子《あかご》を、たくましい腕《うで》でだきあげて、いった。

「そなた、よき顔《かお》をしておる。」

まだ赤子《あかご》であるにもかかわらず、その顔《かお》は、きりりとした眉《まゆ》をしていて、目《め》が大《おお》きく、鼻筋《はなすじ》がすっと通《とお》っていたのだ。

「これほど気品《きひん》のある、かしこそうな赤子《あかご》は、見《み》たことがないぞ。」

母《はは》の山手《やまのて》は、うれしそうにうなずいた。

「そうでございますか。」

「わしにはわかるぞ。」

喜兵衛《きへえ》は赤子《あかご》をあやしながら、いった。

「このような嵐《あらし》の日《ひ》に生《う》まれたそなたは、おおいなる運命《うんめい》をもっているにちがいない。きっと嵐《あらし》をよび、嵐《あらし》をしずめる、おおいなる運命《うんめい》をあたえられているのだ。」

「まあ。」

山手《やまのて》はほほえんだ。

「そうだ。そなたは、その顔《かお》にふさわしく、知恵《ちえ》と勇気《ゆうき》をそなえた、すぐれた武将《ぶしょう》になる。世《よ》にふたりといない、強《つよ》さとかしこさをそなえた武将《ぶしょう》になる。わしは、そう信《しん》じておる。」

喜兵衛《きへえ》は、赤子《あかご》の顔《かお》をのぞきこんで、いった。

のちの世《よ》に、「日本一《ひのもといち》の兵《つわもの》」であり、「ふしぎなる弓取《ゆみと》り」と称《しょう》された、真田源次郎信繁《さなだげんじろうのぶしげ》(おさないときの名《な》は弁丸《べんまる》。のちに幸村《ゆきむら》とよばれる)は、こうして永禄《えいろく》十年《ねん》の五月十日《がつとおか》、嵐《あらし》の日《ひ》に生《う》まれたのである。

弁丸《べんまる》はすくすくと育《そだ》っていった。

ひとつ年上《としうえ》の兄《あに》である源三郎《げんざぶろう》とは、ときおり、小《ちい》さなけんかもしたが、仲《なか》はよかった。たがいに武芸《ぶげい》や学問《がくもん》にはげみながら、成長《せいちょう》していった。

ものごころついたころから、弁丸《べんまる》には、ある傾向《けいこう》が見《み》られるようになった。弁丸《べんまる》は、ほうっておけば、外《そと》に出《で》て、大空《おおぞら》を見上《みあ》げるようになったのである。

室内《しつない》にいるよりも、外《そと》にいるのが好《す》きで、館近《やかたちか》くの小高《こだか》い丘《おか》にのぼっては、胸《むね》いっぱいに呼吸《こきゅう》をしながら、あきずに空《そら》を見上《みあ》げているのだった。

「弁丸《べんまる》、また空《そら》を見《み》ているのか。」

兄《あに》の源三郎《げんざぶろう》は、よくからかった。

「いったい、なにが見《み》えるのだ。」

弁丸《べんまる》はほほえみ、こたえなかった。

「まさか、雲《くも》が敵《てき》になっておそってくるとでもいうのか。」

源三郎《げんざぶろう》はからかうようにいった。

「おまえは、いつもなにか夢《ゆめ》を見《み》ているようだな。」

しかし、兄《あに》にいくらからかわれても、弁丸《べんまる》は気《き》にしなかった。

弁丸《べんまる》は、空《そら》が好《す》きだった。

あけぼのの光《ひかり》がみちあふれている空《そら》。午後《ごご》の光《ひかり》がまばゆいほどにかがやいている空《そら》。鳥《とり》が飛《と》び交《か》い、鳴《な》いている空《そら》。白《しろ》い雲《くも》がうかんで、ゆうゆうと流《なが》れている空《そら》。どんよりと灰色《はいいろ》に曇《くも》った空《そら》。そよ風《かぜ》が吹《ふ》いている空《そら》。はげしい風《かぜ》が吹《ふ》きすさぶ空《そら》。しとしとと雨《あま》つぶを降《ふ》り落《お》とす空《そら》。白《しろ》い雪《ゆき》がひらひらと舞《ま》い落《お》ちてくる空《そら》。

どの季節《きせつ》にも、それぞれの美《うつく》しい空《そら》があり、どの日《ひ》にも、それぞれの姿《すがた》かたちを見《み》せる空《そら》があった。

丘《おか》の上《うえ》に立《た》ち、弁丸《べんまる》は、なにかにじっと耳《みみ》を澄《す》ませるようにして、つぶらな瞳《ひとみ》で、空《そら》を見《み》つめるのだった。とりわけ、弁丸《べんまる》が好《す》きだったのは、夜《よる》の星空《ほしぞら》だった。

春夏秋冬《しゅんかしゅうとう》、そこには、数《かず》かぎりない星《ほし》がかがやいていた。

明《あか》るい星《ほし》。暗《くら》い星《ほし》。大《おお》きな星《ほし》。小《ちい》さな星《ほし》。またたいている星《ほし》。流《なが》れていく星《ほし》。天空《てんくう》いっぱいにかがやいている星《ほし》を見《み》ていると、弁丸《べんまる》には、それらの星々《ほしぼし》がなにかを告《つ》げているような気《き》がするのだった。

（なんだろう。）

弁丸《べんまる》は思《おも》うのだった。

（あれらの星《ほし》は、なにをわたしに告《つ》げているのだろう……。）

そして、弁丸《べんまる》が六歳《さい》（数《かぞ》え年《どし》）のときだった。

「弁丸《べんまる》。まだねむらずに、星《ほし》を見《み》ているのか。」

父《ちち》の喜兵衛《きへえ》が、庭《にわ》に出《で》て、夜空《よぞら》を見上《みあ》げている弁丸《べんまる》に、声《こえ》をかけた。

「そなたは、星《ほし》を見《み》るのが、そんなにも好《す》きなのか。」

喜兵衛《きへえ》にたずねられると、弁丸《べんまる》はうなずいた。

「はい。」

「星《ほし》には、北斗《ほくと》の星《ほし》を中心《ちゅうしん》にして、そのひとつひとつに、名《な》があるという。」

喜兵衛《きへえ》はいった。

「そなたはそれらの名《な》を知《し》って、ながめているのか。」

「いいえ。わたしは、星《ほし》の名《な》をなにひとつ知《し》りません。でも、星《ほし》を見《み》ていると、またたく星《ほし》のいくつかが、わたしになにかを語《かた》っているように思《おも》えるのです。」

「なにか、とは？」

「それがなにかは、まだ、わかりません。」

弁丸《べんまる》は首《くび》をふって、いった。

「でも、そのときどきで、星《ほし》がなにかをわたしに告《つ》げている。そんな気《き》がしてならないのです。」

「そうか。」

喜兵衛《きへえ》はほほえんだ。

「そなたはいつか、あの中国《ちゅうごく》、三国時代《さんごくじだい》の軍師《ぐんし》、諸葛孔明《しょかつこうめい》のような、星《ほし》を見《み》て、天命《てんめい》をさとる者《もの》となるのかもしれないな。」

(諸葛孔明《しょかつこうめい》か。)

弁丸《べんまる》は思《おも》った。

(天才的《てんさいてき》な戦法《せんぽう》をもちいて、少《すく》ない兵《へい》で、大軍《たいぐん》を打《う》ちやぶったという、あの諸葛孔明《しょかつこうめい》のように、わたしもなれるのだろうか……。)

そのうち、弁丸《べんまる》は、北《きた》の一点《いってん》でかがやいているひとつの星《ほし》に、なぜかひきつけられるのを感《かん》じるようになった。

その星《ほし》は、青《あお》いふしぎな光《ひかり》をたたえていて、ときおり、弁丸《べんまる》に合図《あいず》するかのように、またたくのだった。

(あれが北斗《ほくと》の星《ほし》なのだろうか。いや、ちがう。あれは、きっと、わたしの星《ほし》だ。わたしをみちびく星《ほし》にちがいない。)

その星《ほし》には、東西南北《とうざいなんぼく》の位置《いち》に、まるで、武将《ぶしょう》たちが大将《たいしょう》につきしたがうように、四つの星《ほし》がかがやいていた。青《あお》い星《ほし》を中心《ちゅうしん》として、十字形《じゅうじがた》にかがやいている五つの星《ほし》。

「わたしの北十字星《きたじゅうじせい》。」

弁丸《べんまる》は、ひそかにそれら五つの星《ほし》を、北十字星《きたじゅうじせい》とよび、夜《よ》ごと、その星《ほし》をながめるようになった。

第《だい》二章《しょう》　六文銭《ろくもんせん》の旗《はた》

天正元年《てんしょうがんねん》（一五七三年《ねん》）の秋《あき》の日《ひ》だった。

真田《さなだ》の本城《ほんじょう》である、信州《しんしゅう》の戸石城《といしじょう》から、祖父《そふ》の幸隆《ゆきたか》がやってきた。

「よくぞ、いらしてくださいました。」

弁丸《べんまる》あらため、七歳《さい》の源次郎信繁《げんじろうのぶしげ》があいさつに行《い》くと、幸隆《ゆきたか》は、「うむ。」とうなずいた。そして、手《て》まねきした。

「信繁《のぶしげ》、近《ちか》くへまいれ。」

「はい。」

幸隆《ゆきたか》はしわがれた声《こえ》でいった。

「そなたは、星《ほし》を見《み》るのが好《す》きだと、喜兵衛《きへえ》から聞《き》いた。」

「はい。好《す》きでございます。」

「そうか。」

幸隆《ゆきたか》は、じいっと信繁《のぶしげ》を見《み》すえて、いった。

「そなたは、じつに澄《す》んだ目《め》をしておる。その目《め》は、この乱世《らんせい》にあっては、えがたい。」

それから、幸隆《ゆきたか》はいった。

「よく聞《き》け、信繁《のぶしげ》。心根《こころね》がやさしく、夢見《ゆめみ》がちだというそなたに、どうしてもつたえておきたいことがある。」

「なんでございますか。」

幸隆《ゆきたか》は、ふところから、旗印《はたじるし》をとりだして、床《ゆか》にひろげた。それは、一文銭《いちもんせん》が六つならんだ六《ろく》文銭《もんせん》の旗印《はたじるし》だった。

「これは、われら真田家《さなだけ》の旗印《はたじるし》じゃ。」

「はい。」

「われら真田家《さなだけ》の家紋《かもん》と旗印《はたじるし》が、なぜ、六文銭《ろくもんせん》なのか、そなた知《し》っておるか。」

信繁《のぶしげ》は首《くび》をふった。

「いえ、知《し》りませぬ。」

「よし、では教《おし》えてやろう。それは、真田《さなだ》という一族《いちぞく》に、あたえられた運命《うんめい》のしるしなのじゃ。よいか。この六つの銭《ぜに》は、六道《ろくどう》の銭《ぜに》なのじゃ。」

幸隆《ゆきたか》は、長《なが》いあいだ戦《たたか》ってきたあかしともいうべき、戦《いくさ》の刀傷《かたなきず》が、ひたいにも、ほおにもきざまれている、六十一歳《さい》のしわだらけの顔《かお》で、信繁《のぶしげ》を見《み》つめた。

「六道《ろくどう》の銭《ぜに》？」

「六道《ろくどう》とはな、仏道《ぶつどう》が教《おし》える、六つの道《みち》（世界《せかい》）じゃ。それはな、死《し》んだあと、その魂《たましい》が行《い》く、地獄《じごく》、餓鬼《がき》、畜生《ちくしょう》、修羅《しゅら》、人間《にんげん》、天上《てんじょう》の六つの道《みち》じゃ。」

幸隆《ゆきたか》は、つぶらな目《め》を見《み》ひらいている信繁《のぶしげ》に、いった。

「よいか。いまでこそ、われらは人間界《にんげんかい》というところに生《い》きておる。だが、死《し》ぬと、それは変《か》わる。われらがそのあと、どこへ行《い》くかは、わからぬのじゃ。ふたたび人間《にんげん》となって生《う》まれ変《か》わる者《もの》もおる。天人《てんにん》となって、天上《てんじょう》へ行《い》く者《もの》もおる。だが、そうはならぬこともある。おそろしい鬼《おに》のいる地獄《じごく》へつき落《お》とされるかもしれぬ。みじめな餓鬼《がき》というものに生《う》まれ変《か》わる者《もの》もおる。あるいは、獣《けもの》になったり、あるいは、修羅《しゅら》になって、すさまじい世界《せかい》をさまよわなくてはならぬかもしれぬ。」

信繁《のぶしげ》は、祖父《そふ》の顔《かお》を見《み》つめた。

「それでは、おじいさま。人《ひと》は死《し》ぬと、地獄《じごく》、餓鬼《がき》、畜生《ちくしょう》、修羅《しゅら》、人間《にんげん》、天上《てんじょう》という、六つのどれかに行《い》かされるのですか。」

人間《にんげん》と天上《てんじょう》の道《みち》は、わかったが、地獄《じごく》とか、餓鬼《がき》とか、修羅《しゅら》とかの道《みち》は、よくわからなかっ

た。なにか、耳《みみ》にしただけでも、ぞっとするものだった。

「そうじゃ。」

幸隆《ゆきたか》はうなずいた。

「この世《よ》に生《せい》あるものはすべて死《し》ぬ。かならず、死《し》ぬ。では、死《し》んだあと、どうなるか。この六つの道《みち》のどれかを、さまようことになる。」

信繁《のぶしげ》は、みぶるいした。

（では、もしかしたら、わたしも、地獄《じごく》や餓鬼《がき》などの道《みち》をさまよわねばならないのだろうか。）

「おそれるな。」

幸隆《ゆきたか》はいった。

「よいか、信繁《のぶしげ》。それが、生《い》きとし生《い》ける者《もの》のさだめなのじゃ。そして、六道銭《ろくどうせん》とはな、死人《しにん》を葬《ほうむ》るときに、そのひつぎに入《い》れる、六文《ろくもん》の銭《ぜに》なのじゃ。」

「ひつぎに、銭《ぜに》を入《い》れるのでございますか。」

「うむ。この世《よ》から、あの世《よ》へと渡《わた》るときには、三途《さんず》の川《かわ》というものがある。六文銭《ろくもんせん》は、その川《かわ》の渡《わた》し銭《せん》なのじゃ。」

幸隆《ゆきたか》は遠《とお》くを見《み》やったあと、語《かた》りだした。

「そなたに、われら真田家《さなだけ》の話《はなし》をしてやろう。われらは、もともとは信濃小県郡《しなのちいさがたぐん》の豪族《ごうぞく》だった。しかし、甲斐《かい》の武田信虎《たけだのぶとら》に攻《せ》められ、故郷《こきょう》を追《お》われたのじゃ。真田一族《さなだいちぞく》は、城《しろ》を失《うしな》い、さまようしかなかった……。」

（故郷《こきょう》を失《うしな》ったのか。）

信繁《のぶしげ》は思《おも》った。

（おじいさまは、どんなにつらかったろう。）

「思《おも》えば、あのときが真田一族《さなだいちぞく》にとって、もっともつらいときであった。わしは真田《さなだ》の家《いえ》をかならず再興《さいこう》させようとちかった。そして、ときがくるのを待《ま》った……。」

幸隆《ゆきたか》は白《しろ》い眉《まゆ》をひそめて、くちびるを噛《か》んだ。

「やがて、ときがきた。にっくき武田信虎《たけだのぶとら》が、息子《むすこ》の信玄《しんげん》さまに、甲斐《かい》を追放《ついほう》されたのじゃ。そして、天文《てんぶん》十三年《ねん》（一五四四年《ねん》）、ぜひ真田幸隆《さなだゆきたか》をまねきましょうという軍師《ぐんし》、山本勘助《やまもとかんすけ》のことばを聞《き》き、信玄《しんげん》さまが、わしを甲斐《かい》へまねいてくださった。そして、自分《じぶん》に手《て》を貸《か》してくれぬかと、いわれたのじゃ。もしも、つかえてくれたなら、小県郡《ちいさがたぐん》の地《ち》を、真田《さなだ》にもどしてやろう、と。」

幸隆《ゆきたか》は、ぐっとのどをひいて、うなずいた。

「よし、このときを逃《のが》してはならぬ。このときを逃《のが》したら、真田一族《さなだいちぞく》は、故郷《こきょう》を失《うしな》ったまま、さまよいつづけるしかない。わしは、ずっと敵《てき》として戦《たたか》ってきた武田家《たけだけ》につかえることに決《き》めた。」

(そうだったのか。)

信繁《のぶしげ》は思《おも》った。

(真田一族《さなだいちぞく》が、武田家《たけだけ》の家臣《かしん》となったのには、そんなわけがあったのか。)

幸隆《ゆきたか》は、こぶしをふりあげて、いった。

「信玄《しんげん》さまにわしはいった。ぜひ、わしに、上州攻《じょうしゅうぜ》めをまかせてくだされ、と。すると、信玄《しんげん》さまはうなずかれた。よし、たのんだぞ、と。」

幸隆《ゆきたか》の目《め》に、涙《なみだ》が光《ひか》った。

「わしはうれしかった。ついに、真田《さなだ》の力《ちから》を見《み》せるときがきた。信玄《しんげん》さまに命《めい》じられ、わしは岩尾城代《いわおじょうだい》となり、信州先方衆《しんしゅうさきかたしゅう》となり、はてしない戦《たたか》いに突入《とつにゅう》した。このときに、わしは、この六文銭《ろくもんせん》を、わが真田家《さなだけ》の家紋《かもん》と旗印《はたじるし》にさだめたのじゃ。三途《さんず》の川《かわ》を渡《わた》る六文銭《ろくもんせん》を、な。」

幸隆《ゆきたか》は、低《ひく》い声《こえ》でいった。

「三途《さんず》の川《かわ》の……。」

信繁《のぶしげ》はつぶやいた。

「そうじゃ。この世《よ》とあの世《よ》をつないでいる川《かわ》を渡《わた》るのに必要《ひつよう》な六文銭《ろくもんせん》を、なぜ、われらの旗印《はたじるし》にしたか。わかるか、信繁《のぶしげ》。」

幸隆《ゆきたか》は目《め》を光《ひか》らせた。

「いいえ、わかりませぬ。」

信繁《のぶしげ》は首《くび》をふった。

「それはな、わが旗印《はたじるし》に、『不惜身命《ふしゃくしんみょう》』をかかげようと思《おも》ったからじゃ。不惜身命《ふしゃくしんみょう》とは、いかなるときであろうと、いつ、命《いのち》を捨《す》ててもよい。たとえ、地獄《じごく》、餓鬼《がき》、畜生《ちくしょう》、修羅《しゅら》に落《お》ちていこうとも、かまわぬ。いつでも、そのかくごでいる。そういう心《こころ》がまえを、あらわしたものなのじゃ。」

信繁《のぶしげ》は、まばたきした。

——たとえ、地獄《じごく》、餓鬼《がき》、畜生《ちくしょう》、修羅《しゅら》に落《お》ちていこうとも、かまわぬ。いつでも、そのかくごでいる。

幸隆《ゆきたか》のはげしいことばは、信繁《のぶしげ》の心《こころ》にしみいった。

おじいさまのその思《おも》いが、真田《さなだ》一族《いちぞく》の旗印《はたじるし》となったのか。

「わしは、信玄《しんげん》さまにつかえてからというもの、戦《いくさ》につぐ戦《いくさ》をへてきた。どれも、これも、いつ命《いのち》を落《お》とすかわからぬ、すさまじい戦《たたか》いであった。わしの体《からだ》にはな、信繁《のぶしげ》、二十五の傷《きず》がある。すべて、戦《いくさ》の傷《きず》じゃ。」

信繁《のぶしげ》は息《いき》をのんだ。

「二十五もあるのですか。」

「うむ。いずれそなたの体《からだ》にも、そのくらいの傷《きず》ができるであろう。」

「そうでしょうか。」

「そなたにも、わが真田《さなだ》の血《ち》が流《なが》れているからじゃ。よいか、信繁《のぶしげ》。真田《さなだ》は、戦《いくさ》の一族《いちぞく》。戦《いくさ》を勝《か》ちつづけなければ、ほろぼされる一族《いちぞく》なのじゃ。」

戦《いくさ》を勝《か》ちつづけなければ、ほろぼされる一族《いちぞく》……。

信繁《のぶしげ》は、そのことばを心《こころ》のなかでくりかえした。

「われらは大名《だいみょう》ではない。五十万石《まんごく》、百万石《まんごく》の大名《だいみょう》として、ゆうゆうと生《い》きていける一族《いちぞく》ではない。五百にもみたない兵《へい》しかもたない、小《ち》さな豪族《ごうぞく》じゃ。だが、わしら真田《さなだ》は強《つよ》い。わしには自《じ》信《しん》がある。わしに十万石《まんごく》、一万《まん》の兵《へい》があれば、戦《いくさ》では負《ま》けぬ。天下《てんか》もねらえる。」

幸隆《ゆきたか》は胸《むね》をはって、声《こえ》を強《つよ》めた。

十万石《まんごく》、一万《まん》の兵《へい》があれば、戦《いくさ》では負《ま》けぬ。天下《てんか》もねらえる。

祖父《そ ふ》のことばは、信繁《のぶしげ》の胸《むね》にひびいた。

「天文《てんぶん》二十年《ねん》（一五五一年《ねん》）、信玄《しんげん》さまがどうしても落《お》とせなかった戸石城《といしじょう》を、わしは攻《せ》めに攻《せ》めて、ついに落城《らくじょう》させた。そして、戸石城《といしじょう》を、わが城《しろ》とすることを、信玄《しんげん》さまにみとめてもらった。」

幸隆《ゆきたか》はしばらく口《くち》をつぐんだあと、いった。

「天文《てんぶん》二十二年《ねん》（一五五三年《ねん》）、わしはそなたの父《ちち》である、まだ七歳《さい》の源五郎《げんごろう》を、武田家《たけだけ》におくった。人質《ひとじち》じゃ。だが、わしは、人質《ひとじち》とは思《おも》わなんだ。源五郎《げんごろう》は、信玄《しんげん》さまのそば近《ちか》くにつかえて、すぐれた武将《ぶしょう》となれ。その思《おも》いであった。」

（人質《ひとじち》か。）

信繁《のぶしげ》は思《おも》った。

（父上《ちちうえ》は、はじめは武田家《たけだけ》の人質《ひとじち》だったのか……。）

幸隆《ゆきたか》はいった。

「源五郎《げんごろう》を信玄《しんげん》さまのもとへおくりだすときに、わしは、こういった。よいか、源五郎《げんごろう》。まわりは、そなたを武田家《たけだけ》にさしだされた人質《ひとじち》と、見《み》なすかもしれぬ。われら真田家《さなだけ》が、甲斐《かい》の武田家《たけだけ》にほろぼされないために、三男《なん》の源五郎《げんごろう》を、信玄《しんげん》さまにさしだしたなどと、悪口《わるくち》をいうかもしれぬ。」

信繁《のぶしげ》は、だまって、うなずいた。

「わしは源五郎《げんごろう》にいった。だが、そのようなこと、気《き》にするな。そなたは、かしこい。きっと信《しん》玄《げん》さまは、そなたを気《き》に入《い》るであろう。信玄《しんげん》さまは、強《つよ》いばかりでなく、心《こころ》もすぐれたお方《かた》。そこいらの大名《だいみょう》にはない、大望《たいもう》をいだいておられる。ゆくゆくは、天下《てんか》をめざすお方《かた》じゃ。そなたは、信玄《しんげん》さまのそば近《ちか》くにつかえて、その軍略《ぐんりゃく》や兵法《へいほう》を、しっかりと学《まな》ぶのじゃ。」

そのときのことを思《おも》いだしたのか、幸隆《ゆきたか》は、ふたたび目《め》をうるませた。

「戸石城《といしじょう》を守《まも》る父《ちち》のわしや、長兄《ちょうけい》の信綱《のぶつな》、次兄《じけい》の昌輝《まさてる》らとはなれ、ただひとり、信玄《しんげん》さまのもとへ行《い》くのは、七歳《さい》の源五郎《げんごろう》には、どれほどさびしかったろうか。しかし、源五郎《げんごろう》は、くちびるをきっとむすんで、わしにいった。わかりました、父上《ちちうえ》、と。」

信繁《のぶしげ》には、七歳《さい》の父《ちち》がどんな顔《かお》をして、信玄《しんげん》のもとへおもむいたか、見《み》えるような気《き》がした。

「わしが考《かんが》えたとおり、信玄《しんげん》さまは、源五郎《げんごろう》の利発《りはつ》さを気《き》に入《い》られ、源五郎《げんごろう》を、そば近《ちか》くでつとめる小姓《こしょう》とされた。さらに、武田家《たけだけ》の武篇公事奉行《ぶへんくじぶぎょう》に命《めい》じられた。そのてきぱきとしたはたらきぶりを買《か》われ、源五郎《げんごろう》は、信玄《しんげん》さまの母方《ははかた》、大井氏《おおいし》の支族《しぞく》である武藤家《むとうけ》の養子《ようし》となり、名《な》を喜兵《きへ》衛《え》と変《か》えて、騎馬《きば》十五騎《き》、足軽《あしがる》三十人《にん》の足軽大将《あしがるだいしょう》となった。そして、永禄《えいろく》十年《ねん》（一五六七年《ねん》）

に、そなたが生《う》まれたのじゃ。」

幸隆《ゆきたか》はしみじみと信繁《のぶしげ》を見《み》つめた。

「そなたは、はげしい嵐《あらし》の日《ひ》に生《う》まれたそうじゃな。しかも、その嵐《あらし》は、そなたが生《う》まれると同《どう》時《じ》に、ぴたりとやんだというではないか。」

信繁《のぶしげ》はうなずいた。

その話《はなし》は、何度《なんど》も父《ちち》から聞《き》いたのだ。

(嵐《あらし》をよび、嵐《あらし》をしずめる、おおいなる運命《うんめい》をもった男《おとこ》。父《ちち》は、わたしのことをそういってくれるが、ほんとうにそうなのだろうか。)

信繁《のぶしげ》は、あらためて思《おも》った。

「信玄《しんげん》さまのばってきにこたえて、喜兵衛《きへえ》はつぎつぎと戦功《せんこう》をたてていった。」

幸隆《ゆきたか》はゆかいそうにいった。

「元亀元年《げんきがんねん》(一五七〇年《ねん》)、伊豆《いず》の三島《みしま》で、北条氏政《ほうじょううじまさ》との戦《たたか》いのとき、重臣《じゅうしん》の馬場信春《ばばのぶはる》さまが信《しん》玄《げん》さまにこう奏上《そうじょう》された。敵地《てきち》の陣形《じんけい》をよく調《しら》べなくてはなりませぬぞ、と。すると、信玄《しんげん》さまはこたえられた。案《あん》ずるな。わが両目《りょうめ》のごとき者《もの》を物見《ものみ》につかわせておる。」

幸隆《ゆきたか》は、笑《わら》った。

「そうじゃ。信玄《しんげん》さまがたよりにする『両目《りょうめ》のごとき者《もの》』とは、まさしくわが子《こ》、喜兵衛《きへえ》であり、もうひとりは曾根昌世《そねまさただ》さまだったのじゃ。喜兵衛《きへえ》はそれほどまでにも、信玄《しんげん》さまに重用《ちょうよう》されるようになったのじゃ。」

そこで、幸隆《ゆきたか》はじいっと信繁《のぶしげ》を見《み》つめた。

「信繁《のぶしげ》。もうすぐ、嵐《あらし》がくる。信玄《しんげん》さまがおおいなる嵐《あらし》となられて、西《にし》へ向《む》かわれる。そのとき、そなたの父《ちち》も、その兄《あに》である信綱《のぶつな》、昌輝《まさてる》も、信玄《しんげん》さまの武将《ぶしょう》としてしたがい、西《にし》へ行《い》くことになる。まずは、三河《みかわ》の徳川家康《とくがわいえやす》と戦《たたか》うことになろう。」

信繁《のぶしげ》は、心《こころ》のなかで、その名《な》をくりかえした。

（三河《みかわ》の、徳川家康《とくがわいえやす》か。）

なぜか、その名《な》が信繁《のぶしげ》には気《き》になったのである。

幸隆《ゆきたか》はいった。

「家康《いえやす》は、おさないころから、駿河《するが》・遠江《とおとうみ》・三河《みかわ》の百万石《まんごく》の大大名《だいだいみょう》であった今川義元《いまがわよしもと》の人質《ひとじち》となって、さんざん苦労《くろう》しただけあって、したたかじゃ。やつがしたがえている三河武士《みかわぶし》は、忠義《ちゅうぎ》者《もの》ばかりで、油断《ゆだん》ならぬ。されど、案《あん》ずるな。家康《いえやす》といえども、信玄《しんげん》さまにはかなわぬ。きっと撃破《げきは》されよう。問題《もんだい》はそのあとじゃ。尾張《おわり》の織田信長《おだのぶなが》。この男《おとこ》は、強《つよ》い。今川義元《いまがわよしもと》の首《くび》を桶狭間《おけはざま》でとり、美濃《みの》の斎藤龍興《さいとうたつおき》をたおし、比叡山《ひえいざん》を焼《や》き打《う》ちするなど、鬼《おに》をもひしぐような、すさまじい力《ちから》をほこっておる。信長《のぶなが》はいま、もっとも天下《てんか》に近《ちか》いところにおる。」

幸隆《ゆきたか》は目《め》を光《ひか》らせた。

(天下《てんか》にもっとも近《ちか》いところにいる、尾張《おわり》の織田信長《おだのぶなが》か。どんな顔《かお》をしているのだろう。)

信繁《のぶしげ》は思《おも》った。

幸隆《ゆきたか》は腕組《うでぐ》みをした。

「されどな、いかに強《つよ》い信長《のぶなが》であろうと、信玄《しんげん》さまにはかなわぬ。よいか。この甲斐《かい》には、大《おお》きな城《しろ》がない。なぜないのか。それは、信玄《しんげん》さまの力《ちから》をおそれて、だれも攻《せ》めてこないからじゃ。わしは信《しん》じておる。かならずや信玄《しんげん》さまは、信長《のぶなが》をたおすであろうと。」

それから、幸隆《ゆきたか》はいった。

「そなたは、まだおさないゆえ、ここにとどまることになろうが、待《ま》つことじゃ。父《ちち》が帰《かえ》ってくるのを。」

「はい。」

信繁《のぶしげ》はうなずいた。

「いずれ、そなたも戦《いくさ》に出《で》ていくことになろう。しかし、それはまださきじゃ。そなたがよぶ嵐《あらし》は、まだまださきのことじゃ。わしは、長生《ながい》きして、そなたが戦《いくさ》に出《で》ていく雄々《おお》しい姿《すがた》を見《み》たいぞ。」

幸隆《ゆきたか》は笑《わら》って、いった。

「ええ。わたくしも、おじいさまに、ぜひその姿《すがた》を見《み》せたく思《おも》います。」

信繁《のぶしげ》はこたえた。

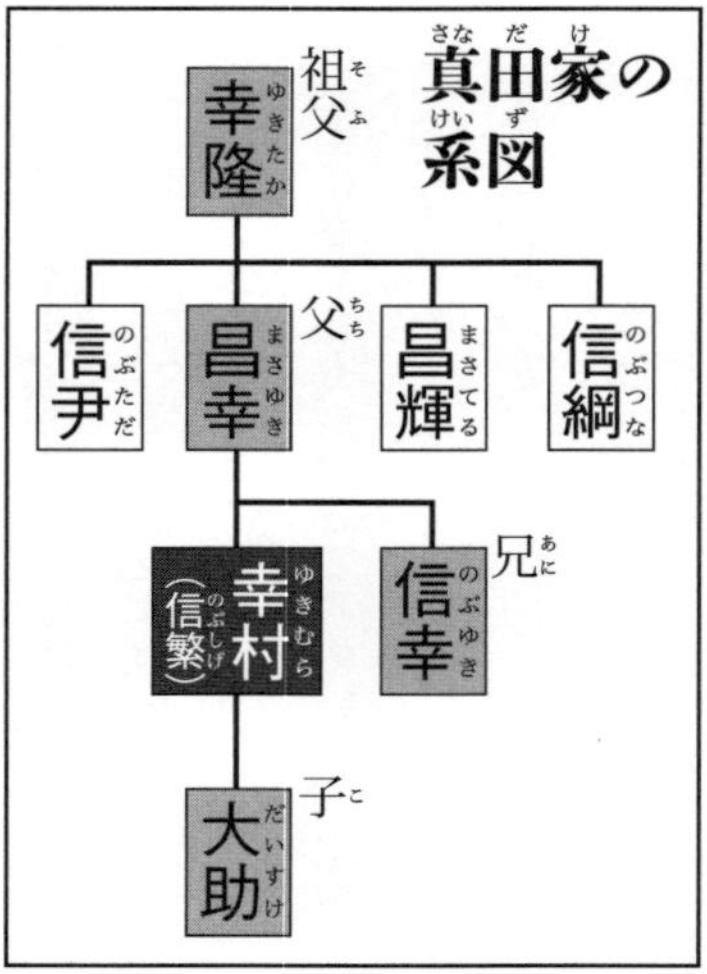

第《だい》三章《しょう》　猿飛《さるとび》

幸隆《ゆきたか》が、戸石城《といしじょう》へもどったあくる日《ひ》の朝《あさ》、信繁《のぶしげ》は、いつものように小高《こだか》い丘《おか》にのぼった。

空《そら》は青《あお》く晴《は》れわたっていた。

丘《おか》には、一本《ぽん》の大《おお》きな楠《くすのき》の樹《き》がそびえたっていて、葉《は》を風《かぜ》にそよがせている。

――たとえ、地獄《じごく》、餓鬼《がき》、畜生《ちくしょう》、修羅《しゅら》に落《お》ちていこうとも、かまわぬ。いつでも、そのかくごでいる。

祖父幸隆《そふゆきたか》のことばを、信繁《のぶしげ》は思《おも》った。

（わたしも、祖父《そふ》のような、強《つよ》い心《こころ》をもった武将《ぶしょう》になれるのだろうか。）

そう、考《かんが》えたあと、信繁《のぶしげ》はつぶやいた。

「しかし、わたしはどのような武将《ぶしょう》になるのだろう？」

そのとき、耳元《みみもと》で声《こえ》がした。

「戦《いくさ》じょうずの、真田《さなだ》の血《ち》をつぐ、すぐれた武将《ぶしょう》になるのではないのか。」

はっとして、信繁《のぶしげ》は、まわりを見《み》まわした。

すると、楠《くすのき》の高《たか》い枝《えだ》から、真《ま》っ黒《くろ》い姿《すがた》の男《おとこ》が、すうっと丘《おか》におりたった。

(猿《さる》か。)

信繁《のぶしげ》はとっさに思《おも》った。

全身《ぜんしん》、黒《くろ》ずくめで、猿《さる》のような、皺《しわ》だらけの顔《かお》だった。猿《さる》は、信繁《のぶしげ》に向《む》かって、音《おと》もなく近《ちか》づくと、草《くさ》むらに隠《かく》れていた蛇《へび》の頭《あたま》をひょいとつかまえた。そして、すばやく袋《ふくろ》に入《い》れて、ふところにしまった。

「まむしだ。」

猿《さる》のような男《おとこ》はいった。

「ずっと、そなたをねらっていたのだぞ。」

「まむしが?」

「そうだ。嚙《か》まれたら、ただごとではすまなかっただろう。」

信繁《のぶしげ》はたずねた。

「では、さきほどから、わたしを見《み》ていたのか。」

猿《さる》のような男《おとこ》は、うなずいた。

「そうだ、このまむしのように、ずっと見《み》ていたぞ。嵐《あらし》の日《ひ》に生《う》まれたという、そなたを、じっくりとな。」

信繁《のぶしげ》は、男《おとこ》がふところにしまった袋《ふくろ》を、指《ゆび》さした。

「そのまむしをどうするのだ？　殺《ころ》すのか。」

「殺《ころ》してはならぬ、というのか？」

信繁《のぶしげ》はだまった。

「自分《じぶん》をねらっていたまむしを思《おも》いやるとは、そなた、心根《こころね》がやさしすぎるな。この乱世《らんせい》にあって、そのやさしさは命《いのち》とりになるぞ。」

それから男《おとこ》はいった。

「まむしは、使《つか》い道《みち》がいろいろある。飼《か》いならすか。毒《どく》をとるか。それとも皮《かわ》をはいで、食《く》ってしまうか。」

男《おとこ》は高笑《たかわら》いした。

(なにものだろう、この男《おとこ》は。もしかして、母上《ははうえ》が注意《ちゅうい》しなさいといっていた、人《ひと》さらいだろうか。いや、そんなふうには見《み》えない。では、なにものか。)

信繁《のぶしげ》は、みがまえた。

だが、猿《さる》のような男《おとこ》は、信繁《のぶしげ》のそばにあぐらをかいてすわると、しわだらけの顔《かお》をさらにくしゃくしゃにして、うそぶいた。

「信玄《しんげん》ぼうずめ。どうやら、本気《ほんき》で天下《てんか》とりへ動《うご》きだすつもりのようだな。」

信繁《のぶしげ》はいった。

「なにものだ。」

「おれか？」

猿《さる》のような男《おとこ》は、にっと笑《わら》った。

「おれの名《な》か？」

「そうだ。」

「ふつうは教《おし》えないのだがな。そなたには、特別《とくべつ》に教《おし》えてやろう。おれの名《な》は、猿飛《さるとび》。」

「猿飛《さるとび》？」

猿《さる》のような男《おとこ》は、うなずくと、あぐらをかいたまま、すっと飛《と》びあがり、空中《くうちゅう》で、横《よこ》に移動《いどう》し、またおりたった。

(なんだ、この男《おとこ》。)

信繁《のぶしげ》は、男《おとこ》の見《み》せた技《わざ》に、おどろいた。

「こういうことができるから、猿飛《さるとび》というのだ。」

猿飛《さるとび》はひとなつっこく笑《わら》いながら、信繁《のぶしげ》にいった。

「おれはな、人相《にんそう》を見《み》て、その者《もの》の運命《うんめい》をうらなうのがとくいなのだが、おまえは、いい顔《かお》をしている。まだおさないが、じつに、いい顔《かお》だ。うわさでは、嵐《あらし》のただなかに生《う》まれて、嵐《あらし》をしずめたというが、まさしく、そなたの風貌《ふうぼう》は、そうした運命《うんめい》を告《つ》げているようだな。」

「わたしの運命《うんめい》？」

猿飛《さるとび》は、うなずいた。

「そうだ。おれの見《み》るところ、そなたは、いずれはなにか、おおいなることをしでかす顔《かお》をしておる。」

「おおいなることを？」

猿飛《さるとび》は、ひとりうなずいた。

「うん、気《き》に入《い》った。おれは、気《き》に入《い》ったら、とことん気《き》に入《い》るたちでな。またくる。そなたの運命《うんめい》がどうなっていくか、楽《たの》しみだからな。」

そういうと、猿飛《さるとび》はすっと空《そら》に舞《ま》い上《あ》がって、姿《すがた》を消《け》した。

（猿飛《さるとび》か。いったい、なにをしにきたのだろう……。）

そのとき、兄《あに》の源三郎《げんざぶろう》あらため、信幸《のぶゆき》がやってきた。

「信繁《のぶしげ》。父上《ちちうえ》がおよびだ。」

信繁《のぶしげ》はいった。

「いま、みょうな男《おとこ》に会《あ》いました。」

「みょうな男《おとこ》？」

信繁《のぶしげ》は、猿《さる》のような顔《かお》の男《おとこ》について、兄《あに》に話《はな》した。

「信繁《のぶしげ》、空《そら》を見《み》ていて、夢《ゆめ》を見《み》たのではないのか。」

「いいえ、夢《ゆめ》ではありません。ほんとうに、そんな男《おとこ》がいたのです。」

しばらく考《かんが》えてから、信幸《のぶゆき》はつぶやいた。

「草《くさ》の者《もの》かもしれないな、そやつは。」

「草《くさ》の者《もの》？」

信繁《のぶしげ》は首《くび》をかしげた。

「忍《しの》びだ。」

信幸《のぶゆき》は考《かんが》え、考《かんが》え、いった。

「草《くさ》の者《もの》というのは、武士《ぶし》でもなく、農民《のうみん》でもなく、忍《しの》びとして、諸国《しょこく》を自由《じゆう》に動《うご》きまわる者《もの》たちのことだ。幸隆《ゆきたか》おじいさまも、真田郷《さなだごう》の忍《しの》びを使《つか》っておられるし、信玄《しんげん》さまも使《つか》っておられる。」

「信玄《しんげん》さまも、忍《しの》びを？」

「そうだ。忍《しの》びを全国《ぜんこく》にはなって、大名《だいみょう》たちの動《うご》きを調《しら》べさせておられるのだ。けれど、おまえの見《み》たそやつは、信玄《しんげん》さまにつかえる忍《しの》びではないな。おそらく、だれかにやとわれて、信玄《しんげん》さまをさぐりにきたのだろう。」

「信玄《しんげん》さまを？」

「うむ。北《きた》には、上杉謙信《うえすぎけんしん》。東《ひがし》には、北条氏政《ほうじょううじまさ》。西《にし》には、徳川家康《とくがわいえやす》と、その先《さき》には織田信長《おだのぶなが》がいる。そのいずれかが信玄《しんげん》さまをさぐりにきたのにちがいない。」

（草《くさ》の者《もの》か。）

信繁《のぶしげ》は、猿飛《さるとび》の顔《かお》を思《おも》いかえした。

（またくるとかいったが、猿飛《さるとび》という草《くさ》の者《もの》は、ふたたびわたしの前《まえ》にやってくるのだろうか。）

屋敷《やしき》にもどると、父《ちち》の喜兵衛《きへえ》が待《ま》っていた。

「信幸《のぶゆき》に、信繁《のぶしげ》。よく聞《き》け。」

喜兵衛《きへえ》はいった。

「いよいよ、お屋形《やかた》さまが動《うご》かれる。風林火山《ふうりんかざん》の旗《はた》のもと、動《うご》かざること、山《やま》のごとしだったお屋形《やかた》さまが、ついに、動《うご》かれる。天下《てんか》とりへと、動《うご》かれるのだ。」

信繁《のぶしげ》は、はっとした。

猿飛《さるとび》という忍《しの》びがいったことがあたっていたのだ。

「父《ちち》も、お屋形《やかた》さまにしたがい、西《にし》への戦《いくさ》に出《で》ていく。」

喜兵衛《きへえ》がいうと、信幸《のぶゆき》がいった。

「まずは、西《にし》の徳川家康《とくがわいえやす》と戦《たたか》うのでございますか。」

「うむ。そうなろう。」

喜兵衛《きへえ》は深《ふか》くうなずいた。

「京《きょう》へのぼるまで、お屋形《やかた》さまの戦《たたか》いはつづくであろう。」


その夜《よる》、信繁《のぶしげ》は外《そと》に出《で》て、星《ほし》を見上《みあ》げた。

北十字星《きたじゅうじせい》は、変《か》わらずかがやいていたが、西《にし》の空《そら》にかたまっている星《ほし》の一群《いちぐん》が、不安《ふあん》げにまたたいていた。

そこから、流《なが》れ星《ぼし》がいくつもいくつも落《お》ちていった。

(なんだろう。)

信繁《のぶしげ》は思《おも》った。

（なにか、よくないことがおきようとしているのではないのか。あれらの星《ほし》はなにを告《つ》げようとしているのか……。）

第四章《だいしょう》　信玄《しんげん》、家康《いえやす》をけちらす

ときを少《すこ》しさかのぼり、元亀《げんき》三年《ねん》（一五七二年《ねん》）の十月三日《がつみっか》。

「早《はや》く、一日《いちにち》も早《はや》く、上洛《じょうらく》してくれ。将軍《しょうぐん》のわたしをないがしろにする織田信長《おだのぶなが》を、ぜひに攻《せ》めほろぼしてくれ。」

将軍《しょうぐん》、足利義昭《あしかがよしあき》の願《ねが》いを聞《き》き入《い》れるかたちで、ついに武田信玄《たけだしんげん》は、三万《まん》の大軍《たいぐん》をひきいて、甲府《こうふ》を出陣《しゅつじん》した。

念願《ねんがん》の「天下《てんか》とり」への道《みち》にのりだしたのだ。

目的地《もくてきち》は、京《きょう》の都《みやこ》であり、とちゅうには徳川家康《とくがわいえやす》、さらには強敵《きょうてき》の織田信長《おだのぶなが》が待《ま》ちかまえていた。だが、信玄《しんげん》は、それらに攻《せ》め勝《か》って、京都《きょうと》にのぼり、全国《ぜんこく》の大名《だいみょう》たちに号令《ごうれい》するつもりだった。

信玄《しんげん》にしたがって、西《にし》への戦《いくさ》に出《で》る前《まえ》、喜兵衛《きへえ》は鎧《よろい》かぶとをまとった姿《すがた》で、長男《ちょうなん》の信幸《のぶゆき》、次男《じなん》の信繁《のぶしげ》、長女《ちょうじょ》の於国《おくに》にたいして、いった。

「父《ちち》は、行《い》ってまいる。」

信幸《のぶゆき》、信繁《のぶしげ》、於国《おくに》は声《こえ》をあわせていった。

「父上《ちちうえ》、ご武運《ぶうん》をお祈《いの》りいたしまする。」

「うむ。真田《さなだ》の本城《ほんじょう》から、わがふたりの兄《あに》も出陣《しゅつじん》される。」

喜兵衛《きへえ》はいった。

(真田《さなだ》の里《さと》から、ふたりの伯父上《おじうえ》も行《い》かれるのか。)

信繁《のぶしげ》は思《おも》った。

幸隆《ゆきたか》の長男《ちょうなん》であり、馬上《ばじょう》で三尺三寸《じゃくずん》の陣刀《じんがたな》をふるう信綱《のぶつな》と、長槍《ながやり》をふりかざして敵《てき》をふるえあがらせる、次男《じなん》の昌輝《まさてる》の、真田兄弟《さなだきょうだい》の豪勇《ごうゆう》ぶりは、武田家《たけだけ》でもよく知《し》られていた。

「待《ま》っておれ。」

喜兵衛《きへえ》はいった。

「お屋形《やかた》さまが京《きょう》へのぼり、天下《てんか》をとられたら、もどってくる。」

それは、信玄《しんげん》の勝利《しょうり》を信《しん》じきっている声《こえ》だった。

父《ちち》の喜兵衛《きへえ》が、家《いえ》につかえる武士《ぶし》たちをしたがえて、戦《いくさ》に出《で》ていったあと、屋敷《やしき》はしずまりかえった。

「どうであろうか。」

信幸《のぶゆき》は信繁《のぶしげ》にいった。

「そなたは、父上《ちちうえ》が信玄《しんげん》さまとともに、京《きょう》へぶじにのぼられると思《おも》うか。」

信繁《のぶしげ》は遠《とお》くを見《み》つめて、いった。

「そうであってほしいと思《おも》います。」

しかし、信繁《のぶしげ》には、兄《あに》にいえない思《おも》いがあった。というのも、このところ、空《そら》の星《ほし》を見《み》ていると、胸《むね》が痛《いた》むような、不吉《ふきつ》な予感《よかん》がしたのだ。

（まさか、負《ま》けるのだろうか。）

信繁《のぶしげ》は思《おも》った。

（あの無敵《むてき》をほこった越後《えちご》の上杉謙信《うえすぎけんしん》と、五度《ど》も川中島《かわなかじま》で戦《たたか》って、けっして負《ま》けることのなかった信玄《しんげん》さまが、まさか、負《ま》けることがあるのだろうか。）

しかし、夜《よる》の星《ほし》がなにかを告《つ》げようとしていたのだ。

それはよいしるしでは、けっしてなかった。なにか、よくないことがおきる、というしるしに、信繁《のぶしげ》には感《かん》じられた。

「そうであってほしいとは、どういうことだ。」

信幸《のぶゆき》はとがめるようにいった。

「もしかして、おまえは、信玄《しんげん》さまが負《ま》けるとでも、思《おも》っているのか。」

信幸《のぶゆき》のことばに、信繁《のぶしげ》は首《くび》をふった。

「わかりませぬ。勝負《しょうぶ》は、ときの運《うん》。父上《ちちうえ》がよく申《もう》されているではありませぬか。すべては、さだめでありましょう。」


信玄《しんげん》のひきいる武田軍《たけだぐん》は強《つよ》かった。破竹《はちく》の勢《いきお》いで、遠江《とおとうみ》・三河《みかわ》に進軍《しんぐん》していった。

十二月《がつ》二十二日《にち》の三方ヶ原《みかたがはら》の戦《たたか》いでは、武田《たけだ》のほこる騎馬武者隊《きばむしゃたい》が、すさまじい勢《いきお》いで、一万《まん》三千の徳川軍《とくがわぐん》をけちらした。

「強《つよ》すぎる、信玄《しんげん》は。」

家康《いえやす》は浜松城《はままつじょう》に逃《に》げ帰《かえ》った。

だが、武田軍《たけだぐん》の西《にし》への進攻《しんこう》は、そこまでだった。

元亀《げんき》四年《ねん》（一五七三年《ねん》）の一月《がつ》、武田軍《たけだぐん》は三河《みかわ》の野田城《のだじょう》をとりかこんで、一兵《いっぺい》もそこなうことなく、城《しろ》を落《お》とした。だが、そのころから、信玄《しんげん》は以前《いぜん》よりわずらっていた病《やまい》に伏《ふ》せるようになったのだ。

病《やまい》はなおらなかった。

「無念《むねん》。信長《のぶなが》との決戦《けっせん》を前《まえ》にして、病《やまい》になるとは。」

信玄《しんげん》はくやしがったが、病《やまい》はその命《いのち》を刻々《こくこく》とむしばんでいった。

そして四月《がつ》十二日《にち》、ついにそのときがきた。

息《いき》をひきとるまぎわ、信玄《しんげん》は、信濃《しなの》の駒場《こまば》で、あとつぎとなる勝頼《かつより》を枕《まくら》もとによびよせて、いった。

「わが死《し》を三年《ねん》、隠《かく》せ。」

信玄《しんげん》はくるしい息《いき》の下《した》で、こう告《つ》げた。

「かりにわしの死《し》が知《し》られたら、敵《てき》はかならず攻《せ》めてくる。それゆえ、三年《ねん》はわが死《し》を隠《かく》し、国《くに》のそなえをかためて、力《ちから》をたくわえよ。」

それから、いった。

「わが意志《いし》をついで、京《きょう》に攻《せ》めのぼれ。」

そして、喜兵衛《きへえ》ら武将《ぶしょう》たちにいった。

「あとつぎの勝頼《かつより》をもりたてて、武田家《たけだけ》をしっかりと守《まも》ってくれ。」

そういいのこすと、信玄《しんげん》は息《いき》をひきとった。

「お屋形《やかた》さま、お屋形《やかた》さま！」

喜兵衛《きへえ》は、ふたりの兄《あに》である信綱《のぶつな》や昌輝《まさてる》、そしてほかの家臣《かしん》たちとともに、信玄《しんげん》の前《まえ》で泣《な》いた。

「大望《たいもう》をはたす前《まえ》に亡《な》くなられるとは、さぞ、無念《むねん》でありましたでしょう。」

少年《しょうねん》のころから、信玄《しんげん》のそば近《ちか》くにつかえ、そのたくみな軍略《ぐんりゃく》、戦法《せんぽう》を、じかに学《まな》んできた喜《き》兵衛《へえ》にとっては、崖《がけ》からつき落《お》とされたようだった。

甲府《こうふ》にもどってきた武田軍《たけだぐん》は、出陣《しゅつじん》のときの勇《いさ》ましさとはうってかわって、暗《くら》く、しずみきっていた。

(やはり、そうだったか。)

信繁《のぶしげ》は思《おも》った。

(星《ほし》が告《つ》げていたのは、このことだったのか。信玄《しんげん》さまがこの世《よ》を去《さ》っていくことを告《つ》げていたのか……。)

「なんということだ。ようやく、お屋形《やかた》さまの天下《てんか》とりが、はじまろうとしていたのに。」

甲府《こうふ》にもどった父《ちち》が肩《かた》を落《お》として、深《ふか》いため息《いき》をつくのを、信繁《のぶしげ》はいたましい思《おも》いで聞《き》いた。

「父上《ちちうえ》、これからは、勝頼《かつより》さまが武田家《たけだけ》のあるじとなられるのですね。」

兄《あに》の信幸《のぶゆき》はいった。

「そうだ。これからは、勝頼《かつより》さまがあるじだ。武田家《たけだけ》を存続《そんぞく》させるために、われらは勝頼《かつより》さまにつくさねばならぬ。」

喜兵衛《きへえ》は、みずからにいい聞《き》かせるようにいった。

しかし、そういう父《ちち》の表情《ひょうじょう》が、心《こころ》なしか、かげっているのを、信繁《のぶしげ》は感《かん》じた。

勝頼《かつより》さまはまだ若《わか》い。「甲斐《かい》の虎《とら》」とよばれ、まわりにおそれられた信玄《しんげん》さまにはまだまだおよばない。あとつぎとなった勝頼《かつより》さまが、はたして、これまでどおり、甲斐《かい》と信濃《しなの》を守《まも》れるのだろうか。

喜兵衛《きへえ》のことばには、そうした気持《きも》ちがあらわれていた。

さらに、真田家《さなだけ》をもうひとつの悲劇《ひげき》がおそった。

信繁《のぶしげ》が八歳《さい》になった九日後《ここのかご》のことだった。

信州先方衆《しんしゅうさきかたしゅう》として、信玄《しんげん》の信頼《しんらい》があつかった祖父《そふ》の幸隆《ゆきたか》が、まるで信玄《しんげん》のあとを追《お》うように、天正《てんしょう》二年《ねん》（一五七四年《ねん》）五月《がつ》十九日《にち》、戸石城《といしじょう》で亡《な》くなったのだ。六十二歳《さい》だった。

おじいさま。

信繁《のぶしげ》は幸隆《ゆきたか》のことばを思《おも》った。

――真田《さなだ》は、戦《いくさ》の一族《いちぞく》。戦《いくさ》を勝《か》ちつづけなければ、ほろぼされる一族《いちぞく》なのじゃ。

武田家《たけだけ》のあとをついだ勝頼《かつより》は、血気《けっき》さかんだった。

そして、信玄《しんげん》の遺志《いし》をついで、西上《せいじょう》する決意《けつい》をかためた。

天正《てんしょう》二年《ねん》の三月《がつ》に、将軍《しょうぐん》の足利義昭《あしかがよしあき》から、

「上杉《うえすぎ》、北条《ほうじょう》と講和《こうわ》して、信長《のぶなが》をたおし、幕府《ばくふ》の再興《さいこう》に協力《きょうりょく》せよ。」

という、御内書《ごないしょ》が届《とど》いたのだ。

「よし、攻《せ》める名分《めいぶん》ができたぞ。」

勝頼《かつより》は、美濃《みの》や三河《みかわ》に出兵《しゅっぺい》した。そして天正《てんしょう》二年《ねん》の五月《がつ》には、信玄《しんげん》も落《お》とせなかった、家康《いえやす》の城《しろ》である、遠江《とおとうみ》の高天神城《たかてんじんじょう》などを落《お》としていった。

「どうだ、わたしは父《ちち》をしのいだぞ。」

とくいになった勝頼《かつより》は、天正《てんしょう》三年《ねん》（一五七五年《ねん》）の四月《がつ》、一万《まん》四千の兵《へい》をひきいて、三河国《みかわのくに》に進出《しんしゅつ》した。

このとき喜兵衛《きへえ》は、病《やまい》のために、戦《いくさ》にくわわることができなかった。真田《さなだ》一族《いちぞく》は、六文銭《ろくもんせん》の旗《はた》をかかげて、喜兵衛《きへえ》の兄《あに》である信綱《のぶつな》と昌輝《まさてる》が、信州《しんしゅう》の戸石城《といしじょう》から出陣《しゅつじん》した。

「ただちに、攻《せ》めおとしてやる。」

勝頼《かつより》は三河《みかわ》に入《はい》ると、家康《いえやす》の武将《ぶしょう》である奥平信昌《おくだいらのぶまさ》の長篠城《ながしのじょう》をとりかこんだ。

だが、五月《がつ》、家康《いえやす》から救援《きゅうえん》をたのまれた織田信長《おだのぶなが》は、三千人《にん》の鉄砲隊《てっぽうたい》をふくめ、あわせて三万《まん》の大軍《たいぐん》をひきいて、長篠《ながしの》へあらわれた。そして、おどろくほどの速《はや》さで、三列《れつ》の馬防柵《ばぼうさく》をつくりあげた。

「勝頼《かつより》め、くるがいい。」

信長《のぶなが》は、三列《れつ》の馬防柵《ばぼうさく》に、三段構《だんがま》えで、三千人《にん》の鉄砲隊《てっぽうたい》をひかえさせた。

当時《とうじ》の鉄砲《てっぽう》には、弱点《じゃくてん》があった。一発《ぱつ》撃《う》ってしまうと、つぎに撃《う》つまでは、弾《たま》ごめをしたり、火縄《ひなわ》に点火《てんか》したりと、しばらく時間《じかん》がかかった。そうした鉄砲《てっぽう》の弱点《じゃくてん》を知《し》りつくしたうえでの、信長《のぶなが》のおどろくべき作戦《さくせん》だった。一列《れつ》めの鉄砲《てっぽう》が撃《う》つあいだに、二列《れつ》めは点火《てんか》し、三列《れつ》めは弾《たま》をこめるのだ。

こうしておけば、一列《れつ》めが撃《う》ったあと、すぐに二列《れつ》めの鉄砲《てっぽう》が撃《う》ち、つぎに三列《れつ》めの鉄砲《てっぽう》が撃《う》つという、切《き》れめなしに三段構《だんがま》えで鉄砲《てっぽう》を撃《う》ちつづける態勢《たいせい》がととのう。

「なんだ、あの柵《さく》は。」

武田家《たけだけ》の武将《ぶしょう》たちは、信長《のぶなが》のきずいた三列《れつ》の馬防柵《ばぼうさく》に、不安《ふあん》を感《かん》じて、勝頼《かつより》に進言《しんげん》した。

「あれをこえるのは、むずかしいかもしれませぬ。ここは無理押《むりお》しせず、いったんひきましょう。」

しかし、勝頼《かつより》は、それを聞《き》こうとしなかった。信長《のぶなが》をあまく見《み》ていたのだ。

「おろかな。あのような柵《さく》で、われら、武田《たけだ》の騎馬武者《きばむしゃ》をふせげるとでも思《おも》っているのか、信長《のぶなが》は。」

勝頼《かつより》にとっては、信玄《しんげん》の育《そだ》てた騎馬武者隊《きばむしゃたい》は無敵《むてき》のはずだった。

「信長《のぶなが》め、わが騎馬武者《きばむしゃ》のおそろしさを教《おし》えてやる。」

血気《けっき》にはやって、勝頼《かつより》は、騎馬武者隊《きばむしゃたい》を、信長《のぶなが》の陣《じん》めがけて、突進《とっしん》させた。

しかし、武田《たけだ》の騎馬武者《きばむしゃ》は、三列《れつ》の馬防柵《ばぼうさく》にはばまれ、馬《うま》が立《た》ち往生《おうじょう》したところを、三段構《だんがま》えで撃《う》ちつづける、三千挺《ちょう》の鉄砲《てっぽう》にねらい撃《う》ちされて、つぎつぎとたおれていった。

「勝頼《かつより》さま、あの柵《さく》を破《やぶ》るのは、むずかしく思《おも》われまする。ここは、ひとまずしりぞきましょう。」

信綱《のぶつな》ら重臣《じゅうしん》たちはいった。

しかし、必死《ひっし》にいさめる重臣《じゅうしん》たちのことばに、勝頼《かつより》は耳《みみ》を貸《か》そうとしなかった。

「ええい、信長《のぶなが》ごときに、負《ま》けてなるものか。よいか、あのような柵《さく》、のりこえよ。なんとしても、のりこえて、信長《のぶなが》の首《くび》をとれ。」

勝頼《かつより》は、さらに突撃《とつげき》を命《めい》じた。

しかし、信長《のぶなが》のつくった三重《じゅう》の馬防柵《ばぼうさく》をのりこえることなく、騎馬武者《きばむしゃ》は、むなしく鉄砲《てっぽう》に撃《う》たれていった。

豪勇《ごうゆう》で鳴《な》る真田信綱《さなだのぶつな》は、ようやく一列《れつ》めの馬防柵《ばぼうさく》をのりこえ、敵兵《てきへい》十六人《にん》の首《くび》をとったあと、二列《れつ》めの馬防柵《ばぼうさく》をこえようとしているところを、鉄砲《てっぽう》にねらい撃《う》ちされた。

「無念《むねん》、お屋形《やかた》さまっ！」

信綱《のぶつな》は、亡《な》き信玄《しんげん》の名《な》をよんで、死《し》んでいった。信綱《のぶつな》につづいて、次男《じなん》の昌輝《まさてる》も、乱戦《らんせん》のさなか、二列《れつ》めの柵《さく》の前《まえ》で、撃《う》たれて、死《し》んだ。

こうして、真田家《さなだけ》の兄弟武将《きょうだいぶしょう》である、信綱《のぶつな》と昌輝《まさてる》をふくめ、武田《たけだ》の勇猛《ゆうもう》な武将《ぶしょう》たちは、その多《おお》くが長篠《ながしの》の地《ち》で戦死《せんし》し、武田《たけだ》の騎馬武者隊《きばむしゃたい》は壊滅《かいめつ》した。

武田軍《たけだぐん》は、じつに一万《まん》二千人《にん》が戦死《せんし》したのである。

「まさか、このような……。」

あまりの敗戦《はいせん》にぼうぜんとして、勝頼《かつより》は、したがう者《もの》わずか六騎《き》という姿《すがた》で、命《いのち》からがら、甲府《こうふ》へ逃《に》げもどった。

「なに、わが兄《あに》たちがふたりとも討《う》ち死《じ》にしたというのか。」

喜兵衛《きへえ》は、武田軍《たけだぐん》の大敗《たいはい》に、肩《かた》を落《お》とした。

長男《ちょうなん》の信綱《のぶつな》、次男《じなん》の昌輝《まさてる》が戦死《せんし》したため、喜兵衛《きへえ》は信濃《しなの》によびもどされ、真田一族《さなだいちぞく》のあるじとなり、名《な》を真田昌幸《さなだまさゆき》とあらため、戸石城《といしじょう》をつぐことになった。

この年《とし》、九歳《さい》になった信繁《のぶしげ》と兄《あに》の信幸《のぶゆき》に向《む》かって、昌幸《まさゆき》はたびたび、いうようになった。

「主家《しゅか》に、もうたよることはできぬ。」

信長《のぶなが》に敗《やぶ》れたというものの、まだ武田家《たけだけ》はほろびてはいなかった。しかし、長篠《ながしの》の大敗《たいはい》をさかいにして、日《ひ》に日《ひ》に弱《よわ》くなっていくのが、だれの目《め》にもあきらかだった。

「われら真田《さなだ》は、主家《しゅか》とはことなる、われら真田《さなだ》の戦《いくさ》をしなければならぬ。」

昌幸《まさゆき》のことばに、信繁《のぶしげ》は思《おも》った。

(われら真田《さなだ》の、戦《いくさ》か。)


昌幸《まさゆき》は、多《おお》くの山伏《やまぶし》を育《そだ》ててきた真田郷《さなだごう》から、すぐれた技《わざ》と力《ちから》をもつ草《くさ》の者《もの》をさがした。そして、穴山小助《あなやまこすけ》と由利鎌之助《ゆりかまのすけ》という、ふたりの忍《しの》びの者《もの》を真田家《さなだけ》の家臣《かしん》にして、まわりの国《くに》の様子《ようす》をさぐらせた。

「岩櫃城《いわびつじょう》が、いま、城代《じょうだい》と補佐役《ほさやく》とで、あらそっております。」

穴山小助《あなやまこすけ》の知《し》らせを聞《き》いた昌幸《まさゆき》は、すぐに動《うご》いた。

岩櫃城《いわびつじょう》は、吾妻郡《あがつまぐん》の山中《さんちゅう》にある城《しろ》で、もともと祖父《そふ》の真田幸隆《さなだゆきたか》が謀略《ぼうりゃく》でうばいとった城《しろ》だったが、そのときは城代《じょうだい》の斎藤憲実《さいとうのりざね》と補佐役《ほさやく》の海野兄弟《うんのきょうだい》が守《まも》っていた。

海野兄弟《うんのきょうだい》は、城代《じょうだい》の斎藤《さいとう》を追《お》いだして、城《しろ》を手《て》に入《い》れようとしたのだが、地侍《じざむらい》たちにそむかれ、こまりはて、昌幸《まさゆき》をたよってきたのだ。

「あいわかった。城《しろ》は、そなたたちにまかせる。」

天正《てんしょう》四年《ねん》（一五七六年《ねん》）、昌幸《まさゆき》は海野兄弟《うんのきょうだい》をとりあえず城代《じょうだい》にすえた。しかし、そのあとで、ときを経《へ》ずして、兄弟《きょうだい》をたおし、岩櫃城《いわびつじょう》を真田一族《さなだいちぞく》のものとしたのである。

「つぎは、沼田城《ぬまたじょう》だな。」

岩櫃城《いわびつじょう》を手《て》に入《い》れると、つぎに昌幸《まさゆき》は、関東《かんとう》の出入《でい》り口《ぐち》ともいうべき、沼田城《ぬまたじょう》に目《め》をつけた。

そこは、かつて上杉謙信《うえすぎけんしん》が関東攻略《かんとうこうりゃく》の足《あし》がかりとした、重要《じゅうよう》な地点《ちてん》だった。しかし、「毘沙門天《びしゃもんてん》の生《う》まれ変《か》わり」を自称《じしょう》する、天才的《てんさいてき》な武将《ぶしょう》である謙信《けんしん》が生《い》きているあいだは、けっして攻《せ》められない城《しろ》だった。

天正六年《てんしょうねん》（一五七八年《ねん》）三月《がつ》、上杉謙信《うえすぎけんしん》が亡《な》くなった。いちはやく由利鎌之助《ゆりかまのすけ》がそれを知《し》らせてきたので、

「よし、沼田城《ぬまたじょう》をとるぞ。」

と、ただちに昌幸《まさゆき》は沼田城《ぬまたじょう》を攻《せ》めとろうと、動《うご》きだした。

「沼田城代《ぬまたじょうだい》のふたり、藤田信吉《ふじたのぶよし》と金子泰清《かねこやすきよ》は、ある僧《そう》の教《おし》えをたびたび聞《き》いています。」

由利鎌之助《ゆりかまのすけ》の情報《じょうほう》から、昌幸《まさゆき》はその僧《そう》に近《ちか》づき、親《した》しくなった。そして、その僧《そう》に、

「なにか、こまったことがあれば、真田《さなだ》にたよれ。」

と、城代《じょうだい》たちを説得《せっとく》させた。

越後《えちご》では、謙信《けんしん》の死後《しご》、上杉景勝《うえすぎかげかつ》と上杉景虎《うえすぎかげとら》のふたりの養子《ようし》が、そのあとめをあらそって、戦《いくさ》がおきた。景勝《かげかつ》は武田勝頼《たけだかつより》をたより、景虎《かげとら》は実家《じっか》の北条家《ほうじょうけ》をたよって、越後《えちご》はふたつにわかれたのである。沼田城《ぬまたじょう》の城代《じょうだい》たちは、景虎《かげとら》を応援《おうえん》したが、景虎《かげとら》が景勝《かげかつ》に敗《やぶ》れたために、その立場《たちば》があやうくなった。

「いまだ。」

昌幸《まさゆき》は、この機会《きかい》をとらえて、戦《いくさ》じょうずの重臣《じゅうしん》である矢沢頼綱《やざわよりつな》に、沼田城《ぬまたじょう》を攻《せ》めさせた。同時《どうじ》に、ふたりの城代《じょうだい》のもとに、僧《そう》をおくり、真田《さなだ》に降伏《こうふく》するようにときふせさせた。

この両面作戦《りょうめんさくせん》により、天正八年《てんしょうねん》（一五八〇年《ねん》）四月《がつ》に、金子泰清《かねこやすきよ》が、ついで五月《がつ》に、藤田信吉《ふじたのぶよし》が昌幸《まさゆき》に降伏《こうふく》し、沼田城《ぬまたじょう》は真田一族《さなだいちぞく》の城《しろ》となったのである。

こうして、真田家《さなだけ》は、真田郷《さなだごう》を中心《ちゅうしん》として、戸石城《といしじょう》、岩櫃城《いわびつじょう》、沼田城《ぬまたじょう》という三つの城《しろ》をもつ、二万石《まんごく》の武将《ぶしょう》となった。

「父上《ちちうえ》は、強《つよ》い。いまの武田家《たけだけ》のなかでは、もっとも強《つよ》い。」

十五歳《さい》になった兄《あに》の信幸《のぶゆき》はほこらしげにいった。

「そうであろう、信繁《のぶしげ》。」

十四歳《さい》の信繁《のぶしげ》はうなずいた。

「そうです。兄上《あにうえ》。」

いいながら、信繁《のぶしげ》は、祖父幸隆《そふゆきたか》のことばを思《おも》った。

――わしに十万石《まんごく》と一万《まん》の兵《へい》があれば、天下《てんか》もねらえる。

まさしく、それは、父昌幸《ちちまさゆき》にも、同《おな》じことがいえた。父《ちち》にそれだけの武力《ぶりょく》があれば、天下《てんか》をねらえるにちがいない。

（しかし、真田一族《さなだいちぞく》が、そのような大名《だいみょう》となるときがあるのだろうか。）

信繁《のぶしげ》は考《かんが》えるのだった。

（このさき、どうなるかわからない武田家《たけだけ》につかえている真田一族《さなだいちぞく》は、これからどうなっていくのだろう……。）

勝頼《かつより》は、日《ひ》に日《ひ》に力《ちから》がおとろえていく武田家《たけだけ》のなかで、ひとりだけ勝《か》ち戦《いくさ》をつづける昌幸《まさゆき》を、たよりにした。

「たのもしいぞ、昌幸《まさゆき》。これからも、武田《たけだ》のために、しっかり戦《たたか》ってくれ。」

「ははっ、そういたしまする。」

昌幸《まさゆき》は、勝頼《かつより》にいった。

だが、長篠《ながしの》で騎馬武者隊《きばむしゃたい》を壊滅《かいめつ》させた織田信長《おだのぶなが》が、力《ちから》のおとろえた武田家《たけだけ》をそのままにしておくはずがなかった。

「勝頼《かつより》など、ひとひねりじゃ。」

そう高言《こうげん》してやまない信長《のぶなが》が、いずれは、甲府《こうふ》に攻《せ》めよせてくるのは、確実《かくじつ》なことだった。

「城《しろ》が必要《ひつよう》だ。」

勝頼《かつより》は考《かんが》えた。

天正《てんしょう》九年《ねん》（一五八一年《ねん》）の一月《がつ》、勝頼《かつより》は韮崎《にらさき》に、新府城《しんぷじょう》をきずきはじめた。

かつて信玄《しんげん》は、「人《ひと》は城《しろ》」といって、城《しろ》をきずかなかった。信玄《しんげん》が元気《げんき》であったころは、外敵《がいてき》が甲府《こうふ》に侵入《しんにゅう》することをおそれる必要《ひつよう》がなかったからだ。

だが、もはやたのみの信玄《しんげん》はいなかった。近《ちか》いうちに攻《せ》めよせてくるであろう信長《のぶなが》にそなえて、城《しろ》づくりは急務《きゅうむ》だった。

「昌幸《まさゆき》、城《しろ》をたのむ。」

勝頼《かつより》は、昌幸《まさゆき》を新府城《しんぷじょう》の普請奉行《ふしんぶぎょう》に任《にん》じた。

「はっ。しょうちいたしました。」

昌幸《まさゆき》は城《しろ》づくりをいそいだ。

しかし、城《しろ》ができあがった天正十年《てんしょうねん》（一五八二年《ねん》）の二月《がつ》、信長《のぶなが》が家康《いえやす》とともに大軍《たいぐん》をひきいて、ついに甲州攻《こうしゅうぜ》めへとのりだしてきた。

「さて、武田《たけだ》をいよいよひねりつぶすか。」

信長《のぶなが》にとって、一万《まん》二千もの騎馬武者隊《きばむしゃたい》を失《うしな》った武田家《たけだけ》を、攻《せ》めほろぼすのは、赤子《あかご》の手《て》をひねるよりもかんたんに思《おも》われたのだ。

「甲斐《かい》と信濃《しなの》は、じきに、わが領土《りょうど》となろう。」

信長《のぶなが》は、徳川家康《とくがわいえやす》によびかけた。

「いざ、ともに攻《せ》めよう。」

織田《おだ》・徳川軍《とくがわぐん》が動《うご》きだした。

その知《し》らせに、武田方《たけだがた》の武将《ぶしょう》はうろたえた。

「大変《たいへん》だ。」

「信長《のぶなが》が攻《せ》めてくるぞ。」

「まともにぶつかって、勝《か》てる相手《あいて》ではない。」

信長《のぶなが》を相手《あいて》にして、戦《たたか》う意思《いし》をなくしてしまった武田家《たけだけ》の武将《ぶしょう》たちは、かれらが守《まも》っていた各《かく》地《ち》の城《しろ》を、ほとんど戦《たたか》うことなく、つぎつぎとあけわたしていった。それまで武田家《たけだけ》につかえてきた重臣《じゅうしん》たちは、あるじである勝頼《かつより》を見《み》はなしていったのである。

そんななか、昌幸《まさゆき》は勝頼《かつより》を見捨《みす》てまいとした。

「それがしのもつ、上州《じょうしゅう》の岩櫃城《いわびつじょう》へおひきくだされ。」

昌幸《まさゆき》は、勝頼《かつより》に提案《ていあん》した。

「平地《へいち》に立《た》っている新府城《しんぷじょう》は、織田《おだ》と徳川《とくがわ》の大軍《たいぐん》でかこまれたら、長《なが》くはもちこたえられませぬ。それよりも、山城《やまじろ》である、わが岩櫃城《いわびつじょう》にたてこもれば、そこには五年《ねん》の兵糧《ひょうろう》が用意《ようい》してあり、信長《のぶなが》といえども、かんたんには攻《せ》めおとすことはできませせぬ。」

昌幸《まさゆき》は熱心《ねっしん》にすすめた。

「勝頼《かつより》さま。そのあいだに、力《ちから》をたくわえて、信長《のぶなが》に反撃《はんげき》いたしましょう。」

「わかった。そうしよう。」

勝頼《かつより》はそれをいったん承知《しょうち》した。

「では、それがしは岩櫃城《いわびつじょう》で待《ま》っておりまする。」

昌幸《まさゆき》はさきに岩櫃城《いわびつじょう》へ行《い》き、勝頼《かつより》をむかえる準備《じゅんび》をした。ところが、勝頼《かつより》は岩櫃城《いわびつじょう》へこなかった。

「なりませぬ。」

武田家《たけだけ》に長年《ながねん》つかえる側近《そっきん》たちが、反対《はんたい》したのだ。

「真田家《さなだけ》は、もとはといえば、武田《たけだ》と戦《たたか》っていた一族《いちぞく》ではありませぬか。その城《しろ》に入《はい》るのは、危《き》険《けん》でございます。」

側近《そっきん》の小山田信茂《おやまだのぶしげ》がまことしやかに、勝頼《かつより》をときふせたのだ。

「わが居城《きょじょう》、岩殿城《いわどのじょう》へお入《はい》りください。」

勝頼《かつより》はまよったすえ、信茂《のぶしげ》のことばを聞《き》いたのだ。

天正《てんしょう》十年《ねん》の三月三日《がつみっか》、勝頼《かつより》は、近臣《きんしん》の七百名《めい》をつれて、新府城《しんぷじょう》から、岩殿城《いわどのじょう》へ出発《しゅっぱつ》した。あくる四日《よっか》、信茂《のぶしげ》は勝頼《かつより》に、実《じつ》の母《はは》を人質《ひとじち》がわりにあずけて、一足《ひとあし》さきに岩殿城《いわどのじょう》へ向《む》かった。

しかし、勝頼一行《かつよりいっこう》は、信茂《のぶしげ》の岩殿城《いわどのじょう》に向《む》かうあいだに、ひとりへり、ふたりへりして、脱落《だつらく》する者《もの》が続出《ぞくしゅつ》し、いつか二百名《めい》たらずになってしまった。

そして九日《ここのか》、信茂《のぶしげ》のいとこが、

「もうすぐ信茂《のぶしげ》さまがむかえにまいられます。」

といって、信茂《のぶしげ》の実母《じつぼ》をつれて、勝頼《かつより》からはなれていき、ゆくえ知《し》れずとなった。

「まさか、小山田信茂《おやまだのぶしげ》がうらぎったのか。」

勝頼《かつより》が気《き》づいたときは、すでに遅《おそ》かった。

岩殿城《いわどのじょう》からの援軍《えんぐん》はついにこなかった。勝頼《かつより》たちは信長軍《のぶながぐん》に攻《せ》めたてられ、一族《いちぞく》をひきつれて天目山《てんもくざん》にたてこもった。そして、もはやこれまでと、全員《ぜんいん》で、自害《じがい》した。

こうして、信繁《のぶしげ》が十六歳《さい》のときに、風林火山《ふうりんかざん》を旗印《はたじるし》に、信玄《しんげん》がきずきあげた一代強国《いちだいきょうこく》、甲斐《かい》と信濃《しなの》は、信長《のぶなが》の領国《りょうごく》となった。

しかし、信州《しんしゅう》と上州《じょうしゅう》の一部《いちぶ》をしめる真田《さなだ》の領地《りょうち》には、まだ信長《のぶなが》の手《て》がのびてはいなかった。

第五章《だいごしょう》　大国《たいこく》のはざまで

われら真田《さなだ》はどうするべきか。

主家《しゅか》がほろんだいま、どうすれば、真田家《さなだけ》を生《い》きのびさせることができるか。戦国《せんごく》の時代《じだい》にあっては、弱《よわ》い国《くに》は強《つよ》い国《くに》にほろぼされるしかなかった。

昌幸《まさゆき》は、穴山小助《あなやまこすけ》や由利鎌之助《ゆりかまのすけ》らに命《めい》じて、大国《たいこく》の動《うご》きをさぐらせながら、生《い》きのびるすべを考《かんが》えた。

真田家《さなだけ》は、弱《よわ》くはなかった。

むしろ、戦《いくさ》には強《つよ》かった。真田家《さなだけ》のあるじであった幸隆《ゆきたか》、そして昌幸《まさゆき》は、いまだ手痛《ていた》い負《ま》けをきっしてはいなかった。しかし、真田家《さなだけ》は、まわりにひしめく強大《きょうだい》な国《くに》にくらべれば、信州《しんしゅう》と上《じょう》州《しゅう》に二万石《まんごく》の領地《りょうち》と、二千あまりの兵《へい》しかもっていなかった。

北《きた》には、「越後《えちご》の龍《りゅう》」とよばれた上杉謙信《うえすぎけんしん》のあとをついだ、百万石《まんごく》の大大名《だいだいみょう》である上杉景勝《うえすぎかげかつ》がいた。東《ひがし》には、北条早雲《ほうじょうそううん》を始祖《しそ》として、関東八州《かんとうはっしゅう》を支配《しはい》する二百四十万石《まんごく》の大大名《だいだいみょう》である北条氏《ほうじょうし》政《まさ》、氏直《うじなお》の父子《ふし》がいた。

そして、武田家《たけだけ》の領国《りょうごく》だった甲斐《かい》と信濃《しなの》は、いまや日《ひ》の出《で》の勢《いきお》いの織田信長《おだのぶなが》が新《あたら》しい領主《りょうしゅ》となり、かつては諸国《しょこく》を歩《ある》いていた浪人《ろうにん》だったという織田家《おだけ》の武将《ぶしょう》、滝川一益《たきがわかずます》が甲府《こうふ》に代官《だいかん》としてやってきた。

天下《てんか》とりをめざす信長《のぶなが》は、いずれ、滝川一益《たきがわかずます》を先兵《せんぺい》として、真田一族《さなだいちぞく》の領地《りょうち》である信州《しんしゅう》と上州《じょうしゅう》へ攻《せ》めよせてくるにちがいなかった。

「父上《ちちうえ》、いかがなされますか。」

このとき、十六歳《さい》になっていた幸村《ゆきむら》※（信繁《のぶしげ》）は、昌幸《まさゆき》にたずねた。

「うむ。いざとなれば、信長《のぶなが》と戦《たたか》うしかあるまい。」

昌幸《まさゆき》は強《つよ》い口調《くちょう》でいったあと、なげいた。

「ああ、われに三万《まん》、いや、一万《まん》の兵《へい》があれば……。」

戦《いくさ》じょうずの昌幸《まさゆき》には、幸隆《ゆきたか》と同《おな》じ自信《じしん》があった。せめて、一万《まん》の兵《へい》があれば、どの国《くに》にも負《ま》けない。もしも三万《まん》の兵《へい》があれば、天下《てんか》もとれる。

だが、いまの真田家《さなだけ》には、どんなにかきあつめても、二千あまりの兵《へい》しかいなかった。甲斐《かい》と信濃《しなの》だけでなく、尾張《おわり》、美濃《みの》、近江《おうみ》、伊勢《いせ》、摂津《せっつ》、河内《かわち》と数多《かずおお》くの領国《りょうごく》を支配《しはい》し、十数万《じゅうすうまん》の兵《へい》を動《うご》かせる信長《のぶなが》と、まともに戦《たたか》えるはずがなかった。

※真田幸村《さなだゆきむら》の、歴史上《れきしじょう》の実名《じつめい》は「信繁《のぶしげ》」です。しかし、「幸村《ゆきむら》」という名《な》で広《ひろ》く知《し》られているので、この章《しょう》から、「幸村《ゆきむら》」とします。

「幸村《ゆきむら》、そのときはかくごするがいい。」

昌幸《まさゆき》のことばには、悲壮《ひそう》な決意《けつい》があった。

「は。幸村《ゆきむら》、かくごしております。」

だが、幸村《ゆきむら》には、真田家《さなだけ》がほろびるとは思《おも》えなかった。このところ、毎夜《まいよ》の星《ほし》の動《うご》きを見《み》ていると、そうしたほろびの予感《よかん》がなかったのだ。しかし、幸村《ゆきむら》は星《ほし》の夜《よ》ごとの移動《いどう》に、ある異変《いへん》を感《かん》じていた。

（なにかが、おきる。重大《じゅうだい》ななにかが、近《ちか》いうちにおきる。）

そのような予感《よかん》があった。

そして、真田家《さなだけ》に、幸運《こううん》がころがりこんできた。信長《のぶなが》は、真田《さなだ》と戦《たたか》うのをよしとせず、昌幸《まさゆき》に申《もう》し入《い》れてきたのだ。

「領地《りょうち》を安堵《あんど》するから、味方《みかた》になれ。」

戦《いくさ》に強《つよ》い真田昌幸《さなだまさゆき》を敵《てき》にまわして戦《たたか》うよりは、味方《みかた》にひきいれて、天下《てんか》とりの先兵《せんぺい》としてはたらかしたほうがよい。信長《のぶなが》はそう考《かんが》えたのだ。

「ありがたい。」

昌幸《まさゆき》はよろこんだ。

天正《てんしょう》十年《ねん》の四月《がつ》、信長《のぶなが》が「天下布武《てんかふぶ》」をかかげて、きずきあげた壮麗《そうれい》な天守閣《てんしゅかく》をもつ安土城《あづちじょう》の、まばゆいばかりの大広間《おおひろま》で、昌幸《まさゆき》はひれふしていた。

やがて、信長《のぶなが》があらわれた。

「顔《かお》をあげよ。」

信長《のぶなが》はかん高《だか》い声《こえ》でいった。

「はっ。」

昌幸《まさゆき》は顔《かお》をあげた。

「そなたが、信玄《しんげん》に小姓《こしょう》のときからつかえ、信玄《しんげん》の『両目《りょうめ》』のひとりとよばれた、真田昌幸《さなだまさゆき》か。」

信長《のぶなが》は、なにもかも射《い》ぬくような、するどいまなざしで、昌幸《まさゆき》を見《み》すえた。

「はっ。真田昌幸《さなだまさゆき》でございます。こたびは、織田《おだ》さまのお味方《みかた》にくわえていただき、まことにありがとうございます。」

昌幸《まさゆき》はひれふした。

「うむ。たのむぞ。武田《たけだ》の重臣《じゅうしん》たちがつぎつぎとうらぎるなか、勝頼《かつより》を守《まも》ろうとしたそなたの忠義心《ちゅうぎしん》は、聞《き》いておる。」

信長《のぶなが》はいった。

「あの小山田信茂《おやまだのぶしげ》のような、ふたごころある者《もの》を、わしは断《だん》じてゆるさぬ。わが子信忠《のぶただ》に命《めい》じて、あやつは切腹《せっぷく》させた。だが、そなたはちがう。篤《あつ》い忠義《ちゅうぎ》の心《こころ》をもっておる。よいか、わが織《お》田家《だけ》とよしみをむすんだからには、ぞんぶんにはたらいてくれ。」

「はっ。真田昌幸《さなだまさゆき》、信長《のぶなが》さまの先兵《せんぺい》となり、命《いのち》のつづくかぎり、戦《たたか》いまする。」

昌幸《まさゆき》は、信長《のぶなが》に忠誠《ちゅうせい》をちかった。


「これで、ひと安心《あんしん》だな。」

岩櫃城《いわびつじょう》にもどった昌幸《まさゆき》は、胸《むね》をなでおろして、いった。

近畿一帯《きんきいったい》を制覇《せいは》した信長《のぶなが》は、四国《しこく》の長宗我部元親《ちょうそかべもとちか》と、中国《ちゅうごく》の毛利輝元《もうりてるもと》を攻《せ》めようとしていて、その手《て》に天下《てんか》をつかむのは、時間《じかん》の問題《もんだい》だと思《おも》われた。

よし、わしもはたらくぞ。

昌幸《まさゆき》は思《おも》った。

天下人《てんかびと》の家臣《かしん》となって、思《おも》うぞんぶん戦《たたか》うのだ。

「わしは、戦《たたか》うぞ、幸村《ゆきむら》。信長《のぶなが》さまにつかえて、戦《いくさ》に勝《か》ちまくるぞ。そうして、真田《さなだ》の領地《りょうち》をふやしていくのだ。」

昌幸《まさゆき》は、幸村《ゆきむら》に向《む》かって、うれしそうにいった。

「は。父上《ちちうえ》が戦《いくさ》に敗《やぶ》れることなど、ありませぬ。信長《のぶなが》さまは、父上《ちちうえ》の力《ちから》をたのもしく思《おも》われたのでしょう。」

幸村《ゆきむら》はうなずいて、いった。

だが、このとき、幸村《ゆきむら》の胸《むね》にはある予感《よかん》があった。

東《ひがし》の空《そら》でかがやいていた、大《おお》きな星《ほし》が、すうっと西《にし》のほうに落《お》ちていくのを、幸村《ゆきむら》は見《み》たのだ。

(あれは、あの星《ほし》は……。)

落《お》ちていく巨星《きょせい》。

(もしかしたら、それはめざましい勢《いきお》いで、まわりの国《くに》を攻《せ》めほろぼして、天下《てんか》とりの道《みち》をつっ走《ぱし》ってきた信長《のぶなが》さまではないのか。)

だが、幸村《ゆきむら》はそれを昌幸《まさゆき》にはいわなかった。

それから二か月後《げつご》のことだった。

天正《てんしょう》十年《ねん》の六月《がつ》、まさしく巨星《きょせい》が落《お》ちた。

「ものども、敵《てき》は本能寺《ほんのうじ》にあり。」

忠実《ちゅうじつ》な臣下《しんか》であったはずの明智光秀《あけちみつひで》がむほんをたくらみ、毛利攻《もうりぜ》めに使《つか》うべき一万《まん》三千の兵《へい》を、まったく方向《ほうこう》ちがいの京都《きょうと》へ向《む》けたのだ。

そこに信長《のぶなが》がいた。信長《のぶなが》は、秀吉《ひでよし》が攻《せ》めている高松《たかまつ》へ向《む》かうとちゅうであり、本能寺《ほんのうじ》に宿《やど》をとっていた。このとき信長《のぶなが》は、近臣数十名《きんしんすうじゅうめい》しか、したがえていなかった。よもや、光秀《みつひで》がむほんをおこすとは、思《おも》ってもいなかったのだ。

一万《まん》三千の光秀軍《みつひでぐん》に、本能寺《ほんのうじ》を十重二十重《とえはたえ》にかこまれ、もはや逃《のが》れられぬとさとった信長《のぶなが》は、押《お》しよせる兵《へい》を弓矢《ゆみや》で射《い》たあと、

「ぜひもなし。」

と、つぶやき、燃《も》える炎《ほのお》のなかにみずから入《はい》っていき、この世《よ》を去《さ》っていった。

「なんということだ。」

ぼうぜんとなって、肩《かた》をがっくり落《お》としている昌幸《まさゆき》を、幸村《ゆきむら》は、いたましい思《おも》いで見《み》やった。

（わたしの予感《よかん》はやはりあたったのか。）

落《お》ちていく巨星《きょせい》。それはまさしく信長《のぶなが》だったのだ。

幸村《ゆきむら》は、一度《いちど》も会《あ》うことのなかった信長《のぶなが》を思《おも》った。

なによりも、三千の兵《へい》をひきいて、今川義元《いまがわよしもと》の二万《まん》五千の大軍《たいぐん》と戦《たたか》い、桶狭間《おけはざま》において、義元《よしもと》の首《くび》をとった若《わか》き日《ひ》の信長《のぶなが》は、幸村《ゆきむら》のあこがれでもあった。

「父上《ちちうえ》、大変《たいへん》なことになりましたな。」

十七歳《さい》の兄《あに》、信幸《のぶゆき》は、くちびるをひきしめて、いった。

「うむ。こまったことになった。」

昌幸《まさゆき》はつぶやいた。

信長《のぶなが》につかえて、真田《さなだ》の国力《こくりょく》をじっくりと養《やしな》っていく。つぎつぎとてがらをたて、五千、一万《まん》の兵《へい》が動《うご》かせる大名《だいみょう》に成長《せいちょう》していく。そのつもりだった。

信長《のぶなが》にとっては、織田家《おだけ》に長《なが》いあいだつかえてきたかどうかなど、どうでもよいことだった。力《ちから》があるか、どうか。それだけを、信長《のぶなが》は重視《じゅうし》した。草履《ぞうり》とりから出世《しゅっせ》して、近江《おうみ》二十万石《まんごく》の大《だい》名《みょう》にとりたてられた秀吉《ひでよし》に見《み》られるように、織田家《おだけ》の生《は》えぬきの武将《ぶしょう》でなくとも、力《ちから》のある者《もの》には、おしげもなく、領土《りょうど》をわけあたえていた。

その信長《のぶなが》が死《し》んでしまったのである。

昌幸《まさゆき》が描《えが》いていた計画《けいかく》は根底《こんてい》からくずれてしまったのだ。

それればかりではなかった。いつ、まわりの大国《たいこく》から攻《せ》められるか、わからない、不安定《ふあんてい》な状態《じょうたい》におちいってしまったのである。

「北《きた》には、上杉景勝《うえすぎかげかつ》。南《みなみ》には、徳川家康《とくがわいえやす》。東《ひがし》には、北条氏直《ほうじょううじなお》。どの国《くに》も、すきあらば、真田《さなだ》の領《りょう》土《ど》をうばおうとねらっております。」

信幸《のぶゆき》は、いった。

「われらは、そのうちのいずれの国《くに》と戦《たたか》うことになるのでしょうか。」

「うむ。そのいずれが、攻《せ》めてくるか。」

昌幸《まさゆき》は腕組《うでぐ》みして、つぶやいた。

三国《さんごく》のうち、どの国《くに》が真田《さなだ》の領地《りょうち》に攻《せ》めこんできても、おかしくなかった。

(父上《ちちうえ》は、どうされるのだろう。)

幸村《ゆきむら》は思《おも》った。

しかし、幸村《ゆきむら》に不安《ふあん》はなかった。

父上《ちちうえ》なら、その知恵《ちえ》と力《ちから》とで、なんとか、この危機《きき》を切《き》りぬけることができる。そう信《しん》じきっていたからだ。

穴山小助《あなやまこすけ》が知《し》らせてきた。

「北条軍《ほうじょうぐん》が攻《せ》めてきました。」

「うむ。」

昌幸《まさゆき》はうなずいた。

かくごはしていたが、信長《のぶなが》の代官《だいかん》だった滝川一益《たきがわかずます》が甲府《こうふ》をはなれて、西《にし》へ去《さ》ると、さっそく、小田原《おだわら》の北条軍《ほうじょうぐん》が上州《じょうしゅう》になだれこんできたのである。

「北条《ほうじょう》め。信長《のぶなが》がいなくなると、すぐに攻《せ》めこんでくるとは。沼田城《ぬまたじょう》をねらっておるな。」

昌幸《まさゆき》はいまいましそうにいった。

「父上《ちちうえ》、どうなされますか。北条《ほうじょう》をむかえうちますか。」

十七歳《さい》の信幸《のぶゆき》は強《つよ》い口調《くちょう》でいった。

「さて。」

昌幸《まさゆき》は眉《まゆ》を寄《よ》せて、ふかぶかと腕組《うでぐ》みをした。

(北条《ほうじょう》と戦《たたか》う。父上《ちちうえ》はそれを考《かんが》えておられる。)

幸村《ゆきむら》は思《おも》った。

しかし、父上《ちちうえ》はためらっておられる。たしかに、北条早雲《ほうじょうそううん》を始祖《しそ》として、名将北条氏康《めいしょうほうじょううじやす》によって、領土《りょうど》をひろげ、いまや関東八州《かんとうはっしゅう》を支配《しはい》している大国《たいこく》とまともにぶつかっても、勝《か》ちめはうすいだろう。

「やむをえぬ。」

昌幸《まさゆき》はつぶやいた。

「いよいよ、北条《ほうじょう》と戦《たたか》われるのですね。」

信幸《のぶゆき》は昌幸《まさゆき》の顔《かお》を見《み》ながら、いった。

(兄《あに》は、戦《たたか》いをのぞんでいるのだろうか。)

幸村《ゆきむら》は思《おも》った。

信幸《のぶゆき》は、思慮深《しりょぶか》い、おちついた性格《せいかく》であると同時《どうじ》に、祖父《そふ》の幸隆《ゆきたか》に似《に》て、気性《きしょう》のはげしさもあった。

「いや、そうはせぬ。」

昌幸《まさゆき》は首《くび》をふった。

「わしは、北条《ほうじょう》などおそれはせぬ。だが、いまは、戦《たたか》うときではない。いまは、じっとこらえるときだ。」

真田家《さなだけ》を守《まも》るために、昌幸《まさゆき》はいそいで、北条氏直《ほうじょううじなお》に文《ふみ》をおくった。信州《しんしゅう》と上州《じょうしゅう》にある、いままでの領地《りょうち》を安堵《あんど》してもらうという条件《じょうけん》で、北条《ほうじょう》に属《ぞく》したいと申《もう》し入《い》れたのだ。

「そうか。真田《さなだ》が降参《こうさん》してきたか。」

父《ちち》である北条氏政《ほうじょううじまさ》のあとをついで、若《わか》きあるじとなった北条氏直《ほうじょううじなお》は、これまでさんざん手《て》を焼《や》いてきた真田《さなだ》が臣下《しんか》となることに満足《まんぞく》し、領地《りょうち》を安堵《あんど》することを承知《しょうち》した。

「よいか。北《きた》をたのむぞ。」

北条氏直《ほうじょううじなお》にいわれ、昌幸《まさゆき》は、越後《えちご》の上杉景勝《うえすぎかげかつ》と戦《たたか》うかくごをかためた。

だが、そうこうするうちに、南《みなみ》から、徳川家康《とくがわいえやす》が、どとうのように、甲州《こうしゅう》に進軍《しんぐん》してきた。そして、滝川一益《たきがわかずます》が去《さ》ったあとの、甲斐《かい》と信濃《しなの》を、たちまち征服《せいふく》してしまったのである。さらに家《いえ》康《やす》は、かつて信玄《しんげん》につかえていた武田家《たけだけ》の武将《ぶしょう》たちを、そのまま、徳川家《とくがわけ》の家臣《かしん》としてしたがわせた。

いまや徳川家康《とくがわいえやす》は、かつての今川義元《いまがわよしもと》と武田信玄《たけだしんげん》が支配《しはい》していたふたつの領国《りょうごく》をあわせもつ、百五十万石《まんごく》の大大名《だいだいみょう》となったのだ。

「どうするべきか。」

昌幸《まさゆき》は、考《かんが》えこんだ。

このままだと、家康《いえやす》は、信州《しんしゅう》と上州《じょうしゅう》にある真田《さなだ》の領地《りょうち》へ、ようしゃなく攻《せ》めこんでくるにちがいなかった。

三河《みかわ》、遠江《とおとうみ》、駿河《するが》にくわえて、あらたに甲斐《かい》と信濃《しなの》の五か国《こく》を手《て》にした、強大《きょうだい》な徳川家《とくがわけ》と正面《しょうめん》切《き》って、戦《たたか》うか。それとも、頭《あたま》をさげて、臣下《しんか》となるか。

家康《いえやす》と戦《たたか》っても、少《すく》ない兵《へい》しかもたない真田《さなだ》には、勝《か》ちめはほとんどなく、じりじりと攻《せ》めつぶされてしまうかもしれない。それに、家康《いえやす》との戦《いくさ》に、北条氏直《ほうじょううじなお》が援軍《えんぐん》を出《だ》して、助《たす》けてくれるとは思《おも》えなかった。

「北条《ほうじょう》を捨《す》て、家康《いえやす》につきましょう。」

兄《あに》の信幸《のぶゆき》が、冷静《れいせい》な口調《くちょう》でいった。

「信長《のぶなが》なきあと、天下《てんか》をだれがとるか。それは、毛利《もうり》との戦《いくさ》をうまくおさめて、かたきの明智光《あけちみつ》秀《ひで》を討《う》った羽柴秀吉《はしばひでよし》か、あるいは、信長《のぶなが》の盟友《めいゆう》だった徳川家康《とくがわいえやす》か。ふたりのうちの、いずれかが天下《てんか》を手《て》にするでしょう。関東《かんとう》で、ふんぞりかえっている北条氏政《ほうじょううじまさ》、氏直親子《うじなおおやこ》など、たよりになりませぬ。」

(兄上《あにうえ》は、よく見《み》ている。)

幸村《ゆきむら》は思《おも》った。

(状況《じょうきょう》を正確《せいかく》に分析《ぶんせき》して、真田《さなだ》の行《ゆ》く末《すえ》を考《かんが》えている。)

信幸《のぶゆき》はいった。

「それに、もしも家康《いえやす》についたからといって、北条《ほうじょう》が怒《おこ》って、真田《さなだ》を攻《せ》めてくるとは思《おも》いませぬ。北条《ほうじょう》は家康《いえやす》を敵《てき》にまわして、戦《いくさ》するほどの腹《はら》はすわっておりませぬ。」

昌幸《まさゆき》はしばらく考《かんが》えてから、幸村《ゆきむら》を見《み》た。

「信幸《のぶゆき》はああいっているが、幸村《ゆきむら》、そなたはどう思《おも》うか。」

幸村《ゆきむら》は、父《ちち》を見《み》つめた。

「わたしにたずねられるまでもなく、父上《ちちうえ》はもうお心《こころ》を決《き》めておられるのでしょう?」

幸村《ゆきむら》はいった。

いま昌幸《まさゆき》がなにをどう考《かんが》えているか、幸村《ゆきむら》にはわかっていた。

兄《あに》にいわれるまでもなく、父上《ちちうえ》は、北条《ほうじょう》からはなれて、家康《いえやす》に頭《あたま》をさげるだろう。いまの真田《さなだ》家《け》を生《い》きのびさせるには、それしかないからだ。父上《ちちうえ》は、いざとなれば、だれとでも手《て》をむすぶだろう。真田《さなだ》という、いまは小《ちい》さな領土《りょうど》しかない一族《いちぞく》を生《い》きのびさせるためには、必要《ひつよう》なことならば、父上《ちちうえ》はいかなることでもするにちがいない。

幸村《ゆきむら》には、昌幸《まさゆき》の心《こころ》の動《うご》きが手《て》にとるように見《み》えていた。

「ふふ。」

昌幸《まさゆき》は笑《わら》った。

「そうだな。わしの腹《はら》はもう決《き》まっておるからな。」

昌幸《まさゆき》は、家康《いえやす》の臣下《しんか》となることを決《き》め、北条《ほうじょう》と手《て》を切《き》った。そして、駿府《すんぷ》の家康《いえやす》に会《あ》いにいった。

だが、家康《いえやす》はすぐに昌幸《まさゆき》に会《あ》おうとはしなかった。わざと待《ま》たせたのだ。

「ふうむ。」

重臣《じゅうしん》の本多忠勝《ほんだただかつ》を相手《あいて》に、ゆっくりと茶《ちゃ》を楽《たの》しみながら、

「信長公《のぶながこう》が亡《な》くなったら、あわてて北条《ほうじょう》にかけこみ、いまはそれを見《み》かぎって、わしのもとにかけつけてきたとはな。どう思《おも》う、忠勝《ただかつ》。」

と、家康《いえやす》は、本多忠勝《ほんだただかつ》にいった。

「さようですな。たいした、くわせ者《もの》ですな。」

忠勝《ただかつ》はいった。

「で、あろう。」

「それで、真田《さなだ》をどう、なされますか。」

家康《いえやす》は腕組《うでぐ》みをした。

「さあて、どうするかな。」

「真田《さなだ》は、たしかに勝負強《しょうぶづよ》いところがありますが、油断《ゆだん》ならぬ一族《いちぞく》。本心《ほんしん》は、わかりませぬ。」

家康《いえやす》はうなずいた。

「うむ。昌幸《まさゆき》は、名《な》にしおう横着者《おうちゃくもの》(ずうずうしい者《もの》)だからな。わが身《み》を守《まも》るためなら、こすからく、なんでもするからのう。」

「では、真田《さなだ》をほろぼしてしまう、おつもりでございますか。」

忠勝《ただかつ》の問《と》いに、家康《いえやす》はしばらく考《かんが》えてから、首《くび》をふった。

「いや、それはせぬ。真田《さなだ》をわが徳川家《とくがわけ》の先兵《せんぺい》として、北条《ほうじょう》と上杉《うえすぎ》を攻《せ》めさせよう。それに、いずれ秀吉《ひでよし》との戦《いくさ》にも、役立《やくだ》つであろうからな。」

「さようでございますな。」

忠勝《ただかつ》はいった。

「なによりも、秀吉《ひでよし》との戦《いくさ》になれば、真田《さなだ》はおおいに役立《やくだ》ちましょう。」

家康《いえやす》は茶《ちゃ》をのみほすと、

「そろそろ、会《あ》ってやるか。こちらに昌幸《まさゆき》を通《とお》せ。」

「はっ。では、よんでまいります。」

忠勝《ただかつ》は立《た》ちあがった。

ひかえの間《ま》に行《い》くと、忠勝《ただかつ》はいった。

「お待《ま》たせいたしたな。真田《さなだ》どの。とのがこれより、そこもとに会《あ》ってくださる。」

「はっ。」

昌幸《まさゆき》は立《た》ちあがった。

家康《いえやす》の前《まえ》まで行《い》くと、昌幸《まさゆき》はひれふした。

「真田昌幸《さなだまさゆき》でござります。なにとぞ、徳川《とくがわ》さまの配下《はいか》に、わが真田《さなだ》をおくわえくださいませ。もしも、おゆるしいただけますなら、真田一族《さなだいちぞく》、渾身《こんしん》の力《ちから》で、徳川《とくがわ》さまのためにはたらきまする。」

昌幸《まさゆき》のことばに、家康《いえやす》は相好《そうごう》をくずした。

「おう、そなたが信玄公《しんげんこう》のお気《き》に入《い》りであったという、真田昌幸《さなだまさゆき》か。いや、そなたがつかえた信《しん》玄公《げんこう》の強《つよ》さは、まことに無類《むるい》であった。かくいうわしも、三方ヶ原《みかたがはら》では、旗印《はたじるし》をたおされ、さんざんにやられた。」

家康《いえやす》は、上機嫌《じょうきげん》でいった。

「そなたの力《ちから》、たのみにしておる。よろしく、たのむぞ。」

昌幸《まさゆき》の本心《ほんしん》を疑《うたが》いながらも、家康《いえやす》は、昌幸《まさゆき》を家臣《かしん》とすることにした。秀吉《ひでよし》と天下《てんか》あらそいをするためには、戦《いくさ》に強《つよ》い真田《さなだ》の力《ちから》はえがたいものだったからだ。

第《だい》六章《しょう》　幸村《ゆきむら》、人質《ひとじち》となる

戸石城《といしじょう》にもどってくると、昌幸《まさゆき》はいった。

「なんとか、しのいだぞ。」

幸村《ゆきむら》はうなずいて、いった。

「父上《ちちうえ》、では、ひとまず家康《いえやす》と手《て》を組《く》まれたのですね。」

ひとまず、ということばを使《つか》った自分《じぶん》に気《き》づいて、幸村《ゆきむら》は、はっとした。

(なぜ、ひとまずなのか。)

幸村《ゆきむら》は考《かんが》えた。

しかし、幸村《ゆきむら》にはなぜか、父《ちち》と家康《いえやす》とはあまり長《なが》つづきしないように感《かん》じられたのだ。

「うむ。そうだな、ひとまず、だな。」

幸村《ゆきむら》の思《おも》いを感《かん》じとったように、昌幸《まさゆき》はうなずいた。それから、きびしい口調《くちょう》で、いった。

「すぐにも、とりかからねばならないことがあるぞ、幸村《ゆきむら》。」

幸村《ゆきむら》はたずねた。

「なんでござりましょう。」

「上田《うえだ》に城《しろ》をきずくことだ。」

そうか、上田《うえだ》に城《しろ》か。

幸村《ゆきむら》はうなずいた。

「それは、よいお考《かんが》えでございます。」

「うむ。われら真田《さなだ》は、戸石城《といしじょう》と岩櫃城《いわびつじょう》と沼田城《ぬまたじょう》をもっている。しかし、それらは山《やま》の上《うえ》の城《しろ》であり、本城《ほんじょう》とはいいがたい。真田一族《さなだいちぞく》の本城《ほんじょう》が、われらには必要《ひつよう》なのじゃ。」

昌幸《まさゆき》はいった。

天正《てんしょう》十一年《ねん》（一五八三年《ねん》）、昌幸《まさゆき》は、千曲川《ちくまがわ》の河岸《かわぎし》に城《しろ》をきずきはじめた。

これまで山城《やまじろ》の戸石城《といしじょう》を居城《きょじょう》としてきたが、これからきずく城《しろ》は、上田盆地《うえだぼんち》のほぼ中央《ちゅうおう》に位置《いち》する平城《ひらじろ》で、地理《ちり》と交通《こうつう》がはるかに便利《べんり》だった。

大手門《おおてもん》を東《ひがし》におき、南《みなみ》は尼ヶ淵《あまがふち》とよばれる千曲川《ちくまがわ》の分流《ぶんりゅう》が流《なが》れ、西《にし》と北《きた》は、千曲川《ちくまがわ》の支流《しりゅう》である矢出沢川《やでさわがわ》が流《なが》れていて、これらの川自体《かわじたい》が城《しろ》を守《まも》る外堀《そとぼり》となっていた。

「上田城《うえだじょう》をわが真田《さなだ》の本城《ほんじょう》として、わしは戦《たたか》うぞ。」

昌幸《まさゆき》は、幸村《ゆきむら》にいった。

「はい。」

幸村《ゆきむら》はいった。

こうして、あくる年《とし》には、本丸《ほんまる》、二の丸《まる》、小泉曲輪《こいずみくるわ》、大手門《おおてもん》、堀《ほり》、塀《へい》、狭間《はざま》、やぐらをそなえた上田城《うえだじょう》が完成《かんせい》した。

だが、上田城《うえだじょう》ができあがったのも、つかのま、思《おも》いがけないことがおきた。

天正十二年《てんしょうじゅうにねん》（一五八四年《ねん》）、信長《のぶなが》の次男信雄《じなんのぶかつ》が家康《いえやす》にうったえたのだ。

「秀吉《ひでよし》が、父《ちち》のきずいた織田《おだ》の天下《てんか》をうばおうとしています。わたしは秀吉《ひでよし》と戦《たたか》うつもりなので、ぜひ、力《ちから》を貸《か》してください。」

戦《たたか》いの名分《めいぶん》をえた家康《いえやす》は、ついに秀吉《ひでよし》との決戦《けっせん》にふみきった。

三月《がつ》、それぞれ大軍《たいぐん》をひきいて、秀吉《ひでよし》と家康《いえやす》は陣《じん》をかまえた。そして、四月《がつ》、家康《いえやす》は尾張《おわり》の小《こ》牧《まき》・長久手《ながくて》で、秀吉軍《ひでよしぐん》の森長可《もりながよし》らを打《う》ちやぶった。

しかし、秀吉《ひでよし》はその敗戦《はいせん》を気《き》にしなかった。

「さすがに、家康《いえやす》は強《つよ》い。だがな、その家康《いえやす》も、いずれは、わしの家臣《かしん》となる。」

と、高言《こうげん》し、まともに家康《いえやす》と対戦《たいせん》することなく、大軍《たいぐん》をひきあげさせた。

「秀吉《ひでよし》と戦《たたか》うには、北条《ほうじょう》をひきこむ必要《ひつよう》がある。」

家康《いえやす》は、秀吉《ひでよし》との本格的《ほんかくてき》な戦《いくさ》にそなえて、これまで敵対《てきたい》してきた北条氏直《ほうじょううじなお》のもとに、娘《むすめ》を縁組《えんぐ》みさせて、和《わ》をむすんだ。

このとき、徳川《とくがわ》と北条《ほうじょう》のあいだで、武田家《たけだけ》の旧領地《きゅうりょうち》の分配《ぶんぱい》がさだめられた。それにより、甲州《こうしゅう》と信州《しんしゅう》は、徳川《とくがわ》の領地《りょうち》とし、上州《じょうしゅう》は、北条《ほうじょう》の領地《りょうち》とすることにした。

そして、家康《いえやす》は、昌幸《まさゆき》に命《めい》じた。

「真田《さなだ》よ。そなたの支配《しはい》している、岩櫃《いわびつ》と沼田《ぬまた》などの上州《じょうしゅう》にある城《しろ》を、北条《ほうじょう》にあけわたすがよい。」

家康《いえやす》の使者《ししゃ》がたずさえてきた文《ふみ》を読《よ》んだ昌幸《まさゆき》は、怒《おこ》った。

「なにをいうかっ。」

昌幸《まさゆき》は文《ふみ》を破《やぶ》り捨《す》てた。

「岩櫃《いわびつ》も、沼田《ぬまた》も、われら真田《さなだ》が戦《たたか》い、真田一族《さなだいちぞく》の血《ち》を流《なが》してえた城《しろ》ではないか。家康《いえやす》から、あたえられたものではないぞ。弓矢《ゆみや》にかけても、北条《ほうじょう》などに、わたしはせぬ。」

（さすがは、父上《ちちうえ》。）

幸村《ゆきむら》は思《おも》った。

天下《てんか》を秀吉《ひでよし》とあらそって、小牧《こまき》・長久手《ながくて》では秀吉軍《ひでよしぐん》を破《やぶ》った家康《いえやす》の命令《めいれい》に、真《ま》っ向《こう》からさからうとは。しかし、そうなれば、徳川《とくがわ》と北条《ほうじょう》ふたつを敵《てき》にまわすことになる。北条《ほうじょう》はまだしも、徳《とく》川《がわ》は強《つよ》い。長年《ながねん》、あの気《き》むずかしい信長《のぶなが》と同盟《どうめい》して、多《おお》くの困難《こんなん》な戦《たたか》いをへてきた家康《いえやす》は、平地《へいち》で戦《いくさ》をしたら、いまは、いちばん強《つよ》いかもしれない。

その家康《いえやす》と、父上《ちちうえ》は、どう戦《たたか》おうとされているのだろう。

「それでは、父上《ちちうえ》……。」

兄《あに》の信幸《のぶゆき》が心配《しんぱい》そうにいった。

「徳川《とくがわ》にそむかれるのですか。」

「うむ。」

昌幸《まさゆき》はきっぱりといった。

「そむく。ただちに家康《いえやす》と手《て》を切《き》る。」

信幸《のぶゆき》は眉《まゆ》をひそめて、たずねた。

「家康《いえやす》は怒《おこ》りましょう。」

「そうであろうな。」

「もしも、家康《いえやす》が攻《せ》めてきたら、どうなされるのですか。」

「むろん、戦《たたか》う。」

昌幸《まさゆき》はいった。

「しかし、家康《いえやす》と戦《たたか》うためには、味方《みかた》がいる。わしは、越後《えちご》の上杉景勝《うえすぎかげかつ》をたよることにした。」

（そうか、父上《ちちうえ》の心《こころ》は、景勝《かげかつ》の背後《はいご》にひかえている秀吉《ひでよし》に向《む》かっているのか。）

幸村《ゆきむら》は察《さっ》した。

家康《いえやす》に対抗《たいこう》するには、秀吉《ひでよし》にたよるしかない。父《ちち》はそう思《おも》っているのだ。しかし、秀吉《ひでよし》に属《ぞく》するには、直接《ちょくせつ》の手《て》づるがなく、まずは、秀吉《ひでよし》に臣従《しんじゅう》しているかたちの上杉景勝《うえすぎかげかつ》をたよるしかないのだ。

「幸村《ゆきむら》よ。」

昌幸《まさゆき》が幸村《ゆきむら》に向《む》かって、いった。

「そなたに、たのみがある。」

父《ちち》のたのみごと。

幸村《ゆきむら》はすぐにそれがなにかわかった。

前夜《ぜんや》、夜《よる》の星《ほし》をながめていて、幸村《ゆきむら》はひしひしと感《かん》じたのだ。胸《むね》にしみいってくるような、深《ふか》い孤独《こどく》を感《かん》じたのだ。

なんだろう、このさびしさは。

そのとき幸村《ゆきむら》は考《かんが》えた。

もしかすると、わたしは、この上田城《うえだじょう》をはなれていくことになるかもしれない。しかし、どこへ、わたしは行《い》くことになるのだろう……。

「わたしに、上杉《うえすぎ》へ行《い》けといわれるのですね。」

幸村《ゆきむら》は父《ちち》を見《み》つめて、しずかにいった。

昌幸《まさゆき》は、おどろいたように、幸村《ゆきむら》を見《み》やった。

「なぜ、それがわかったのだ。」

幸村《ゆきむら》は、だまって、うなずいた。

たのみごとと父《ちち》がいったとき、幸村《ゆきむら》には、父《ちち》の心《こころ》が手《て》にとるように、わかったのだ。それまで敵対《てきたい》し、戦《たたか》ってきた上杉景勝《うえすぎかげかつ》に属《ぞく》するためには、人質《ひとじち》をさしだす必要《ひつよう》がある。その役目《やくめ》をになうのは、次男《じなん》のわたししかいない。

「幸村《ゆきむら》、そなた。」

兄《あに》の信幸《のぶゆき》が、幸村《ゆきむら》を見《み》つめた。

「すまぬ。家康《いえやす》に対抗《たいこう》するためには、それしかないのだ。」

昌幸《まさゆき》は幸村《ゆきむら》に向《む》かって、深《ふか》く頭《あたま》をさげた。幸村《ゆきむら》は首《くび》をふって、いった。

「父上《ちちうえ》が、わたしに頭《あたま》をさげられることはありませぬ。わたしは、よろこんで上杉《うえすぎ》のもとへまいります。」

そのとき、兄《あに》の信幸《のぶゆき》がいった。

「父上《ちちうえ》、上杉《うえすぎ》には、幸村《ゆきむら》ではなく、わたくしがまいります。」

その顔《かお》は、幸村《ゆきむら》に対《たい》する兄《あに》の愛情《あいじょう》があふれていた。

(兄上《あにうえ》……。)

幸村《ゆきむら》の胸《むね》には、熱《あつ》い思《おも》いがこみあげてきた。おさないころから、ともにすごしてきた兄《あに》の心《こころ》が、うれしかった。

「幸村《ゆきむら》は、気《き》の強《つよ》いわたしとちがって、心根《こころね》がやさしい。いや、やさしすぎる。そのような幸村《ゆきむら》を、敵地《てきち》へおくりだせば、どうなるか。越後《えちご》の者《もの》たちは気性《きしょう》が荒《あら》いと聞《き》きます。どこか夢見《ゆめみ》がちな幸村《ゆきむら》を、じゃけんにあつかうかもしれませぬ。そのようなつらい目《め》に、幸村《ゆきむら》をあわせることはできませぬ。上杉《うえすぎ》へは、わたくしがまいります。」

信幸《のぶゆき》は真剣《しんけん》な口調《くちょう》でいった。

「ならぬ。」

昌幸《まさゆき》は首《くび》をふった。

「それはできぬ。」

「されど……。」

信幸《のぶゆき》がなにかいおうとすると、幸村《ゆきむら》が、信幸《のぶゆき》にいった。

「いいえ、それはなりませぬ。兄上《あにうえ》は、だいじな真田《さなだ》のあとつぎではありませぬか。上杉《うえすぎ》には、わたしが行《い》きます。」

信幸《のぶゆき》は、幸村《ゆきむら》の手《て》をにぎりしめた。

「すまぬ、幸村《ゆきむら》。おまえにつらい思《おも》いをさせて。」

信幸《のぶゆき》は涙《なみだ》をうかべて、いった。

「越後《えちご》は寒《さむ》い国《くに》だ。冬《ふゆ》は雪《ゆき》でとざされてしまう。風邪《かぜ》をひかぬように、体《からだ》をいたわるのだぞ。」

「はい。兄上《あにうえ》こそ、父上《ちちうえ》のことをよろしくたのみまする。」

幸村《ゆきむら》も涙《なみだ》を流《なが》して、兄《あに》の手《て》をにぎりしめた。


こうして、十九歳《さい》の幸村《ゆきむら》は、天正《てんしょう》十三年《ねん》（一五八五年《ねん》）の七月《がつ》、上杉景勝《うえすぎかげかつ》の春日山城《かすがやまじょう》へ向《む》かっ

た。

越後《えちご》の龍《りゅう》といわれ、その生涯《しょうがい》において一度《いちど》も負《ま》けたことのない、上杉謙信《うえすぎけんしん》。そのおいにあたる景勝《かげかつ》は、口数《くちかず》の少《すく》なさで知《し》られていた。

——一代《いちだい》、その笑顔《えがお》を見《み》たることなし。

そういわれていて、感情《かんじょう》をおもてに出《だ》さなかった。しかも、気性《きしょう》がはげしく、つねにこめかみにかんしゃくの青《あお》い筋《すじ》を走《はし》らせていた。

景勝《かげかつ》の横《よこ》には、若《わか》くて有能《ゆうのう》きわまりない家老《かろう》で、六尺《しゃく》という長身《ちょうしん》の、直江兼続《なおえかねつぐ》がひかえていた。当時《とうじ》、上杉《うえすぎ》の家臣《かしん》たちは、景勝《かげかつ》を「お屋形《やかた》さま」とよび、兼続《かねつぐ》を「旦那《だんな》」とよぶほど、兼続《かねつぐ》は上杉家《うえすぎけ》で力《ちから》があった。

「真田幸村《さなだゆきむら》か。」

景勝《かげかつ》は、いった。

その声《こえ》は、不機嫌《ふきげん》そうではなかった。どうやら、青年幸村《せいねんゆきむら》のさわやかな姿《すがた》に、気持《きも》ちをやわらげたようだった。

「はい。真田幸村《さなだゆきむら》でございます。こたびは、景勝《かげかつ》さまにお目《め》にかかれて、うれしく存《ぞん》じまする。」

「うむ。よきはたらきをせよ。」

景勝《かげかつ》はいった。

「ははっ。」

幸村《ゆきむら》は、景勝《かげかつ》の小姓《こしょう》として、つかえることになった。

景勝《かげかつ》のもとからさがっていくとき、幸村《ゆきむら》は思《おも》った。

(上田城《うえだじょう》はだいじょうぶだろうか。きっと家康《いえやす》は、大軍《たいぐん》で攻《せ》めよせてくるだろう。そのとき、上《うえ》杉《すぎ》がじゅうぶんな援軍《えんぐん》を出《だ》してくれるとはかぎらない。父上《ちちうえ》と兄上《あにうえ》とで、徳川軍《とくがわぐん》をしりぞけるしかないのだ。)

そのとき、うしろから追《お》いかけてきた直江兼続《なおえかねつぐ》が、幸村《ゆきむら》に声《こえ》をかけた。

「そなた、お屋形《やかた》さまに好《す》かれたな。」

幸村《ゆきむら》は返答《へんとう》につまった。

「は。で、ございましょうか。」

そのずばぬけた才腕《さいわん》と無類《むるい》の忠実《ちゅうじつ》さで、景勝《かげかつ》をささえてきた兼続《かねつぐ》はいった。

「お屋形《やかた》さまは、めったに人《ひと》を信用《しんよう》されない。しかし、そなたの人《ひと》がらに好《この》もしい思《おも》いをいだかれたようだ。」

景勝《かげかつ》のおもざしを思《おも》いうかべて、幸村《ゆきむら》はいった。

「もしもそうであれば、うれしく思《おも》います。」

その夜《よる》、幸村《ゆきむら》は春日山城《かすがやまじょう》の庭《にわ》から、夜空《よぞら》を見《み》た。

北十字星《きたじゅうじせい》に変化《へんか》はなかったが、天上《てんじょう》から、いくつもの星《ほし》が、つづけざまに真田郷《さなだごう》の方角《ほうがく》へ流《なが》れ落《お》ちていくのが、見《み》てとれた。

きっと上田城《うえだじょう》へ、徳川《とくがわ》が攻《せ》めよせてくるのだ。

(父《ちち》よ、兄《あに》よ、よき戦《たたか》いを。)

幸村《ゆきむら》は祈《いの》った。

そのとき、ふっと夜風《よかぜ》が動《うご》いたような気《き》がした。

(近《ちか》くに、だれかがひそんでいる。)

「だれだ。」

幸村《ゆきむら》はいった。

すると、聞《き》きおぼえのある声《こえ》がした。

「まむしがいたぞ。」

(猿飛《さるとび》か。)

幸村《ゆきむら》は、なつかしさをおぼえながら、いった。

「まむし？」

「吹《ふ》き矢《や》でおまえをねらっていたぞ。北条《ほうじょう》か、徳川《とくがわ》か、いずれかにより、はなたれた刺客《しかく》だろうな。」

幸村《ゆきむら》は思《おも》った。

（刺客《しかく》か。）

（わたしという人質《ひとじち》がいなくなれば、上杉《うえすぎ》と真田《さなだ》のつながりがなくなり、真田《さなだ》を攻《せ》めるのに好都《こうつ》合《ごう》だというわけか。）

幸村《ゆきむら》はたずねた。

「殺《ころ》したのか？」

「またも、やさしいことだな、おまえは。あの吹《ふ》き矢《や》には、きっと毒《どく》がぬってあったにちがいないのだぞ。もしもあれが刺《さ》さっていたら、おまえの命《いのち》はなかったかもしれないのだぞ。」

猿飛《さるとび》はいった。

「しかし、吹《ふ》き矢《や》をはなつ寸前《すんぜん》で、おれが手裏剣《しゅりけん》をそいつの背中《せなか》につきたててやったからな。まむしはあわてて逃《に》げたが、あの傷《きず》では、遠《とお》くへは行《い》けまい。」

（その手裏剣《しゅりけん》にも毒《どく》がぬってあったのだろうか。）

そう思《おも》いながら、幸村《ゆきむら》はいった。

「感謝《かんしゃ》するべきなのかな、わたしは。」

「感謝《かんしゃ》など、するな。おまえにたのまれたのではなく、おれが勝手《かって》にやったことだからな。」

それから、猿飛《さるとび》は鼻《はな》を鳴《な》らした。

「ふん。どうやら、おれは、おまえの守《まも》り神《がみ》になったようだな。」

そういったあと、気配《けはい》は消《き》えた。

（猿飛《さるとび》が、わたしの守《まも》り神《がみ》か。）

幸村《ゆきむら》は思《おも》った。

（しかし、なぜ、猿飛《さるとび》はそこまでするのだろう。なにか魂胆《こんたん》でもあるのだろうか。）

第《だい》七章《しょう》　徳川軍《とくがわぐん》を撃破《げきは》する

「なに、真田《さなだ》め、わが命令《めいれい》を聞《き》けぬと申《もう》すか。」

家康《いえやす》は激怒《げきど》した。

「あやつめ。わが配下《はいか》のくせに、北条《ほうじょう》に、岩櫃《いわびつ》や沼田《ぬまた》の城《しろ》をわたさぬばかりか、上杉《うえすぎ》と手《て》をむすぶとは。ゆるさぬ。ただちに、ふみつぶしてくれる。」

家康《いえやす》は、武勇自慢《ぶゆうじまん》の家臣《かしん》である、鳥居元忠《とりいもとただ》、大久保忠世《おおくぼただよ》らに、七千の兵《へい》をあたえて、真田《さなだ》の上田城《うえだじょう》を攻《せ》めることにした。

「よいか。真田《さなだ》はくせ者《もの》じゃ。」

家康《いえやす》はいった。

「心《こころ》して、攻《せ》めよ。」

大久保忠世《おおくぼただよ》はひれふした。

「はっ。心《こころ》して攻《せ》めまする。」

天正《てんしょう》十三年《ねん》の八月二日《がつふつか》。

徳川軍《とくがわぐん》七千の大軍《たいぐん》が、信州上田城《しんしゅううえだじょう》めがけて攻《せ》めよせてきた。

「くるか、徳川《とくがわ》。」

むかえうつ真田《さなだ》には、二千の兵《へい》しかいなかった。しかし、北条《ほうじょう》が攻《せ》めてくるのをふせぐために、半分《はんぶん》を沼田城《ぬまたじょう》に割《さ》かねばならなかった。

昌幸《まさゆき》は上杉《うえすぎ》に連絡《れんらく》し、沼田城《ぬまたじょう》へ越後《えちご》の上杉《うえすぎ》から援軍《えんぐん》をおくってくれるように、たのんだ。

「わかった。沼田城《ぬまたじょう》に援軍《えんぐん》をおくろう。」

景勝《かげかつ》はいった。

それを知《し》った北条《ほうじょう》は、上杉軍《うえすぎぐん》の強《つよ》さを知《し》っていたため、沼田城《ぬまたじょう》を攻《せ》めることをあきらめた。

「よし、これで、当面《とうめん》の敵《てき》は、徳川軍《とくがわぐん》だけだな。」

昌幸《まさゆき》は、上田城《うえだじょう》の本丸《ほんまる》に四百の兵《へい》でたてこもった。長男《ちょうなん》の信幸《のぶゆき》は、三百の兵《へい》とともに、戸石城《といしじょう》を守《まも》ることになった。さらに、岩櫃城《いわびつじょう》にも兵《へい》を割《さ》かねばならなかったために、徳川軍《とくがわぐん》七千にたいして、それに対抗《たいこう》する真田《さなだ》の兵《へい》は七百しかいなかった。

圧倒的《あっとうてき》な数《かず》の差《さ》があったが、昌幸《まさゆき》はおそれなかった。

「兵《へい》は数《かず》ではない。」

昌幸《まさゆき》は、自信《じしん》にみちていた。

「よいか。わしのいうとおりにすれば、徳川《とくがわ》などおそれるにたらぬ。」

昌幸《まさゆき》は、上田城《うえだじょう》の城下《じょうか》のいたるところに、たがいちがいになる千鳥《ちどり》がけの柵《さく》をつくり、近《ちか》くの山々《やまやま》に農民《のうみん》を隠《かく》し、紙《かみ》の旗《はた》と鉄砲《てっぽう》をもたせた。

徳川軍《とくがわぐん》が進軍《しんぐん》してくると、昌幸《まさゆき》は、信幸《のぶゆき》を戸石城《といしじょう》からよびよせた。

「よいか、信幸《のぶゆき》、徳川軍《とくがわぐん》とは本気《ほんき》で戦《たたか》うな。神川《かんがわ》のまわりでこぜりあいをして、やつらが神川《かんがわ》をこえたなら、すぐにしりぞけ。」

昌幸《まさゆき》は命《めい》じた。

「は、わかりました。」

信幸《のぶゆき》はうなずいた。

昌幸自身《まさゆきじしん》は、四百人《にん》の手勢《てぜい》をひきつれて、城《しろ》にこもった。城門《じょうもん》をかたくとざして、やぐらにのぼり、

「いざ、はやしをせよ。」

と、若侍《わかざむらい》にいって、「高砂《たかさご》」をゆうゆうと舞《ま》いはじめた。

みごとに、ひとふし舞《ま》い終《お》えると、昌幸《まさゆき》は、つね日《ひ》ごろから囲碁《いご》をかこんでいる家来《けらい》をよんで、

「さ、ひと勝負《しょうぶ》いたそうか。」

と、碁盤《ごばん》をもってこさせた。

昌幸《まさゆき》は、あくまでも、余裕《よゆう》しゃくしゃくだった。

このようなときに、囲碁《いご》の勝負《しょうぶ》とは。

家来《けらい》はためらいながらも、

「では、先手《せんて》をつかまつる。」

と、碁笥《ごけ》から黒石《くろいし》をつまんで、定石《じょうせき》どおりに、井目《せいもく》の位置《いち》においた。

すると、昌幸《まさゆき》は、

「井目《せいもく》か。ならば、わしは天元《てんげん》じゃ。」

といって、碁盤《ごばん》のど真《ま》ん中《なか》の一点《いってん》に、びしっと白石《しろいし》をおいた。それは、戦局《せんきょく》の東西南北《とうざいなんぼく》を一点《いってん》で見《み》すえているぞ、といわんばかりの白石《しろいし》だった。

やがて、徳川軍《とくがわぐん》が神川《かんがわ》を押《お》しわたろうと進《すす》んできた。

信幸《のぶゆき》のひきいる真田軍《さなだぐん》は、昌幸《まさゆき》に命《めい》じられたとおり、かるく戦《たたか》って、いかにも徳川軍《とくがわぐん》に押《お》しまくられたように、すぐに退却《たいきゃく》し、城下《じょうか》に逃《に》げこんだ。

「ふん。なにが、戦《いくさ》じょうずの真田《さなだ》だ。意気地《いくじ》のないやつらめ。」

徳川家《とくがわけ》のなかでも、きもの太《ふと》さと歴戦《れきせん》のつわもの、そして気《き》の短《みじか》さで知《し》られている、大久保忠世《おおくぼただよ》は、ひげをふるわせて、せせら笑《わら》った。

「それ、攻《せ》めたてよ。上田城《うえだじょう》を燃《も》やしつくせ。」

信幸《のぶゆき》のひきいる兵《へい》は、城下《じょうか》の横曲輪《よこくるわ》にあつまった。徳川軍《とくがわぐん》は、千鳥《ちどり》がけの柵《さく》をぬって、追《お》ってきた。

「との、敵《てき》が近《ちか》づいてきます。」

物見《ものみ》が、昌幸《まさゆき》につたえてきた。

「さようか。」

昌幸《まさゆき》は、平然《へいぜん》として、なおも囲碁《いご》をうちつづけた。

盤面《ばんめん》をにらみつけ、

「敵《てき》、きたらば、ただちに斬《き》れ。」

そういっては、碁笥《ごけ》に手《て》をつっこんで、白石《しろいし》をつまんで、はっしと盤面《ばんめん》に打《う》った。

徳川軍《とくがわぐん》は、やすやすと城下《じょうか》に入《はい》りこんできた。しかし、真田軍《さなだぐん》からは、たいした反撃《はんげき》もなかった。

「臆病風《おくびょうかぜ》に吹《ふ》かれたか、真田《さなだ》め。」

大久保忠世《おおくぼただよ》は、兵《へい》に命《めい》じた。

「それ、一気《いっき》に押《お》しつぶせ。」

徳川軍《とくがわぐん》は、ときの声《こえ》をあげて、城《しろ》に攻《せ》めよせようとした。しかし、本丸《ほんまる》に殺到《さっとう》しようとしたとき、昌幸《まさゆき》がしかけていた、大手門《おおてもん》の上《うえ》に吊《つ》ってあった丸太《まるた》と石《いし》が、いっせいに頭上《ずじょう》に落《お》とされた。

「なんだ。これは。」

落《お》ちてくる丸太《まるた》と石《いし》に、徳川軍《とくがわぐん》はあわてふためいた。

昌幸《まさゆき》はこのとき、最後《さいご》の白石《しろいし》を碁盤《ごばん》に、ばしっと打《う》ち、立《た》ちあがった。

「うむ。よい風《かぜ》が吹《ふ》いておる。」

昌幸《まさゆき》は命《めい》じた。

「いまだ。わしが命《めい》じたとおりにいたせ。」

合図《あいず》のほら貝《がい》が吹《ふ》き鳴《な》らされると、城内《じょうない》にいた四百の兵《へい》と、横曲輪《よこくるわ》にいた兵《へい》が城外《じょうがい》に走《はし》りだし、町屋《まちや》に火《ひ》をかけた。

火《ひ》は、おりからのはげしい風《かぜ》にあおられ、四方《しほう》に飛《と》んだ。

もくもくと黒煙《こくえん》がたちこめ、風《かぜ》にのって、あたり一帯《いったい》をおおい、兵《へい》の姿《すがた》が見《み》えなくなった。

「さあ、陣太鼓《じんだいこ》を鳴《な》らせ。」

昌幸《まさゆき》が命《めい》じた。

城《しろ》から陣太鼓《じんだいこ》が鳴《な》りひびくと、四方《しほう》に伏《ふ》せていた武装農民《ぶそうのうみん》たちが、ときの声《こえ》をあげて、紙《かみ》ののぼりをかざしあげて、鉄砲《てっぽう》を撃《う》ちながら、徳川軍《とくがわぐん》に攻《せ》めかかった。

「なんと、兵《へい》を隠《かく》していたか。」

徳川軍《とくがわぐん》はうろたえた。

さらに、信幸《のぶゆき》のひきいる兵《へい》と、昌幸《まさゆき》のひきいる兵《へい》が、徳川軍《とくがわぐん》に突進《とっしん》した。

徳川軍《とくがわぐん》は逃《に》げようとしたが、千鳥《ちどり》がけの柵《さく》にひっかかり、退路《たいろ》が見《み》つからずに、つぎつぎと鉄《てっ》砲《ぽう》に撃《う》たれた。

「しりぞけっ、しりぞけっ！」

大久保忠世《おおくぼただよ》はさけんだ。

信幸《のぶゆき》と昌幸《まさゆき》は、一丸《いちがん》となって、ここぞと徳川軍《とくがわぐん》を攻《せ》めたてた。

徳川軍《とくがわぐん》はひたすら逃《に》げたが、神川《かんがわ》でおぼれる者《もの》が多数出《たすうで》た。

このときの、徳川軍《とくがわぐん》の武将《ぶしょう》たちのふがいなさを、のちに大久保彦左衛門《おおくぼひこざえもん》の『三河物語《みかわものがたり》』では、兄《あに》の忠世《ただよ》のことばとして、こう書《か》きしるしている。

――ことごとく腰《こし》がぬけて。

――ふるえて返事《へんじ》もできない。

こうした状態《じょうたい》で、武将《ぶしょう》も兵《へい》もひたすら逃《に》げていく徳川軍《とくがわぐん》を、真田軍《さなだぐん》はあくまでも追撃《ついげき》していった。

「追《お》えっ。追《お》えっ！」

昌幸《まさゆき》、信幸《のぶゆき》を先頭《せんとう》に、真田軍《さなだぐん》は国分寺《こくぶんじ》あたりまで追《お》い、千名《めい》を超《こ》える徳川兵《とくがわへい》を討《う》ちとったのである。


「うぬ、真田《さなだ》め。」

上田城《うえだじょう》攻《ぜ》めで、手痛《ていた》い負《ま》けをきっした徳川軍《とくがわぐん》は、腹立《はらだ》ちまぎれに、北佐久郡《きたさくぐん》の丸子城《まるこじょう》を攻《せ》めてみたりしたが、たいした効果《こうか》はなかった。

「なに、真田《さなだ》に負《ま》けたというのか。」

家康《いえやす》は怒《おこ》ったが、さらに兵《へい》をおくって、真田《さなだ》と戦《たたか》うことはできなかった。

筆頭家老《ひっとうがろう》の地位《ちい》にあった石川数正《いしかわかずまさ》が、とつぜん、家康《いえやす》にそむき、秀吉《ひでよし》のもとに走《はし》ってしまったのだ。徳川家《とくがわけ》の戦略《せんりゃく》を知《し》りつくした数正《かずまさ》が秀吉《ひでよし》の家臣《かしん》となったことに、家康《いえやす》は衝撃《しょうげき》をうけた。

「やむをえぬ。真田《さなだ》はほうっておけ。」

戦略《せんりゃく》の立《た》てなおしをせまられた家康《いえやす》は、秀吉《ひでよし》との決戦《けっせん》のために、これ以上《いじょう》、一兵《いっぺい》も失《うしな》いたくなかったのである。

九月下旬《がつげじゅん》、徳川軍《とくがわぐん》はしりぞいていった。

——真田強《さなだつよ》し。

——一城《じょう》にこもって、徳川《とくがわ》の大軍《たいぐん》を撃破《げきは》した。

——七百で、七千の兵《へい》をしりぞけた。

真田《さなだ》の名《な》は、このとき、天下《てんか》にとどろきわたった。


徳川《とくがわ》との合戦《かっせん》のさいちゅう、昌幸《まさゆき》は、秀吉《ひでよし》に書状《しょじょう》をおくって、臣下《しんか》となることをちかっていた。秀吉《ひでよし》のもとで、信州《しんしゅう》の大名《だいみょう》として自立《じりつ》する、という作戦《さくせん》をたてていたのだ。

「真田昌幸《さなだまさゆき》め、ようやるわい。」

秀吉《ひでよし》は、上田城《うえだじょう》での戦《いくさ》を聞《き》いて、機嫌《きげん》がよかった。

「少《すく》ない城兵《じょうへい》で、徳川《とくがわ》とあらそって、一歩《いっぽ》もひかず、かえって打《う》ち負《ま》かすとはな。まさに、ふしぎなる弓取《ゆみと》りじゃ。のう、三成《みつなり》。」

十五歳《さい》のときから秀吉《ひでよし》につかえ、打《う》てばひびくようなかしこさで、秀吉《ひでよし》にかわいがられ、いまや第《だい》一の側近《そっきん》となっていた石田三成《いしだみつなり》は、うなずいた。

「は、なかなかの戦《いくさ》ぶりでございますな。」

秀吉《ひでよし》はいった。

「そうじゃ。たのもしいかぎりよ。」

「されど、あるじの武田《たけだ》がほろんだあと、信長《のぶなが》さまに臣従《しんじゅう》し、信長《のぶなが》さまがお亡《な》くなりになると、ただちに北条氏直《ほうじょううじなお》に属《ぞく》し、つぎに徳川家康《とくがわいえやす》にくらがえし、ついで上杉景勝《うえすぎかげかつ》に臣従《しんじゅう》するとは、そうとうな、くわせ者《もの》ですな。」

眉《まゆ》をひそめて、三成《みつなり》がいうと、秀吉《ひでよし》は豪快《ごうかい》に笑《わら》った。

「大国《たいこく》にはさまれた真田《さなだ》が、なんとか生《い》きのこるための苦肉《くにく》の策《さく》であろう。しかし、昌幸《まさゆき》め、たしかに、表裏比興《ひょうりひきょう》（表《おもて》に見《み》える姿《すがた》と裏《うら》に隠《かく》れた姿《すがた》がちがうこと）の者《もの》ではあるな。」

そして、秀吉《ひでよし》は昌幸《まさゆき》に返書《へんしょ》をおくった。

――来年早々《らいねんそうそう》にも、家康《いえやす》を討《う》つ。そのおりは、よろしくたのむぞ。

「よし。これで、われらはひとまず安心《あんしん》だ。」

昌幸《まさゆき》はよろこんだ。いまや関白《かんぱく》に任《にん》ぜられ、天下人《てんかびと》となろうとしている秀吉《ひでよし》が、真田《さなだ》に味方《みかた》してくれるというのだ。

「父上《ちちうえ》、よき結果《けっか》になりましたな。」

信幸《のぶゆき》はいった。

「うむ。これで、家康《いえやす》も、氏直《うじなお》も、われらに手《て》が出《だ》せまい。岩櫃城《いわびつじょう》も、沼田城《ぬまたじょう》も、これまでどおり、われらの城《しろ》だ。」

昌幸《まさゆき》はいった。

「いずれ、秀吉《ひでよし》と家康《いえやす》は真《ま》っ向《こう》からぶつかるであろう。そのおりは、真田《さなだ》は秀吉《ひでよし》の先兵《せんぺい》となって、はたらくぞ。」

信幸《のぶゆき》は昌幸《まさゆき》にいった。

「されど、父上《ちちうえ》。秀吉《ひでよし》と家康《いえやす》、どちらが勝《か》つか、まだ決《き》まってはおりませぬ。家康《いえやす》には、北条《ほうじょう》がついております。」

昌幸《まさゆき》は首《くび》をふった。

「秀吉《ひでよし》が勝《か》つ。それに家康《いえやす》も、秀吉《ひでよし》と本気《ほんき》で戦《たたか》う気《き》はあるまい。何度《なんど》か戦《たたか》ったのち、どこかでひざを屈《くっ》するであろう。家康《いえやす》が娘《むすめ》をやって縁組《えんぐ》みした北条《ほうじょう》は、いざとなったら、腰《こし》くだけになる。

父《ちち》の氏政《うじまさ》の機嫌《きげん》ばかりとっている氏直《うじなお》は、あの上杉謙信《うえすぎけんしん》さえ攻《せ》めあぐねた自慢《じまん》の小田原城《おだわらじょう》から出《で》て、戦《いくさ》の場《ば》に向《む》かう、そんな度胸《どきょう》はない。」

「そうでしょうか。」

「そうじゃ。されど、家康《いえやす》も、すぐには屈《くっ》せず、しばらくは意地《いじ》ではりあってみせよう。さあ、秀吉《ひでよし》と家康《いえやす》の戦《いくさ》がいつはじまるか、楽《たの》しみじゃな。」

昌幸《まさゆき》はいった。

「秀吉《ひでよし》と家康《いえやす》が戦《たたか》えば戦《たたか》うほど、われら真田《さなだ》の力《ちから》が発揮《はっき》される。」

（よかった。）

越後《えちご》の春日山城《かすがやまじょう》で、幸村《ゆきむら》は胸《むね》をなでおろした。

父《ちち》の昌幸《まさゆき》が、おめおめ負《ま》けるとは思《おも》っていなかった。しかし、強国《きょうこく》である徳川《とくがわ》を相手《あいて》にして、少《すく》ない兵《へい》で、戦《いくさ》に勝《か》ち、かれらを真田《さなだ》の地《ち》からしりぞけたことを聞《き》くと、正直《しょうじき》、うれしかった。

「そなたの父《ちち》は、強《つよ》いのう。」

上杉景勝《うえすぎかげかつ》は、小姓《こしょう》としてひかえていた幸村《ゆきむら》に、いった。

「はっ。」

「そなたも、春日山《かすがやま》からぬけだして、父《ちち》のそばにかけつけたかったであろう。」

景勝《かげかつ》のことばに、幸村《ゆきむら》はすなおにうなずいた。

「はい。」

幸村《ゆきむら》はいった。

「春日山城《かすがやまじょう》をぬけだして、上田城《うえだじょう》へかけつけたいと思《おも》いましたが、いかなることがあっても、景《かげ》勝《かつ》さまのそばからはなれるな、と父《ちち》に命《めい》じられたことを思《おも》い、それを守《まも》りました。」

「正直者《しょうじきもの》じゃな。そなた。」

景勝《かげかつ》はふっと笑《わら》った。

めったに表情《ひょうじょう》をくずさない景勝《かげかつ》のその笑顔《えがお》に、家老《かろう》の直江兼続《なおえかねつぐ》はうなずき、さわやかな顔《かお》の幸《ゆき》村《むら》を見《み》やった。

第八章《だいはっしょう》　幸村《ゆきむら》、秀吉《ひでよし》につかえる

天正十三年《てんしょうねん》、秀吉《ひでよし》は四国《しこく》を平定《へいてい》し、関白《かんぱく》となった。

あくる天正十四年《てんしょうねん》（一五八六年《ねん》）、真田昌幸《さなだまさゆき》は、上州《じょうしゅう》の沼田城《ぬまたじょう》に攻《せ》めよせてきた北条軍《ほうじょうぐん》を、さんざんに打《う》ちやぶった。じつに、昌幸《まさゆき》は、少《すく》ない兵力《へいりょく》で、徳川《とくがわ》と北条《ほうじょう》という大国《たいこく》を相手《あいて》にして、負《ま》けなかったのである。

どうだ、わが力《ちから》を、家康《いえやす》も、氏直《うじなお》も、秀吉《ひでよし》もつくづくと知《し》ったであろう。

さて、いつ、秀吉《ひでよし》と家康《いえやす》との決戦《けっせん》があるか。

昌幸《まさゆき》はいまかいまかと、そのときがくるのを待《ま》った。

しかし、秀吉《ひでよし》のほうが、家康《いえやす》と正面《しょうめん》きって戦《たたか》うのをさけた。家康《いえやす》と戦《たたか》えば、勝《か》つことは勝《か》つかもしれないが、こちらもそうとうの兵《へい》と戦費《せんぴ》を失《うしな》い、多《おお》くの血《ち》を流《なが》さねばならぬだろう。もしも、戦《いくさ》が長《なが》びけば、いま支配《しはい》している地《ち》で、反乱《はんらん》がおきるかもしれない。

できることなら、むだな戦《いくさ》をせず、おだやかなかたちで家康《いえやす》を従属《じゅうぞく》させよう。そう考《かんが》えた秀吉《ひでよし》は、妹《いもうと》の朝日姫《あさひひめ》を家康《いえやす》の正室《せいしつ》にとさしだした。さらには、実母《じつぼ》を駿府《すんぷ》へ人質《ひとじち》がわりにおくってまで、家康《いえやす》に、大坂城《おおざかじょう》へあいさつにくるようにうながした。

「やむをえまい。」

秀吉《ひでよし》と戦《たたか》うつもりでいた家康《いえやす》も、ついに、ここはがまんすることに決《き》めた。

勝《か》つか負《ま》けるかわからぬ大決戦《だいけっせん》にふみだすよりは、徳川家《とくがわけ》の存続《そんぞく》を第一《だい》にしようと考《かんが》え、大坂《おおざか》城《じょう》へ行《い》くことを決意《けつい》したのである。

こうして、家康《いえやす》が大坂城《おおざかじょう》へ行《い》き、おおぜいの大名《だいみょう》たちとならんで、秀吉《ひでよし》の前《まえ》に屈《くっ》したことで、秀吉《ひでよし》の天下《てんか》とりがほぼさだまった。

「徳川《とくがわ》どのを家臣《かしん》とされたこと、まことに、おめでとうございます。天下《てんか》はもはや関白《かんぱく》さまのものでございますな。」

昌幸《まさゆき》が、大坂城《おおざかじょう》に行《い》って、あいさつをのべると、秀吉《ひでよし》はいった。

「昌幸《まさゆき》よ、徳川《とくがわ》の配下《はいか》となれ。」

「えっ。」

昌幸《まさゆき》はおどろいた。

秀吉《ひでよし》の臣下《しんか》となったつもりだったのに、家康《いえやす》にしたがえ、というのか。

「よいか。ほかの信州《しんしゅう》の大名《だいみょう》にも命《めい》じた。徳川《とくがわ》の下《した》につけ、とな。」

秀吉《ひでよし》は、じいっと昌幸《まさゆき》を見《み》つめて、いった。

「家康《いえやす》とこれ以上《いじょう》、あらそってはならぬ。よいな。」

しかし、そのことばには、ふくみがあるのを、昌幸《まさゆき》は感《かん》じた。

――そなたは、わしの家臣《かしん》じゃ。家康《いえやす》にしたがうふりをして、よく見《み》はれ。

そういっているのだ、秀吉《ひでよし》は。

そう感《かん》じた昌幸《まさゆき》は、秀吉《ひでよし》のことばにしたがうことにした。

「はっ。おおせのとおりにいたしまする。」

よしよし、わしの意《い》をわかってくれたのだな、そういわんばかりの上機嫌《じょうきげん》な表情《ひょうじょう》で、秀吉《ひでよし》はいった。

「ところで、そなたには、幸村《ゆきむら》という次男《じなん》がいるそうじゃな。」

「は、いま越後《えちご》の春日山《かすがやま》におりまする。」

「いま、いくつになる。」

「二十歳《はたち》でございます。」

「さようか。」

秀吉《ひでよし》は目《め》を細《ほそ》めて、いった。

「景勝《かげかつ》のもとにいるのだな。わしはな、そなたの次男《じなん》にぜひ会《あ》いたい。大坂城《おおざかじょう》へこさせよ。」

幸村《ゆきむら》を大坂城《おおざかじょう》へ？

それはどういうつもりなのだ。

昌幸《まさゆき》は、秀吉《ひでよし》の心《こころ》を読《よ》もうとした。

「幸村《ゆきむら》なる者《もの》、智謀《ちぼう》ゆたかなそなたによく似《に》て、武将《ぶしょう》としての器量《きりょう》が、いまから楽《たの》しみの逸材《いつざい》と聞《き》く。」

秀吉《ひでよし》はいった。

いったい、だれが幸村《ゆきむら》について、そのようなことを、秀吉《ひでよし》にいったのだろう。

昌幸《まさゆき》が考《かんが》えていると、秀吉《ひでよし》が、命令《めいれい》するように強《つよ》くいった。

「よいな、幸村《ゆきむら》をつれてまいれ。」

そうか、幸村《ゆきむら》を人質《ひとじち》にするつもりなのか。

昌幸《まさゆき》は、秀吉《ひでよし》のもとをさがっていきながら、思《おも》った。

わたしがそむくことがないように、もしものことを考《かんが》えて、真田家《さなだけ》の次男《じなん》、幸村《ゆきむら》を人質《ひとじち》がわりにしようというのだな。

しかし、そのようなことを、あの上杉景勝《うえすぎかげかつ》がしょうちするだろうか。

昌幸《まさゆき》は考《かんが》えこんだ。

いったんは上杉家《うえすぎけ》に人質《ひとじち》としてさしだした幸村《ゆきむら》をひきとって、大坂城《おおざかじょう》につれていくということを、上杉景勝《うえすぎかげかつ》にどういえばいいのか。

「ええい、正直《しょうじき》に話《はな》すしかない。」

昌幸《まさゆき》は腹《はら》を決《き》めた。

「関白《かんぱく》さまがそれをのぞんでおられる。そういうしかない。」

昌幸《まさゆき》は思《おも》った。

景勝《かげかつ》がどうするか、わからぬが、そのときはそのときだ。


昌幸《まさゆき》は春日山城《かすがやまじょう》へ行《い》って、ひれふした。

「どうか、幸村《ゆきむら》を春日山城《かすがやまじょう》からつれだすことを、おゆるしくださりませ。」

秀吉《ひでよし》の命《めい》じたことを、昌幸《まさゆき》がいうと、上杉景勝《うえすぎかげかつ》は顔色《かおいろ》を変《か》えた。その表情《ひょうじょう》がみるみるけわしくなった。

「まことに、関白《かんぱく》が、そういわれたのか。」

景勝《かげかつ》はきつい口調《くちょう》でいった。

「は。まことでございます。それがし、関白《かんぱく》さまのおことばにそむくわけにはいきませぬ。どうか、お願《ねが》いいたしまする。幸村《ゆきむら》を、大坂城《おおざかじょう》へともなうことをおゆるしください。」

昌幸《まさゆき》は、懇願《こんがん》した。

しばらく苦虫《にがむし》を噛《か》みつぶしたような表情《ひょうじょう》だった景勝《かげかつ》は、ふっと息《いき》をついて、しずかにいった。

「わしは、幸村《ゆきむら》のことが気《き》に入《い》っておる。家中《かちゅう》のうけもいい。すなおでよく気《き》がつき、腹《はら》がすわっている。ゆくゆくは、上杉《うえすぎ》の家臣《かしん》のうち、名家《めいか》のひとつをつがせて、わしのもとで、ひとかどの侍大将《さむらいだいしょう》に育《そだ》てようと思《おも》っていた。」

小姓《こしょう》として、景勝《かげかつ》のそばにはべっていた幸村《ゆきむら》は、胸《むね》が熱《あつ》くなった。

(景勝《かげかつ》さまは、そこまで思《おも》ってくださっていたのか。)

「だが、関白《かんぱく》の命令《めいれい》とあれば、しかたあるまい。」

景勝《かげかつ》は、幸村《ゆきむら》を見《み》やった。

「そなた、父《ちち》とともに、大坂城《おおざかじょう》の関白《かんぱく》のもとへ行《い》くがいい。」

幸村《ゆきむら》は深《ふか》く頭《あたま》をさげた。

「はっ。」

昌幸《まさゆき》は、ほっとした。

さすがは、「毘沙門天《びしゃもんてん》の生《う》まれ変《か》わり」とみずからをよんだ上杉謙信《うえすぎけんしん》の血《ち》が流《なが》れている、景《かげ》勝《かつ》。器《うつわ》が大《おお》きい。

「ありがとうございます。」

昌幸《まさゆき》は感謝《かんしゃ》した。

こうして、昌幸《まさゆき》は上杉景勝《うえすぎかげかつ》のもとで人質《ひとじち》となっていた次男《じなん》の幸村《ゆきむら》を、春日山《かすがやま》からひきとり、秀《ひで》吉《よし》のもとへつれていった。


「おお、そなたが幸村《ゆきむら》か。」

秀吉《ひでよし》は、大坂城《おおざかじょう》にやってきた幸村《ゆきむら》を、よろこんでむかえた。

「なかなかに、よい顔《かお》をしておる。よい息子《むすこ》をもったのう、昌幸《まさゆき》。」

昌幸《まさゆき》はひれふした。

「はっ。」

秀吉《ひでよし》は、ざれごとをいうように、いった。

「ところで、幸村《ゆきむら》よ。そなたはなにやら、生《う》まれたときに、吹《ふ》き荒《あ》れていた嵐《あらし》をしずめたそうじゃな。」

幸村《ゆきむら》は、はっとした。

(だれがそのようなことを秀吉《ひでよし》にいったのか……。もしや、あの男《おとこ》か。)

幸村《ゆきむら》の胸《むね》に、猿飛《さるとび》の顔《かお》がうかんだ。

「嵐《あらし》をよび、嵐《あらし》をしずめる男《おとこ》。そのように聞《き》いておる。」

秀吉《ひでよし》は、そういって高笑《たかわら》いした。

(そうか、あの男《おとこ》は、秀吉《ひでよし》につかえる忍《しの》びだったのか。)

幸村《ゆきむら》は思《おも》つた。

「よいか、嵐《あらし》の男《おとこ》。」

秀吉《ひでよし》はじいっと幸村《ゆきむら》の顔《かお》を見《み》つめて、いった。

「これからは、春日山《かすがやま》の景勝《かげかつ》のもとではなく、大坂城《おおざかじょう》にて、わしの近侍《きんじ》として、豊臣家《とよとみけ》のためにはげむがいい。」

「ははっ。」

幸村《ゆきむら》はひれふした。

父《ちち》の昌幸《まさゆき》とともに、秀吉《ひでよし》の前《まえ》からさがっていったとき、

「昌幸《まさゆき》どの。」

と、石田三成《いしだみつなり》が昌幸《まさゆき》をよんだ。

「そなた、さきにさがっていよ。」

昌幸《まさゆき》が幸村《ゆきむら》にいった。

「はっ。」

幸村《ゆきむら》は、父《ちち》とはなれ、みごとな樹木《じゅもく》が生《は》えている庭《にわ》の光景《こうけい》がのぞめる廊下《ろうか》を歩《ある》いていった。すると、庭《にわ》から声《こえ》がした。

「嵐《あらし》の男《おとこ》。大《おお》きくなったのう。」

猿飛《さるとび》の声《こえ》だった。

幸村《ゆきむら》は庭《にわ》へおりていった。

「どこにいるのだ、猿飛《さるとび》。」

すると、樹木《じゅもく》から黒《くろ》ずくめの猿飛《さるとび》が、すっとおりたった。あいかわらず、その顔《かお》はくしゃくしゃのしわだらけだった。

(しかし、年齢《ねんれい》がわからない。いくつなのだろう、この忍《しの》びの男《おとこ》は。)

思《おも》っていると、猿飛《さるとび》はいった。

「空《そら》ばかり見《み》ていたおまえが、このように成長《せいちょう》して、天下《てんか》の関白《かんぱく》につかえるようになるとはな。」

幸村《ゆきむら》はふっと笑《わら》った。

「そなたは、ずっと関白《かんぱく》につかえていたのか。」

猿飛《さるとび》はいった。

「関白《かんぱく》だけではない。そのときどきで、あるじを変《か》えてきたのだ。忍《しの》びとは、そんなものだ。銭《ぜに》しだいで、どちら側《がわ》にもつく。」

猿飛《さるとび》は、ほおのあたりを、ぼりぼりとかいた。

「だがな、おまえにたいしてはちがうぞ。銭金《ぜにかね》ぬきだ。おれはなぜか、おまえのことが気《き》になってな。そら、わざわざ越後《えちご》くんだりまで行《い》って、まむし退治《たいじ》をしてやったりしたろう。まあ、お節介《せっかい》なことだったがな。」

(あのときか。)

幸村《ゆきむら》の胸《むね》に、よみがえってくるものがあった。

「まあ、おれの悪《わる》いくせだな。一度気《いちどき》に入《い》ったやつは、守り神《まもりがみ》きどりで、とことん追《お》っかけるという悪《わる》いくせだ……。」

そういうと、猿飛《さるとび》は音《おと》もなく消《き》えた。

こうして二十歳《はたち》の幸村《ゆきむら》は、秀吉《ひでよし》の近侍《きんじ》として、大坂城《おおざかじょう》で日《ひ》をすごすことになった。

「幸村《ゆきむら》、幸村《ゆきむら》。」

と、秀吉《ひでよし》は、幸村《ゆきむら》のことが気《き》に入《い》って、なにかにつけて、かわいがった。

大坂城《おおざかじょう》で、幸村《ゆきむら》は、秀吉《ひでよし》がもっとも信頼《しんらい》している側近《そっきん》、石田三成《いしだみつなり》や大谷吉継《おおたによしつぐ》らと親《した》しく交《まじ》わるようになった。

とりわけ、才能《さいのう》ゆたかな器量《きりょう》と、真情《しんじょう》あふれる誠実《せいじつ》な人《ひと》がらとで、秀吉《ひでよし》に愛《あい》され、越前敦賀《えちぜんつるが》五万石《まんごく》の城主《じょうしゅ》となっていた大谷吉継《おおたによしつぐ》は、幸村《ゆきむら》のことが気《き》に入《い》り、なにくれとなくめんどうを見《み》てくれた。

「そなたは、じつにいい目《め》をしている。」

吉継《よしつぐ》は、しみじみといった。

「そなたのような者《もの》が、わが姫《ひめ》のむことなってくれれば、うれしいのだが。」

その当時《とうじ》、吉継《よしつぐ》は、なおらないといわれている病《やまい》にかかっていて、まだ九歳《さい》の娘《むすめ》の行《ゆ》く末《すえ》を案《あん》じていたのだ。

娘《むすめ》を幸村《ゆきむら》にとつがせるという、吉継《よしつぐ》の願《ねが》いは、やがてこのあと、実現《じつげん》することになる。

「ふうむ……。」

駿府城《すんぷじょう》の奥《おく》の間《ま》で、家康《いえやす》はなにか思《おも》いをこらすようにつぶやきながら、薬草《やくそう》をすりつぶしていた。つねづね、家康《いえやす》は長生《ながい》きするための薬《くすり》づくりを、みずからの手《て》でおこなっていたのだ。

「忠勝《ただかつ》よ。」

家康《いえやす》は、薬《くすり》づくりの手《て》を休《やす》めずに、側近《そっきん》の本多忠勝《ほんだただかつ》にいった。

「秀吉《ひでよし》が、真田《さなだ》の次男《じなん》を人質《ひとじち》としたらしいの。」

「はっ。そのようでございますな。」

忠勝《ただかつ》はこたえた。

「だが、真田《さなだ》は、わが家臣《かしん》ではないか。」

家康《いえやす》は、手《て》を休《やす》めて、忠勝《ただかつ》を見《み》やった。

「家臣《かしん》のはずの真田《さなだ》が、秀吉《ひでよし》に、人質《ひとじち》をさしだして近《ちか》づくというのは、よいことではないな。そう思《おも》わぬか。」

「はっ。そうでございますな。」

「そうじゃ。よいことではない。」

「では、どうなされますか。」

忠勝《ただかつ》がたずねると、家康《いえやす》はふたたび薬草《やくそう》をすりつぶしながら、いった。

「真田《さなだ》を、こちらにひきもどさねばならぬな。」

「こちらに？」

家康《いえやす》はうなずいた。

「そうじゃ。くせ者《もの》の真田《さなだ》をこちらにしたがわせるには、あとつぎである長男《ちょうなん》の信幸《のぶゆき》をひきいれるしかあるまい。わが娘《むすめ》を、とつがせてな。」

忠勝《ただかつ》は首《くび》をかしげた。

「わが娘《むすめ》を？」

「忠勝《ただかつ》、そなたの娘《むすめ》を、わが養女《ようじょ》といたす。」

忠勝《ただかつ》は、はっとした。

「では、わたしの娘《むすめ》である稲《いな》を、真田信幸《さなだのぶゆき》に？」

「そうじゃ。」

家康《いえやす》はうなずいた。

「そなたの娘《むすめ》は、気性《きしょう》がしっかりしていて、たいそうかしこいと聞《き》く。ぜひ、わが養女《ようじょ》としたい。よいな、忠勝《ただかつ》。」

忠勝《ただかつ》はひれふした。

「ははっ。もったいのうございます。」


昌幸《まさゆき》のもとに、家康《いえやす》から、文《ふみ》がきた。

「長男《ちょうなん》の信幸《のぶゆき》を、徳川家《とくがわけ》の臣下《しんか》として、出仕《しゅっし》させよ。」

さっそく、動《うご》いたか、家康《いえやす》。信幸《のぶゆき》を人質《ひとじち》にとろうというわけか。

昌幸《まさゆき》は思《おも》った。

次男《じなん》の幸村《ゆきむら》を秀吉《ひでよし》につかえさせたことを知《し》って、家康《いえやす》は、わが真田家《さなだけ》をつなぎとめるすべを考《かんが》えたのだな。

しかし、長男《ちょうなん》が家康《いえやす》のもとに行《い》き、次男《じなん》が秀吉《ひでよし》のもとへ行《い》くのか……。

昌幸《まさゆき》は、ふたりの息子《むすこ》の顔《かお》を思《おも》った。

だが、真田家《さなだけ》が生《い》きのこるには、それもしかたあるまい。

昌幸《まさゆき》は、信幸《のぶゆき》にいった。

「信幸《のぶゆき》よ、家康《いえやす》のもとへ行《い》ってくれぬか。」

「わたくしが？」

「そうじゃ。家康《いえやす》がそなたを家臣《かしん》にしたいといってきた。」

信幸《のぶゆき》は考《かんが》えてから、うなずいた。

「わかりました。徳川《とくがわ》さまのところへ、わたくしは行《い》きまする。」


徳川家《とくがわけ》の人質《ひとじち》になる。

それをかくごして、信幸《のぶゆき》は駿府《すんぷ》の家康《いえやす》のもとへおもむいた。家康《いえやす》は、信幸《のぶゆき》を待《ま》たせず、ただちに奥《おく》の間《ま》によんだ。

「真田信幸《さなだのぶゆき》か。」

「ははっ。さようでございまする。」

家康《いえやす》は深《ふか》くうなずいた。

「うむ。信幸《のぶゆき》よ。これからは、わがそばで、徳川《とくがわ》の武将《ぶしょう》として、忠実《ちゅうじつ》につかえよ。」

「ははっ。おおせのとおりに、いたしまする。」

信幸《のぶゆき》はひれふして、いった。

「ところで、そなたによい縁談《えんだん》があるのじゃ。」

家康《いえやす》は、にこやかにいった。

「それがしに縁談《えんだん》が？」

信幸《のぶゆき》は、面《めん》くらった。

「うむ。わが娘《むすめ》をもらってほしいのじゃ。」

「徳川《とくがわ》さまの姫《ひめ》ぎみを？」

いきなり、切《き》りだされた話《はなし》に、信幸《のぶゆき》はおどろいた。

父《ちち》と相談《そうだん》したいのですが。そういいたかったが、家康《いえやす》のことばには、さからえないものがあった。

「どうじゃ。」

家康《いえやす》にいわれ、信幸《のぶゆき》はひれふした。

「ありがたきおはからいで、信幸《のぶゆき》、感謝《かんしゃ》のことばもありません。」

家康《いえやす》は満足《まんぞく》そうにうなずいた。

「うむ。うむ。」

こうして家康《いえやす》は、真田《さなだ》が自分《じぶん》にそむかぬように、思《おも》い切《き》った手《て》を打《う》った。

天正《てんしょう》十四年《ねん》、家康《いえやす》は、徳川家《とくがわけ》の重臣《じゅうしん》である本多忠勝《ほんだただかつ》の娘《むすめ》、稲姫《いなひめ》を、みずからの養女《ようじょ》としたうえ、信幸《のぶゆき》と婚姻《こんいん》させたのである。

信幸《のぶゆき》は二十一歳《さい》、稲姫《いなひめ》は十四歳《さい》だった。


兄《あに》の信幸《のぶゆき》が、家康《いえやす》の養女《ようじょ》を嫁《よめ》として、家康《いえやす》により近《ちか》づいていったとき、弟《おとうと》の幸村《ゆきむら》のほうにも、前々《まえまえ》からの縁談《えんだん》が進行《しんこう》していた。

相手《あいて》は、大谷吉継《おおたによしつぐ》の娘《むすめ》である九歳《さい》の小夜姫《さよひめ》だった。

幸村《ゆきむら》の人《ひと》がらを気《き》に入《い》った大谷吉継《おおたによしつぐ》が強《つよ》く希望《きぼう》して、石田三成《いしだみつなり》と話《はな》しあって決《き》めたのだ。

「真田《さなだ》を、よりわれらに近《ちか》づけるには、よい方法《ほうほう》かもしれない。」

三成《みつなり》は賛成《さんせい》し、秀吉《ひでよし》のゆるしをえると、昌幸《まさゆき》にいった。

「いかがでござろう。幸村《ゆきむら》どのに、ゆくゆくは、大谷吉継《おおたによしつぐ》どののご息女《そくじょ》をもらっていただきたいのでござる。」

昌幸《まさゆき》は考《かんが》えた。

「幸村《ゆきむら》を、大谷《おおたに》どのの……。」

「さよう。」

三成《みつなり》はいった。

「よき縁組《えんぐ》みと思《おも》いまするぞ。」

ものやわらかだったが、うむをいわせぬ口調《くちょう》だった。

三成《みつなり》のもとからはなれると、昌幸《まさゆき》は、幸村《ゆきむら》にたずねた。

「どうじゃ、幸村《ゆきむら》。大谷吉継《おおたによしつぐ》どのが、それをのぞんでおられる。これには、石田三成《いしだみつなり》どのの強《つよ》い後押《あとお》しがある。」

(小夜姫《さよひめ》か。)

まだ、少女《しょうじょ》のおもざしの小夜姫《さよひめ》を、幸村《ゆきむら》は思《おも》った。

幸村《ゆきむら》はうなずいた。

「わたしのような者《もの》でよければ、したがいまする。」

なによりも幸村《ゆきむら》は、尊敬《そんけい》してやまない大谷吉継《おおたによしつぐ》を舅《しゅうと》にすることによろこびを感《かん》じた。

こうして、二十歳《はたち》の幸村《ゆきむら》は、九歳《さい》の小夜姫《さよひめ》と仮祝言《かりしゅうげん》をおこなうことになった。しかし、実際《じっさい》の婚姻《こんいん》は、のちの文禄《ぶんろく》三年《ねん》(一五九四年《ねん》)、幸村《ゆきむら》が二十八歳《さい》、小夜姫《さよひめ》が十七歳《さい》のときに、大坂城《おおざかじょう》でおこなわれた。

まさに、兄《あに》は家康側《いえやすがわ》に、弟《おとうと》は秀吉側《ひでよしがわ》にと、真田家《さなだけ》はふたつにわかれていったのだ。

「これは、これでよい。」

父《ちち》の昌幸《まさゆき》は、そのことをよしとした。

たしかに、兄《あに》の信幸《のぶゆき》と弟《おとうと》の幸村《ゆきむら》が、家康《いえやす》と秀吉《ひでよし》という、ふたつの大《おお》きな勢力《せいりょく》にひきさかれるかたちになった。だが、もしも、秀吉《ひでよし》と家康《いえやす》がふたたび対立《たいりつ》したとき、どちらが勝《か》ってもよいように、これでなったのだ。

これから、真田《さなだ》一族《いちぞく》が生《い》きのこっていくためには、すぐれて有効《ゆうこう》な方法《ほうほう》だ。

昌幸《まさゆき》はそう考《かんが》えたのだ。

第九章《だいしょう》　父《ちち》と兄《あに》と、ともに戦《たたか》う

天正十五年《てんしょうねん》（一五八七年《ねん》）に九州《きゅうしゅう》を平定《へいてい》した秀吉《ひでよし》は、天下《てんか》を統一《とういつ》するために、天正十七年《てんしょうねん》（一五八九年《ねん》）に、小田原《おだわら》の北条氏直《ほうじょううじなお》に、使者《ししゃ》をおくって、大坂城《おおざかじょう》へくるようにうながした。

「氏直《うじなお》よ、行《い》くことはならぬぞ。」

父《ちち》の氏政《うじまさ》は首《くび》をふった。

「われらほこり高《たか》き北条家《ほうじょうけ》が、あのような農民《のうみん》あがりで、信長《のぶなが》の草履《ぞうり》とりだった、なりあがり者《もの》の下《した》になど、つけるものか。」

北条氏政《ほうじょううじまさ》は、いいわけとして、秀吉《ひでよし》の使者《ししゃ》に、沼田城《ぬまたじょう》のことをいいだした。

「家康《いえやす》とのとりきめで、上州《じょうしゅう》は北条方《ほうじょうがた》のものとなったはず。ところが、それにもかかわらず、沼《ぬま》田城《たじょう》を真田《さなだ》がおさえて、手放《てばな》そうとしない。」

だから、北条《ほうじょう》は上洛《じょうらく》しないのだ。なぜ、大坂《おおざか》に行《い》かないのか。それは、真田《さなだ》が沼田城《ぬまたじょう》をわたそうとしないからだ。

そういわんばかりの北条《ほうじょう》の返事《へんじ》を聞《き》いて、秀吉《ひでよし》は不快《ふかい》な表情《ひょうじょう》を隠《かく》さなかった。

しかし、しばらく考《かんが》えてから、

「わかった。」

と、秀吉《ひでよし》は、つぎのように裁定《さいてい》した。

「沼田《ぬまた》は、北条《ほうじょう》にあたえる。ただし、名胡桃城《なぐるみじょう》を中心《ちゅうしん》として、上州《じょうしゅう》の三分《ぶん》の一は真田《さなだ》にのこす。」

その裁定《さいてい》は、北条《ほうじょう》と真田《さなだ》につたえられた。

「沼田《ぬまた》をわたせというのか。」

昌幸《まさゆき》は、それを承知《しょうち》した。

秀吉《ひでよし》の真意《しんい》は、北条《ほうじょう》を臣従《しんじゅう》させることではない。いずれは、北条《ほうじょう》を攻《せ》めほろぼすことにあると、察知《さっち》したからである。

名胡桃《なぐるみ》はそのために、真田《さなだ》にのこしたのにちがいない。北条《ほうじょう》をほろぼしたあとは、上州《じょうしゅう》は真田《さなだ》にくださるだろう。

昌幸《まさゆき》はそう考《かんが》えて、沼田城《ぬまたじょう》から、真田《さなだ》の兵《へい》をしりぞかせた。

もともとの城主《じょうしゅ》で、真田《さなだ》の臣下《しんか》になっていた鈴木重則《すずきしげのり》を、名胡桃城《なぐるみじょう》の城代《じょうだい》にした。

「ようし、ついに沼田《ぬまた》をとったぞ。」

真田《さなだ》が沼田城《ぬまたじょう》からしりぞくと、北条《ほうじょう》は、ただちに、猪俣邦憲《いのまたくにのり》という家臣《かしん》を沼田城代《ぬまたじょうだい》においた。

ところが、猪俣《いのまた》は、欲《よく》を出《だ》した。

上州《じょうしゅう》の三分《ぶん》の一が、まだのこっておる。

真田《さなだ》のいない名胡桃城《なぐるみじょう》をうばってしまえ。

なに、かまうものか。上州《じょうしゅう》は北条《ほうじょう》のものだと、つねづね氏政《うじまさ》さまもいっておられるではないか。

猪俣《いのまた》は、一計《いっけい》を案《あん》じた。昌幸《まさゆき》のにせの書状《しょじょう》をつくったのである。

――上田城《うえだじょう》へくるように。

鈴木重則《すずきしげのり》はそれにだまされて、名胡桃城《なぐるみじょう》から出《で》た。

「よし、いまだ。」

城代《じょうだい》がいなくなったそのすきに、猪俣《いのまた》はすばやく北条軍《ほうじょうぐん》を名胡桃城《なぐるみじょう》へ入《い》れて、城《しろ》をのっとってしまった。

「しまった。たばかられたか。」

鈴木重則《すずきしげのり》は、にせの書状《しょじょう》にだまされたことを知《し》り、いそいでひきかえした。だが、すでに名《な》胡桃城《ぐるみじょう》はうばわれてしまっていたため、歯噛《はが》みしてくやしがり、

「昌幸《まさゆき》さまに、申《もう》しひらきができぬ。」

と、切腹《せっぷく》した。


「名胡桃《なぐるみ》がうばわれ、重則《しげのり》が切腹《せっぷく》したとな。」

穴山小助《あなやまこすけ》から、重則《しげのり》の死《し》を知《し》らされると、昌幸《まさゆき》は怒《おこ》った。

だが、一方《いっぽう》で、

「しめた。これで、北条《ほうじょう》は終《お》わりだ。秀吉《ひでよし》は、北条《ほうじょう》をゆるすまい。」

昌幸《まさゆき》は思《おも》った。

上州《じょうしゅう》が、いよいよ、わが手《て》にもどってくるぞ。

名胡桃城《なぐるみじょう》を力《ちから》でうばいかえすことはかんたんにできたが、昌幸《まさゆき》はそれをせず、まずは、このことを、秀吉《ひでよし》に報告《ほうこく》した。

「なに、北条《ほうじょう》が名胡桃《なぐるみ》をうばったというのか。」

秀吉《ひでよし》は激怒《げきど》した。

「うぬ。たびたびの上洛《じょうらく》の要請《ようせい》にこたえず、そればかりか、わしの裁定《さいてい》を無視《むし》するとは。北条《ほうじょう》め、今度《こんど》という今度《こんど》は、もうゆるさぬ。」

秀吉《ひでよし》は、小田原征伐《おだわらせいばつ》を決《き》めた。

——北条《ほうじょう》をほろぼす。

秀吉《ひでよし》は、北条攻《ほうじょうぜ》めを大名《だいみょう》たちに命《めい》じた。

「おろかな。なんということをしたのだ、氏直《うじなお》は。」

自分《じぶん》の娘《むすめ》を氏直《うじなお》の妻《つま》にして、北条《ほうじょう》と深《ふか》いつながりをもっていた家康《いえやす》も、ここにいたっては、心《こころ》を決《き》めざるをえなかった。

もはや、北条《ほうじょう》をかばいきれぬ。

家康《いえやす》は、秀吉《ひでよし》に疑《うたが》われないために、秀吉《ひでよし》に願《ねが》い出《で》た。

「ぜひ、徳川《とくがわ》を、北条攻《ほうじょうぜ》めの先陣《せんじん》にお願《ねが》いいたします。」

「うむ。」

秀吉《ひでよし》は目《め》を細《ほそ》めて、よろこんだ。

「徳川《とくがわ》どのが先頭《せんとう》に立《た》ってくれるならば、まことにありがたい。」

しかし、その目《め》の奥《おく》は笑《わら》っていなかった。

天正《てんしょう》十八年《ねん》（一五九〇年《ねん》）、小田原攻《おだわらぜ》めを決《き》めた秀吉《ひでよし》は、軍議《ぐんぎ》のために、大名《だいみょう》たちをあつめた。秀吉《ひでよし》のすぐそばには、家康《いえやす》がいて、昌幸《まさゆき》は下座《しもざ》にすわっていた。

秀吉《ひでよし》は関東《かんとう》の地図《ちず》をひろげて、作戦《さくせん》を練《ね》るとき、昌幸《まさゆき》をよんだ。

「昌幸《まさゆき》、ここにきて、図《ず》を見《み》よ。」

昌幸《まさゆき》はおどろいた。

末座《まつざ》にいる自分《じぶん》を、秀吉《ひでよし》がよんだのだ。

「はっ。」

昌幸《まさゆき》が進《すす》みでると、秀吉《ひでよし》はいった。

「遠征軍《えんせいぐん》は、東海道方面《とうかいどうほうめん》と、中山道方面《なかせんどうほうめん》と二手《ふたて》にわかれるが、そなたには、中山道方面《なかせんどうほうめん》の先手《さきて》を命《めい》ずる。」

「えっ。それがしごときに、先手《さきて》を。」

昌幸《まさゆき》は、感激《かんげき》した。

そばにいた家康《いえやす》は、顔色《かおいろ》を変《か》えずにいたが、内心《ないしん》は、自分《じぶん》とあまりしっくりいっていない昌幸《まさゆき》が、小田原《おだわら》攻《ぜ》めの先手《さきて》になったことが、あまりいい気分《きぶん》ではないようだった。

「かたじけのう、ござります。」

昌幸《まさゆき》は、家康《いえやす》の表情《ひょうじょう》を横目《よこめ》にうかがいながら、秀吉《ひでよし》に感謝《かんしゃ》した。

そのあとのことだった。

秀吉《ひでよし》は、昌幸《まさゆき》を近《ちか》くによんだ。

「よいか、中山道《なかせんどう》の先陣《せんじん》にそなたを起用《きよう》したことに反対《はんたい》しなかった家康《いえやす》に、そなた、礼《れい》をいいに行《い》け。」

昌幸《まさゆき》は秀吉《ひでよし》を見《み》やった。

「そなたはどうも、あまり家康《いえやす》とは仲《なか》がよくないようだが、それはいかぬ、な。息子《むすこ》の信幸《のぶゆき》が、家康《いえやす》の養女《ようじょ》を嫁《よめ》にしているではないか。家康《いえやす》とは、仲《なか》よくしておけ。よいな。」

そのことばには、ふくみがあった。

そなたは、家康《いえやす》の見《み》はり役《やく》なのだからな。家康《いえやす》は、娘《むすめ》が嫁《よめ》にいっている北条《ほうじょう》を本気《ほんき》で攻《せ》めるかどうか、わからぬところがある。今回《こんかい》の小田原攻《おだわらぜ》めで、家康《いえやす》の本心《ほんしん》がはかれよう。

昌幸《まさゆき》には、こうした秀吉《ひでよし》の心《こころ》がわかったのである。


小田原攻《おだわらぜ》めがはじまった。

中山道《なかせんどう》より小田原《おだわら》へ進《すす》む北陸隊《ほくりくたい》は、前田利家《まえだとしいえ》、上杉景勝《うえすぎかげかつ》が主力軍《しゅりょくぐん》をひきい、真田昌幸《さなだまさゆき》が先兵《せんぺい》となった。

信幸《のぶゆき》と幸村《ゆきむら》も、六文銭《ろくもんせん》の旗《はた》をひるがえして、同行《どうこう》した。

幸村《ゆきむら》にとっては、二十四歳《さい》での初陣《ういじん》であった。

(いよいよ、戦《たたか》いだ。)

幸村《ゆきむら》はうれしかった。

真田家代々《さなだけだいだい》の宝《たから》である、鹿《しか》の角《つの》を打《う》ったかぶとをかぶった、父《ちち》・昌幸《まさゆき》の戦《いくさ》ぶりを、この目《め》で見《み》られるのだ。

そして、なによりもうれしかったのは、父《ちち》と兄《あに》と三人《にん》で、いっしょに戦《いくさ》ができることだった。

二十五歳《さい》の信幸《のぶゆき》は堂々《どうどう》たる武者《むしゃ》ぶりだった。

幸村《ゆきむら》は、兄《あに》がほこらしかった。

こうして幸村《ゆきむら》は、父《ちち》の昌幸《まさゆき》、兄《あに》の信幸《のぶゆき》とともに戦《たたか》った。

三月《がつ》、まずは碓氷峠《うすいとうげ》で、昌幸《まさゆき》は北条軍《ほうじょうぐん》とぶつかり、これをやすやすと打《う》ちやぶった。碓氷峠《うすいとうげ》をこえると、松井田城《まついだじょう》を攻《せ》めたが、守《まも》りがかたいために、ひとまず攻撃《こうげき》をやめて、四月《がつ》に、西牧《にしまき》城《じょう》、厩橋城《まやばしじょう》を落《お》とした。

その勢《いきお》いで、松井田城《まついだじょう》も落《お》とし、つづいて箕輪城《みのわじょう》を落《お》とした。

(父《ちち》は強《つよ》い。)

幸村《ゆきむら》は感心《かんしん》した。

昌幸《まさゆき》の戦《いくさ》ぶりは、胸《むね》がすくような、あざやかさだった。

さらに、武蔵国《むさしのくに》に入《はい》り、川越《かわごえ》、松山《まつやま》、鉢形《はちがた》、八王子《はちおうじ》の城《しろ》を攻《せ》めおとした。最後《さいご》に、忍城《おしじょう》をかこんだが、本城《ほんじょう》である小田原城《おだわらじょう》が落《お》ちた七月六日《がつむいか》に、忍城《おしじょう》は落《お》ちた。

第《だい》十章《しょう》　秀吉《ひでよし》、死《し》す

北条《ほうじょう》をほろぼしたあと、秀吉《ひでよし》は、戦《いくさ》の論功行賞《ろんこうこうしょう》をおこなった。

もっともおどろかされたのは、家康《いえやす》に、これまで北条《ほうじょう》が領地《りょうち》としていた関東八州《かんとうはっしゅう》、二百四十万《まん》石《ごく》をそっくりあたえたことだった。だが、そのかわりに、家康《いえやす》が支配《しはい》していた三河《みかわ》・遠江《とおとうみ》・駿《する》河《が》・甲斐《かい》・信濃《しなの》をすべてとりあげたのだ。

「との、あんまりではありませぬか。」

「いくら、関東《かんとう》がひろいといっても、岡崎城《おかざきじょう》、浜松城《はままつじょう》、駿府城《すんぷじょう》と、われら徳川家《とくがわけ》が長年《ながねん》住《す》み慣《な》れた城《しろ》と領地《りょうち》を、すべて召《め》し上《あ》げるとは。」

「北条《ほうじょう》をしたう豪族《ごうぞく》たちが、とのにしたがわず、関東《かんとう》の地《ち》で反乱《はんらん》をおこせば、たちまち、とのが責任《せきにん》をとらされてしまいます。もしや関白《かんぱく》は、それをのぞんでおられるのではありませぬか。」

徳川《とくがわ》の家臣《かしん》たちは口々《くちぐち》に不平《ふへい》と不満《ふまん》をいった。

それは、家康《いえやす》も同《おな》じ思《おも》いだった。

秀吉《ひでよし》め、わしをためそうとしているな。気性《きしょう》の荒《あら》い坂東武者《ばんどうむしゃ》（関東武者《かんとうむしゃ》）たちを、どのようにしたがわせるか、手《て》なみを見《み》てみようというわけか。

しかし、そう思《おも》いながらも、家康《いえやす》は家臣《かしん》たちをしかりつけて、だまらせた。

「よけいなことをいうでない。関白《かんぱく》のなされることに、さからうことはできぬではないか。」

がまんだ。

家康《いえやす》はみずからにいい聞《き》かせた。

いまは、秀吉《ひでよし》にしたがうしかない。がまんするのだ。


もくろみどおり、家康《いえやす》を、都《みやこ》から遠《とお》くはなれた関東《かんとう》の地《ち》にうつし、家康《いえやす》がおさめていた東海《とうかい》の地《ち》を、豊臣家《とよとみけ》の武将《ぶしょう》たちにわけあたえると、秀吉《ひでよし》は昌幸《まさゆき》をよんで、いった。

「北陸隊《ほくりくたい》でのはたらき、苦労《くろう》であった。」

昌幸《まさゆき》はひれふした。

「ははっ。」

「そなたには、これまでどおり、小県郡《ちいさがたぐん》を安堵《あんど》する。さらに、北条《ほうじょう》にとられた上州《じょうしゅう》の沼田城《ぬまたじょう》も真田《さなだ》のものとする。」

「ありがとうございまする。」

昌幸《まさゆき》はよろこんだ。

これによって、真田家《さなだけ》は、上田城《うえだじょう》を本城《ほんじょう》にもち、戸石《といし》、岩櫃《いわびつ》、沼田《ぬまた》などの城《しろ》をもつ、三万《まん》八千石《ごく》の大名《だいみょう》となることを、関白秀吉《かんぱくひでよし》によって、保障《ほしょう》されたのである。

「よいな、上州《じょうしゅう》は、かなめの地《ち》だからな。しっかりと見《み》はれ。」

秀吉《ひでよし》は、ふくむようにいった。

「ははっ。」

昌幸《まさゆき》はうなずいた。

やはり、秀吉《ひでよし》は、われら真田《さなだ》を、徳川《とくがわ》の見《み》はり役《やく》と考《かんが》えているのだ。

昌幸《まさゆき》は思《おも》った。

よし、秀吉《ひでよし》のもとでめざましいはたらきをして、いずれは、信玄《しんげん》さまが支配《しはい》されていた甲斐《かい》と信濃《しなの》をいただこう。

昌幸《まさゆき》の心《こころ》は、その期待《きたい》でふくらんだ。


「よう、ございましたね。」

いいなずけの小夜姫《さよひめ》は、大坂城《おおざかじょう》で、幸村《ゆきむら》にいった。

「はい。ありがとうございます。」

幸村《ゆきむら》はいった。

まだ祖父《そふ》のめざした十万石《まんごく》、一万《まん》の兵《へい》にはおよばないが、真田家《さなだけ》は三千の兵《へい》を養《やしな》うことができるようになったのだ。

（しかし、これでは終《お》わらないぞ。）

幸村《ゆきむら》は思《おも》った。

（いずれ、父上《ちちうえ》はさらなる高《たか》みをめざすだろうが、その目《め》は、どこへ向《む》けられているのだろう。）

幸村《ゆきむら》を大坂城《おおざかじょう》の秀吉《ひでよし》のもとにのこし、上田城《うえだじょう》にもどった昌幸《まさゆき》は、長男《ちょうなん》の信幸《のぶゆき》にいった。

「信幸《のぶゆき》。そなたに、沼田城《ぬまたじょう》をまかせる。しっかりと守《まも》ってくれ。」

「はっ。」

信幸《のぶゆき》はうなずいた。

「ありがとうございます。」

このときから、信州《しんしゅう》の上田本城《うえだほんじょう》には、父《ちち》の昌幸《まさゆき》と次男《じなん》の幸村《ゆきむら》がいて、上州《じょうしゅう》の沼田城《ぬまたじょう》には長男《ちょうなん》の信幸《のぶゆき》がいるという、真田家《さなだけ》の役割分担《やくわりぶんたん》が決《き》まったのである。

北条《ほうじょう》をほろぼしたあと、秀吉《ひでよし》は、天正《てんしょう》十九年《ねん》（一五九一年《ねん》）、おいの秀次《ひでつぐ》に関白《かんぱく》をゆずり、みずからは太閤《たいこう》となった。そして、文禄元年《ぶんろくがんねん》（一五九二年《ねん》）、明国《みんこく》の征服《せいふく》を夢見《ゆめみ》て、小西行長《こにしゆきなが》や加《か》藤清正《とうきよまさ》、福島正則《ふくしままさのり》らに朝鮮出兵《ちょうせんしゅっぺい》を命《めい》じた。

文禄《ぶんろく》三年《ねん》、大谷吉継《おおたによしつぐ》の娘《むすめ》である小夜姫《さよひめ》と婚姻《こんいん》の式《しき》をあげた、二十八歳《さい》の幸村《ゆきむら》は、十一月《がつ》、従五《じゅご》位下《いげ》左衛門佐《さえもんのすけ》に任《にん》ぜられ、豊臣姓《とよとみせい》を名《な》のることになった。

「豊臣左衛門佐幸村《とよとみさえもんのすけゆきむら》か。太閤《たいこう》のおぼえめでたく、そなたが豊臣姓《とよとみせい》となるとはな。」

昌幸《まさゆき》は、幸村《ゆきむら》にいった。

「は。されど、わたしはあくまでも、六文銭《ろくもんせん》の旗《はた》をかかげる真田《さなだ》一族《いちぞく》の幸村《ゆきむら》でございます。おじいさま、父上《ちちうえ》の血《ち》が流《なが》れておりまする。」

幸村《ゆきむら》はいった。

「わかっておる。」

昌幸《まさゆき》はうなずいた。

「そなたは、生《う》まれながらの、真田武者《さなだむしゃ》だ。」

その前年《ぜんねん》の文禄《ぶんろく》二年《ねん》（一五九三年《ねん》）、淀君《よどぎみ》が秀吉《ひでよし》の子《こ》を産《う》んだ。

「おお、ひろい、ひろい。かわいいのう。」

秀吉《ひでよし》はわが子《こ》をひろい丸《まる》（のちの秀頼《ひでより》）と名《な》づけた。そして、わが子《こ》かわいさのあまり、文禄《ぶんろく》四年《ねん》（一五九五年《ねん》）関白秀次《かんぱくひでつぐ》を、むほんの疑《うたが》いありとして、高野山《こうやさん》で切腹《せっぷく》させた。

慶長元年《けいちょうがんねん》（一五九六年《ねん》）、家康《いえやす》は内大臣《ないだいじん》となった。

あくる慶長《けいちょう》二年《ねん》（一五九七年《ねん》）、いったん朝鮮《ちょうせん》からひきあげていた兵《へい》を、秀吉《ひでよし》はふたたび出陣《しゅつじん》させた。

慶長《けいちょう》三年《ねん》（一五九八年《ねん》）、体《からだ》のおとろえを感《かん》じた秀吉《ひでよし》は、自分《じぶん》がいなくなったあとの豊臣家《とよとみけ》をささえるために、どうすればよいか、必死《ひっし》で考《かんが》えた。

そして、石田三成《いしだみつなり》、前田玄以《まえだげんい》、浅野長政《あさのながまさ》、増田長盛《ましたながもり》、長束正家《ながつかまさいえ》の五奉行《ごぶぎょう》、そして、徳川家康《とくがわいえやす》らの五大老制度《ごたいろうせいど》を確立《かくりつ》させた。

五大老《ごたいろう》は秀頼《ひでより》を後見《こうけん》し、五奉行《ごぶぎょう》が天下《てんか》の政治《せいじ》をおこなうというものだった。

それらを確立《かくりつ》させると、秀吉《ひでよし》は、醍醐寺《だいごじ》で、世間《せけん》をあっとおどろかせるような、派手《はで》で、盛大《せいだい》な花見《はなみ》をおこなった。

「花《はな》じゃ。花《はな》じゃ。この世《よ》の花《はな》の盛《さか》りをみな楽《たの》しめ。」

しかし、そのときをさかいにして、秀吉《ひでよし》は床《とこ》に伏《ふ》せるようになった。

「わが子《こ》、秀頼《ひでより》を、くれぐれも、おたのみもうしまする。」

秀吉《ひでよし》は、息《いき》をひきとる最後《さいご》まで、まだおさない秀頼《ひでより》の行《ゆ》く末《すえ》を、徳川家康《とくがわいえやす》や前田利家《まえだとしいえ》、小早川《こばやかわ》隆景《たかかげ》（のちに上杉景勝《うえすぎかげかつ》）、毛利輝元《もうりてるもと》、宇喜多秀家《うきたひでいえ》ら、五大老《ごたいろう》に、涙《なみだ》を流《なが》して、たのんだ。

「くれぐれも、秀頼《ひでより》を。」

つゆとおち
つゆと消《き》えにし
わが身《み》かな
なにわのことも
夢《ゆめ》のまた夢《ゆめ》

そう辞世《じせい》の句《く》をよんで、慶長《けいちょう》三年《ねん》、八月《がつ》十八日《にち》、秀吉《ひでよし》は波乱万丈《はらんばんじょう》の人生《じんせい》を終《お》えた。このとき、幸村《ゆきむら》は三十二歳《さい》だった。

秀吉《ひでよし》の死《し》は、つぎの天下人《てんかびと》をあらそう戦《いくさ》のはじまりとなった。

これまで、豊臣家《とよとみけ》の筆頭大老《ひっとうたいろう》として、ずっとがまんをかさねてきた家康《いえやす》が、ついに天下《てんか》をわがものとする意志《いし》をあきらかにしてきたのだ。そうした家康《いえやす》に対抗《たいこう》したのは、豊臣家《とよとみけ》の五奉行《ごぶぎょう》のひとりであった石田三成《いしだみつなり》だった。

家康《いえやす》は、みずからの勢力《せいりょく》をかためるために、伊達政宗《だてまさむね》や福島正則《ふくしままさのり》らと、勝手《かって》に、つぎつぎと姻戚関係《いんせきかんけい》をむすんでいった。それは秀吉《ひでよし》によって、禁《きん》じられていたことだった。

「家康《いえやす》め。」

三成《みつなり》は、前田利家《まえだとしいえ》らの五大老《ごたいろう》とともに、家康《いえやす》をとがめだてようとした。

だが、家康《いえやす》はわるびれることなく、

「わたしは筆頭大老《ひっとうたいろう》で、豊臣家《とよとみけ》をささえるために、すべてをおこなっている。」

と、居直《いなお》った。

そこで、三成《みつなり》はひそかに、家康《いえやす》の襲撃《しゅうげき》をくわだてたが、失敗《しっぱい》に終《お》わった。

かえって、三成《みつなり》は、豊臣家《とよとみけ》の武断派《ぶだんは》といわれ、朝鮮《ちょうせん》の戦《いくさ》からもどってきていた加藤清正《かとうきよまさ》、福島《ふくしま》正則《まさのり》、黒田長政《くろだながまさ》ら、七武将《ぶしょう》に憎《にく》まれて、命《いのち》をねらわれた。

「三成《みつなり》め、太閤《たいこう》が生《い》きておられたときは、その威光《いこう》をかさにきて、好《す》き勝手《かって》なことばかりしおった。もう、生《い》かしてはおけぬ。」

「斬《き》れ。斬《き》れ。」

慶長《けいちょう》四年《ねん》（一五九九年《ねん》）、清正《きよまさ》たちは、前田利家《まえだとしいえ》が死《し》んだ日《ひ》に、三成《みつなり》をおそった。

七武将《ぶしょう》に追《お》われて、三成《みつなり》は、あろうことか、二度《ど》も命《いのち》をねらったことのある、伏見《ふしみ》の家康邸《いえやすてい》へ逃《に》げこんだ。

まさに、虎《とら》の口《くち》へ逃《に》げこんだのだ。

「徳川《とくがわ》どのに申《もう》しあげたい。」

加藤清正《かとうきよまさ》や福島正則《ふくしままさのり》らは家康《いえやす》の屋敷《やしき》に押《お》しかけて、家康《いえやす》の側近《そっきん》である本多正信《ほんだまさのぶ》に申《もう》し入《い》れた。

「三成《みつなり》を、われらにわたしていただきたい。」

「これは、われらと三成《みつなり》とのいさかいであって、徳川《とくがわ》どのには、なんのかかわりもないことでござる。」

正信《まさのぶ》はいった。

「おのおのがたのいわれることは、よくわかりもうした。」

清正《きよまさ》たちを待《ま》たせて、正信《まさのぶ》は家康《いえやす》のもとへ行《い》った。

「との、清正《きよまさ》たちがこういってきておりますが、いかがなさいますか。」

天下《てんか》をとるためには、なによりも長生《ながい》きせねばならぬ。そのためには、体《からだ》をすこやかにする薬《くすり》をのまねばならぬ。

家康《いえやす》はそう考《かんが》えて、つねづね、みずから薬草《やくそう》を調合《ちょうごう》していた。このときも、家康《いえやす》は何種類《なんしゅるい》もの薬草《やくそう》をすりばちですりつぶしながら、

「さて、どういたそうか。」

と、いった。

「清正《きよまさ》たちに、わたされますか。」

家康《いえやす》は、しばらく考《かんが》えてから、首《くび》をふった。

「いや、それはできぬ。三成《みつなり》がいなくなったら、清正《きよまさ》たちは豊臣家恩顧《とよとみけおんこ》の大名《だいみょう》であることに、あらためて思《おも》いいたり、大坂城《おおざかじょう》の豊臣秀頼《とよとみひでより》に忠義《ちゅうぎ》をつくそうとするだろう。それはいかにもまずい。」

「では、三成《みつなり》は……。」

家康《いえやす》はうなずいた。

「三成《みつなり》が生《い》きているかぎり、清正《きよまさ》たちは、やつをゆるしがたい敵《てき》と思《おも》い、わしのほうに近《ちか》づいてこよう。」

「なるほど。」

こうして三成《みつなり》は、敵《てき》であるはずの家康《いえやす》に守《まも》られ、武断派《ぶだんは》の刃《やいば》から逃《のが》れることができた。しかし、家康《いえやす》は、このときとばかり、三成《みつなり》の責任《せきにん》を追及《ついきゅう》した。

「そなたの責任《せきにん》は重《おも》い。」

そして、なにかと目《め》ざわりだった三成《みつなり》から、豊臣家《とよとみけ》の奉行職《ぶぎょうしょく》をとりあげた。さらに、大坂城《おおざかじょう》から、佐和山城《さわやまじょう》へ追《お》いはらってしまった。


「父上《ちちうえ》、これからなにがおこるのでしょう。」

幸村《ゆきむら》は昌幸《まさゆき》にたずねた。

このとき、ふたりは家康《いえやす》につかえるかたちで、上田城《うえだじょう》をはなれていた。

「戦《いくさ》じゃ。」

昌幸《まさゆき》は幸村《ゆきむら》にいった。

「やはり、そうなるのでしょうか。」

「なる。かならずなる。太閤秀吉《たいこうひでよし》という重《おも》しがとれたいま、われこそはという武将《ぶしょう》たちが動《うご》きだす。」

幸村《ゆきむら》はため息《いき》をついた。

夜《よる》の空《そら》を見《み》やっていると、たしかに、星《ほし》は告《つ》げていたのである。

近《ちか》いうちに、大乱《たいらん》がおきると。

「幸村《ゆきむら》よ。天下《てんか》をとる方法《ほうほう》は、おおよそ三つある。」

昌幸《まさゆき》はいった。

「ひとつは、織田信長《おだのぶなが》のように、おのれの武力《ぶりょく》と知力《ちりょく》とで、天下《てんか》をとっていこうとする方法《ほうほう》だ。しかし、これはおそろしくむずかしい。あの信玄《しんげん》さまも、その力《ちから》はあったけれど、できなかった。信長《のぶなが》にあった、天下運《てんかうん》というものが、信玄《しんげん》さまにはなかったからだ。越後《えちご》の上杉謙信《うえすぎけんしん》もそうだ。あれほど武運《ぶうん》にめぐまれていても、天下運《てんかうん》がなかった。それに、信玄《しんげん》さまも、謙信《けんしん》も、これからというときに、早死《はやじ》にしてしまった。」

幸村《ゆきむら》はうなずいた。

「しかし、天下《てんか》をつかみかけた信長《のぶなが》は、もう少《すこ》しのところで、運《うん》を逃《のが》してしまった。明智光秀《あけちみつひで》という悪運《あくうん》が、大願《たいがん》の成就《じょうじゅ》をさまたげたのだ。」

幸村《ゆきむら》はだまって、うなずいた。

「ふたつめの方法《ほうほう》は、秀吉《ひでよし》の方法《ほうほう》だ。天下《てんか》をとろうとしている者《もの》の、すぐそばにつかえることで、秀吉《ひでよし》は天下《てんか》に近《ちか》づき、幸運《こううん》も手伝《てつだ》い、天下《てんか》とりをはたした。つまり、天下《てんか》をとるには、いちばん天下《てんか》とりに近《ちか》い者《もの》のそばにいて、機会《きかい》をねらうことじゃ。」

昌幸《まさゆき》はしばらく考《かんが》えてから、いった。

「三つめの方法《ほうほう》は……。わかるであろう。」

幸村《ゆきむら》はいった。

「家康《いえやす》ですか。」

「そうじゃ。家康《いえやす》は、信長《のぶなが》と同盟《どうめい》し、信長《のぶなが》の死後《しご》は、みずからの天下《てんか》とりをいったんおさめて、関白秀吉《かんぱくひでよし》につかえた。そして太閤秀吉《たいこうひでよし》が死《し》んだあとは、自分《じぶん》が天下《てんか》をとることを、いまやあきらかにしつつある。」

幸村《ゆきむら》はいった。

「では、父上《ちちうえ》は、家康《いえやす》がつぎの天下人《てんかびと》となるとお思《おも》いですか。」

「十中八九《じっちゅうはっく》はそうなるであろう。しかし、まだのこりの可能性《かのうせい》がある。」

昌幸《まさゆき》は、不敵《ふてき》に笑《わら》った。

「そののこりとは?」

幸村《ゆきむら》はたずねた。

「まず、石田三成《いしだみつなり》がいる。三成《みつなり》は、もう少《すこ》し太閤《たいこう》が長生《ながい》きしていれば、秀頼《ひでより》をささえるというかたちで、天下《てんか》の実権《じっけん》をにぎることができたかもしれぬ。しかし、それはかなわなかった。おろかにも、豊臣家子飼《とよとみけこが》いの武将《ぶしょう》である、加藤清正《かとうきよまさ》や福島正則《ふくしままさのり》らを敵《てき》にまわしてしまったからだ。」

「では……。」

昌幸《まさゆき》はいった。

「天下《てんか》をとるには、信長《のぶなが》、秀吉《ひでよし》、家康《いえやす》がとった三つの方法《ほうほう》以外《いがい》の、もうひとつの方法《ほうほう》がある。それを、わしがおこなうのだ。」

「それはいかなる方法《ほうほう》でございますか？」

「大乱《たいらん》のなかでの、乾坤一擲《けんこんいってき》じゃ。」

「それは？」

「天下大乱《てんかたいらん》、ここぞというときに、えいっと、さいころをふる。ここが勝負《しょうぶ》というときに、一《いち》か八《ばち》かの、さいころを投《な》げるのじゃ。」

「さいころ、でございますか。」

昌幸《まさゆき》は笑《わら》った。

「よいか、われら真田《さなだ》は、もともとは小県郡《ちいさがたぐん》の小豪族《しょうごうぞく》じゃ。いまでこそ信州《しんしゅう》と上州《じょうしゅう》に城《しろ》をもつ、三万八千石の大名となったが、もともとは大国にはさまれて、いかに生《い》きのびるか、それに心《こころ》をくだかねばならなかった。そのために、わしは信長《のぶなが》につき、北条《ほうじょう》につき、家康《いえやす》につき、上杉《うえすぎ》につき、秀吉《ひでよし》についてきた。表裏比興《ひょうりひきょう》の者《もの》と、いわれようとも、必死《ひっし》で生《い》きのびようとしてきた。いつ、ほろぼされてもおかしくない立場《たちば》に、いつもおかれていたからじゃ。わしはな、幸村《ゆきむら》。」

そこで、昌幸《まさゆき》は幸村《ゆきむら》を見《み》つめた。

「わしは、ここぞというときを見《み》つけて、勝負《しょうぶ》に出《で》たい。なんのための勝負《しょうぶ》か、それはな、わしが天下《てんか》をとるための勝負《しょうぶ》じゃ。」

天下《てんか》をとる。

昌幸《まさゆき》のことばに、幸村《ゆきむら》はおどろいた。

(父《ちち》は、本気《ほんき》でそう思《おも》っていたのか。真田《さなだ》という信州《しんしゅう》の豪族出《ごうぞくで》の小大名《しょうだいみょう》が、ひしめく大大名《だいだいみょう》を相《あい》手《て》に、天下《てんか》をめざして戦《たたか》うというのか。)

おどろきと同時《どうじ》に、幸村《ゆきむら》は胸《むね》がはずむのをおぼえた。

(そうか。われら真田《さなだ》は、祖父《そふ》が夢見《ゆめみ》たように、天下《てんか》とりをめざすのか。)

そのことは、幸村《ゆきむら》の気持《きも》ちを爽快《そうかい》にさせた。

「父上《ちちうえ》、そのときはいつやってくるのでしょうか。」

昌幸《まさゆき》はいった。

「もうすぐじゃ。もうすぐ、そのときがくる。」

第《だい》十一章《しょう》　兄《あに》との別《わか》れ

秀吉《ひでよし》が死《し》んでから一年《ねん》がたち、慶長《けいちょう》四年《ねん》（一五九九年《ねん》）、九月《がつ》二十八日《にち》、家康《いえやす》は、伏見城《ふしみじょう》から大坂城西《おおざかじょうにし》の丸《まる》にうつった。秀吉《ひでよし》の正室《せいしつ》である北政所《きたのまんどころ》のかわりに、大坂城《おおざかじょう》にのりこんだのだ。そして、じりじりと天下《てんか》の実権《じっけん》をにぎっていった。

家康《いえやす》のねらいは、ほかの五大老《ごたいろう》だった。

ひとりずつ、徳川《とくがわ》に屈服《くっぷく》させていく計画《けいかく》をたてたのだ。

そして、慶長《けいちょう》五年《ねん》（一六〇〇年《ねん》）の五月《がつ》、大老《たいろう》のひとりである前田利長《まえだとしなが》の生母《せいぼ》を人質《ひとじち》にとったあと、その年《とし》の六月《がつ》、秀吉《ひでよし》によって越後《えちご》から会津《あいづ》に移封《いほう》された上杉景勝《うえすぎかげかつ》の会津《あいづ》を征伐《せいばつ》する兵《へい》をおこした。

——大坂城《おおざかじょう》にあいさつにこない上杉景勝《うえすぎかげかつ》には、豊臣家《とよとみけ》にむほんのきざしがある。

そうした口実《こうじつ》をつくって、全国《ぜんこく》の大名《だいみょう》たちに、上杉討伐《うえすぎとうばつ》の号令《ごうれい》をかけたのだ。

「秀頼《ひでより》ぎみのためでございます。」

そういって、家康《いえやす》は、秀頼《ひでより》から黄金《おうごん》二万両《まんりょう》と米《こめ》二万石《まんごく》をはなむけとしてさずかり、大坂《おおざか》を発《た》って、伏見城《ふしみじょう》に入《はい》った。

上田城《うえだじょう》にいる昌幸《まさゆき》のもとへも、家康《いえやす》からの文《ふみ》が届《とど》いた。

「父上《ちちうえ》、あの家康《いえやす》が景勝《かげかつ》さまを討《う》つというのですか。」

幸村《ゆきむら》はいった。

短《みじか》いあいだであったけれど、十九歳《さい》の自分《じぶん》をかわいがってくれた景勝《かげかつ》のおもかげが、幸村《ゆきむら》の胸《むね》にうかんだ。

(たしかに、景勝《かげかつ》さまは家康《いえやす》をきらっていた。しかし、これほど、あからさまに対抗《たいこう》するとは。)

幸村《ゆきむら》は思《おも》った。

「おかしな話《はなし》よ。秀頼《ひでより》ぎみを守《まも》ると申《もう》して、諸国《しょこく》の大名《だいみょう》たち、ことに豊臣恩顧《とよとみおんこ》の大名《だいみょう》たちをあつめるとはな。」

昌幸《まさゆき》は、にがにがしげにいった。

「景勝《かげかつ》さまには、家康《いえやす》がいうように、秀頼《ひでより》ぎみへのむほんの心《こころ》があるのでしょうか。」

「あるものか。」

昌幸《まさゆき》はいった。

「いまや、『天下《てんか》どの』とよばれている、家康《いえやす》のもくろみであろう。秀頼《ひでより》ぎみならぬ、自分《じぶん》にさからう者《もの》はゆるさぬぞと、ほかの大名《だいみょう》たちを威圧《いあつ》しているのだ。」

「では、どうなされるのですか、父上《ちちうえ》。」

昌幸《まさゆき》は、腕組《うでぐ》みをした。

「いまは、じっと様子《ようす》を見《み》るしかあるまい。」

「では、討伐軍《とうばつぐん》にくわわるのですか。」

「うむ。とりあえずは、くわわることにしよう。いまは、『秀頼《ひでより》さまを守《まも》るため。』といっている家康《いえやす》にさからうことはできぬからな。」

それから、昌幸《まさゆき》は声《こえ》をひそめて、いった。

「されど、このままではすまぬ。」

「と、申《もう》されますと？」

「上杉《うえすぎ》の背後《はいご》には、三成《みつなり》がいる。」

石田三成《いしだみつなり》か。

三成《みつなり》は、景勝《かげかつ》としめしあわせているのか。では、舅《しゅうと》の大谷吉継《おおたによしつぐ》どのも、三成《みつなり》とともに行動《こうどう》されるのだろうか。

「では……。」

「三成《みつなり》が動《うご》く。この機会《きかい》を逃《のが》さずに、家康《いえやす》をきらう大名《だいみょう》たちをあつめようとするであろう。そのよびかけに応《おう》じて、毛利輝元《もうりてるもと》や宇喜多秀家《うきたひでいえ》、安国寺恵瓊《あんこくじえけい》ら、おもに西国《さいごく》の大名《だいみょう》たちが動《うご》こう。」

昌幸《まさゆき》はいった。

「では、天下《てんか》を二分《ぶん》する戦《たたか》いがはじまると、父上《ちちうえ》はお思《おも》いなのですか。」

幸村《ゆきむら》はいった。

「そうじゃ。天下《てんか》をゆるがす戦《いくさ》がはじまるのじゃ。」

家康《いえやす》は、徳川家譜代《とくがわけふだい》の兵《へい》である三千に、ほかの大名《だいみょう》たちの兵《へい》をくわえて、五万《まん》五千の兵《へい》で、五月《がつ》十八日《にち》に、伏見城《ふしみじょう》を出《で》た。

そして、七月二日《がつふつか》に、江戸城《えどじょう》にもどった。

ここで、家康《いえやす》は、これから大名《だいみょう》たちがどう動《うご》くか、天下《てんか》の形勢《けいせい》を見《み》まもった。そして、三成《みつなり》が動《うご》きだそうとしていることを知《し》ると、二十一日《にち》、会津《あいづ》に向《む》かって、出兵《しゅっぺい》した。

昌幸《まさゆき》と幸村《ゆきむら》は、「豊臣家《とよとみけ》のために、上杉《うえすぎ》を討《う》つ。」という家康《いえやす》の会津征伐《あいづせいばつ》に参《さん》じるために、上田城《うえだじょう》から出陣《しゅつじん》した。

七月二十一日《がつにち》、下野国《しもつけのくに》の犬伏《いぬぶし》まで進《すす》んだときだった。

石田三成《いしだみつなり》の密書《みっしょ》が届《とど》いたのだ。

そこには、豊臣家《とよとみけ》の奉行《ぶぎょう》である長束正家《なつかまさいえ》、増田長盛《ましたながもり》、前田玄以《まえだげんい》らの連名《れんめい》があり、その内容《ないよう》は、家康《いえやす》の非《ひ》をあげつらい、亡《な》き太閤《たいこう》の恩《おん》にむくいてほしいというものだった。

——家康《いえやす》を討《う》ち、秀頼《ひでより》さまに味方《みかた》せよ。

昌幸《まさゆき》は、文《ふみ》を読《よ》むと、ただちに信幸《のぶゆき》と幸村《ゆきむら》をよびつけた。

風《かぜ》が吹《ふ》きすさぶなか、宿舎《しゅくしゃ》にしている民家《みんか》の近《ちか》くに隠《かく》れ家《が》があるのをさいわい、真田《さなだ》の父《ちち》と子《こ》、三人《にん》の密談《みつだん》がおこなわれた。

「このような文《ふみ》、破《やぶ》り捨《す》ててしまわなくては。」

信幸《のぶゆき》は、三成《みつなり》からの文《ふみ》を読《よ》むと、はげしく首《くび》をふった。

「なりませぬぞ、三成《みつなり》などに加担《かたん》しては。われらは、それほど内府公《ないふこう》（家康《いえやす》）の恩《おん》をうけたわけではありませぬ。だが、この地《ち》までおともしてきた以上《いじょう》、いまさら心変《こころが》わりはできませぬ。」

それにたいし、昌幸《まさゆき》はいった。

「そうじゃ。われらは、家康公《いえやすこう》からも、いまの秀頼《ひでより》ぎみからも、恩《おん》をうけてはいない。だからこそ、いまがときなのじゃ。」

「ときとは？」

「このようなときこそ、真田《さなだ》の大望《たいもう》をとげるのじゃ。」

（大望《たいもう》か。）

幸村《ゆきむら》は、昌幸《まさゆき》の心《こころ》がいたいほどわかった。

（十万石《まんごく》、一万《まん》の兵《へい》という、のぞみがいまこそかなうかもしれない。いや、父《ちち》ののぞみはもっと大《おお》きい。天下《てんか》をねらおうとしているのかもしれない。）

ずっと、一豪族《いちごうぞく》、さらに小大名《しょうだいみょう》という、心《こころ》に染《そ》まない地位《ちい》にあまんじてきた昌幸《まさゆき》にとっては、待《ま》ちに待《ま》った機会《きかい》がきたのだ。

「いまが大望《たいもう》のときとは、それがし思《おも》いませぬ。」

信幸《のぶゆき》はいった。

「父上《ちちうえ》、あの三成《みつなり》が、家康公《いえやすこう》に勝《か》てるとお思《おも》いか。それはありえませぬ。いかに三成《みつなり》が西国《さいごく》の大《だい》名《みょう》たちをあつめようと、家康公《いえやすこう》にはかないませぬ。天下《てんか》のゆくえは、家康公《いえやすこう》に向《む》いております。」

昌幸《まさゆき》はいった。

「そうじゃ。たしかに、家康公《いえやすこう》は強《つよ》い。天下《てんか》をとるのは、七、八分《ぶ》がた、いや九分《ぶ》がた、家康公《いえやすこう》かもしれぬ。だが、一分《ぶ》、そうではないかもしれぬ。わしは、そこに賭《か》けるのじゃ。真田《さなだ》が大《おお》きく飛躍《ひやく》するのは、このときだからじゃ。」

「なにをいわれるのか、父上《ちちうえ》。」

信幸《のぶゆき》は幸村《ゆきむら》のほうを見《み》て、いった。

「幸村《ゆきむら》、父《ちち》を説《と》いてくれ。三成《みつなり》ごときに、味方《みかた》してはならぬと。」

幸村《ゆきむら》は、父《ちち》と兄《あに》を見《み》やった。

その顔《かお》は、どちらもけっしてゆずらぬ顔《かお》だった。昌幸《まさゆき》と信幸《のぶゆき》は、このとき、はっきりとちがう道《みち》を行《い》こうとしていた。

(六文銭《ろくもんせん》。)

幸村《ゆきむら》は思《おも》った。

(三途《さんず》の川《かわ》を渡《わた》る六文銭《ろくもんせん》か。)

――いつ、死《し》んでもよい。

祖父《そふ》の幸隆《ゆきたか》のことばが、幸村《ゆきむら》の胸《むね》にうかんだ。

「兄上《あにうえ》。」

幸村《ゆきむら》は口《くち》をひらいた。

「兄上《あにうえ》のことばは、幸村《ゆきむら》、よくわかります。」

信幸《のぶゆき》はよろこんだ。

「そうであろう、幸村《ゆきむら》。わたしのいうことが理《り》にかなっているだろう。」

幸村《ゆきむら》はしずかにいった。

「兄上《あにうえ》。されど、わたしは父《ちち》のことばにしたがいまする。」

信幸《のぶゆき》は、かっとなった。

「なにをいうか、幸村《ゆきむら》。おろかな。このようなときこそ、父《ちち》をおいさめしなくてはならぬのに。」

すると、昌幸《まさゆき》はいった。

「おろかではない。幸村《ゆきむら》は、真田《さなだ》の悲願《ひがん》をよく知《し》っておるからじゃ。」

「いや、幸村《ゆきむら》は大谷《おおたに》の娘《むすめ》をもらったからでありましょう。」

信幸《のぶゆき》はいった。

「三成《みつなり》につくのは、三成《みつなり》と親《した》しい大谷吉継《おおたによしつぐ》への義理《ぎり》からでしょう。しかし、戦国《せんごく》の習《なら》いは、強《つよ》き者《もの》につく。そうではありませぬか。そうしなければ、家《いえ》がほろぶ。そうでありましょう。これまで父上《ちちうえ》は、強《つよ》き者《もの》について、真田《さなだ》を守《まも》ってきたのではありませぬか。」

「そうじゃ。これまではそうしてきた。」

昌幸《まさゆき》はいった。

「だが、これからはちがう。われら真田《さなだ》は、乾坤一擲《けんこんいってき》、ここぞというときに、勝負《しょうぶ》を賭《か》けるのじゃ。」

「なりませぬ。それは、あまりに無謀《むぼう》というもの。」

信幸《のぶゆき》はいった。

「無謀《むぼう》ではない。それが、われらの意気地《いきじ》というものじゃ。」

「家《いえ》をほろぼすのが、意気地《いきじ》でございますか。」

こうして、父《ちち》の昌幸《まさゆき》と子《こ》の信幸《のぶゆき》のあいだで、はげしいことばが飛《と》び交《か》った。

三人《にん》の密談《みつだん》があまりにも長《なが》いことを、家臣《かしん》たちは案《あん》じた。

どうなされたのだろう。

なにか、不都合《ふつごう》なことがおきているのではないのか。

「よし、見《み》てこよう。」

家臣《かしん》のひとり、河原綱家《かわらつないえ》が、あまりにも長《なが》い密談《みつだん》にたまりかねて、部屋《へや》の様子《ようす》をうかがい知《し》ろうと、そっと戸《と》をあけた。

「だれもくるなと申《もう》しつけたのに、なぜきたのかっ！」

怒声《どせい》とともに、昌幸《まさゆき》は、はいていた下駄《げた》をぬぎ、綱家《つないえ》めがけて、びゅっと投《な》げつけた。下駄《げた》は、部屋《へや》をのぞこうとしていた綱家《つないえ》の顔《かお》をみごとに直撃《ちょくげき》した。

「もうしわけありませぬ。」

前歯《まえば》をくだかれ、噴《ふ》きでる血《ち》をおさえながら、綱家《つないえ》は戸《と》を閉《し》めた。

このあと、昌幸《まさゆき》と信幸《のぶゆき》は、三成《みつなり》と家康《いえやす》のどちらにつくかで、さらにはげしくいいあった。だが、決着《けっちゃく》は、つかなかった。

「やむをえぬ。」

昌幸《まさゆき》は目《め》に涙《なみだ》をためて、最後《さいご》にいった。

「父《ちち》と子《こ》が、別《わか》れ別《わか》れになるのも、家《いえ》のためにはよいことかもしれぬ。真田《さなだ》の血《ち》をのこすには、それがもっともよい方法《ほうほう》なのかもしれぬ。」

信幸《のぶゆき》は、涙《なみだ》を流《なが》して、うなずいた。

「わかりました。真田《さなだ》の血《ち》を絶《た》やさないためには、そうするしかないのでしょう。」

幸村《ゆきむら》も、うなずいた。

(そうだ。このさき、どうなるか、わからぬのだから、家康《いえやす》と三成《みつなり》のいずれが勝《か》ってもよいようにするのがいちばんなのだ。)

信幸《のぶゆき》は昌幸《まさゆき》の手《て》をとって、いった。

「父上《ちちうえ》、ご武運《ぶうん》を。」

それから、幸村《ゆきむら》を見《み》やった。

「幸村《ゆきむら》、達者《たっしゃ》でな。くれぐれも、父上《ちちうえ》のことをたのむぞ。」

幸村《ゆきむら》も涙《なみだ》を流《なが》した。

「兄上《あにうえ》こそ、ご武運《ぶうん》を。」

（ついに、兄《あに》とたもとをわかつのだ。）

幸村《ゆきむら》はつらかった。

ずっと兄弟仲《きょうだいなか》よく暮《く》らしてきたのに、これからは、敵味方《てきみかた》にわかれて戦《たたか》うことになるのだ。なんという運命《うんめい》のいたずらであろう。

幸村《ゆきむら》は、兄《あに》が好《す》きだった。

意志《いし》の強《つよ》い、曲《ま》がったことのきらいな兄《あに》の性格《せいかく》が、好《す》きだった。しかし、その兄《あに》よりも、幸村《ゆきむら》は、父《ちち》を愛《あい》し、尊敬《そんけい》していた。そして、天下《てんか》をねらうという父《ちち》の夢《ゆめ》を愛《あい》していた。

（そうだ。いまこそ、兄《あに》と別《わか》れることになろうとも、父《ちち》とともに、天下《てんか》をねらうのだ。祖父《そふ》が夢《ゆめ》見《み》たように、真田《さなだ》が天下《てんか》の舞台《ぶたい》におどりでるのだ。）

幸村《ゆきむら》は思《おも》った。

（それが、わたしの進《すす》むべき道《みち》なのだ。）

「家康《いえやす》と戦《たたか》う。」

家康《いえやす》にそうした反旗《はんき》をひるがえした以上《いじょう》、昌幸《まさゆき》と幸村父子《ゆきむらふし》は、ただちに、この場《ば》をはなれなければならなかった。

昌幸《まさゆき》と幸村《ゆきむら》は、陣《じん》をはらい、上田城《うえだじょう》に向《む》かった。

そして、夜《よる》、信幸《のぶゆき》の城《しろ》である沼田城《ぬまたじょう》へたどりついた。

「ここで一泊《ぱく》しよう。」

昌幸《まさゆき》はいった。

だが、信幸《のぶゆき》の妻《つま》である、小松夫人《こまつふじん》（稲姫《いなひめ》）は、ふたりを城《しろ》に入《い》れることをこばんだ。すでに早馬《はやうま》の使者《ししゃ》が、夫信幸《おっとのぶゆき》と舅《しゅうと》の昌幸《まさゆき》が離反《りはん》したことを、知《し》らせていたのだ。

「夫《おっと》のいない留守《るす》に、舅《しゅうと》とはいえ、城《しろ》に入《い》れることはできませぬ。」

小松夫人《こまつふじん》は、天守閣《てんしゅかく》から孫《まご》の顔《かお》を見《み》せて、いった。

「夫《おっと》とわたしのあいだの子《こ》、孫六郎《まごろくろう》（のちの真田信吉《さなだのぶよし》）です。ごらんくださりませ。」

昌幸《まさゆき》と幸村《ゆきむら》は、遠目《とおめ》に、その赤子《あかご》を見《み》やった。

（あれが兄《あに》の子《こ》か。）

幸村《ゆきむら》は思《おも》った。

（もしかしたら、いつかはあの子《こ》と戦《たたか》うときがくるかもしれない。）

昌幸《まさゆき》は笑《わら》った。

「ふ。よくできた妻《つま》よ。信幸《のぶゆき》にふさわしい妻《つま》じゃ。」


上田城《うえだじょう》へ向《む》けて、昌幸《まさゆき》と幸村《ゆきむら》は鳥居峠《とりいとうげ》を通《とお》り、真田郷《さなだごう》をくだった。大笹《おおざさ》の間《ま》で、地侍《じざむらい》たちにおそわれたが、幸村《ゆきむら》が斬《き》り捨《す》てた。

上田城《うえだじょう》にたどりつくと、すぐに、戦《いくさ》の支度《したく》をはじめた。

「徳川軍《とくがわぐん》が攻《せ》めてくる。」

昌幸《まさゆき》はいった。

「きっと家康《いえやす》は、軍《ぐん》をふたつにわける。ひとつは東海道《とうかいどう》を西上《せいじょう》する、家康《いえやす》のひきいる本軍《ほんぐん》、それにもうひとつは、中山道《なかせんどう》を進《すす》んでくる、秀忠《ひでただ》のひきいる軍《ぐん》だ。この中山道軍《なかせんどうぐん》は、われらに向《む》かってくるだろう。だが、前《まえ》のときと同《おな》じく、攻《せ》めなければよかったと後悔《こうかい》させてやるのだ。」

「はい。」

幸村《ゆきむら》はうなずいた。

(徳川相手《とくがわあいて》に、戦《たたか》う。)

それは、胸《むね》おどるような思《おも》いだった。父《ちち》が戦《いくさ》にどれほど強《つよ》いか、幸村《ゆきむら》にはよくわかっていたのだ。

「幸村《ゆきむら》よ、そなたは戸石城《といしじょう》を守《まも》れ。」

昌幸《まさゆき》はいった。

「は。」

「ただし、もしも戸石城《といしじょう》に、信幸《のぶゆき》が攻《せ》めてきたら、ひけ。」

「え?」

昌幸《まさゆき》はいった。

「兄弟《きょうだい》で戦《たたか》うのは、よくない。それに、わしには考《かんが》えがある。よいか。信幸《のぶゆき》が戸石城《といしじょう》に攻《せ》めよせたら、すぐに兵《へい》をひきあげて、上田城《うえだじょう》へもどってまいれ。」

幸村《ゆきむら》はうなずいた。

(もしも兄《あに》が攻《せ》めてきたら、父《ちち》のいうとおりにしよう。)

幸村《ゆきむら》にとっても、兄《あに》と戦《たたか》うのはいやなことだった。

家康《いえやす》は、会津《あいづ》に向《む》かって進軍《しんぐん》していくとちゅう、下野小山《しもつけおやま》の地《ち》で、三成《みつなり》がいよいよ挙兵《きょへい》したことを聞《き》いた。

「しめたっ。」

家康《いえやす》は、ひざをたたいた。

「とうとう、三成《みつなり》が佐和山《さわやま》から出《で》てきたか。」

家康《いえやす》にとっては、ねらいどおりだった。

太閤亡《たいこうな》きあと、天下《てんか》をつかみとるには、全国《ぜんこく》にじゃまな大名《だいみょう》たちが数多《かずおお》くいた。それらが、ひところにあつまるのを、ずっと待《ま》ちのぞんでいたのだ。そのために、会津《あいづ》へ上杉《うえすぎ》を討《う》つといいながら、けっしていそぐことなく、ゆっくりゆっくり進軍《しんぐん》させていたのだ。

豊臣《とよとみ》の天下《てんか》をうばう。

そのためには、徳川《とくがわ》の天下《てんか》をのぞまない者《もの》たちを、ことごとく一掃《いっそう》しなくてはならなかった。

毛利輝元《もうりてるもと》を総大将《そうだいしょう》にかついで、宇喜多秀家《うきたひでいえ》、長宗我部盛親《ちょうそかべもりちか》ら、おもに西国《さいごく》の大名《だいみょう》たちをあつめている石田三成《いしだみつなり》に、家康《いえやす》は感謝《かんしゃ》したかった。

七月《がつ》二十五日《にち》、下野小山《しもつけおやま》で、家康《いえやす》は軍議《ぐんぎ》をひらき、自分《じぶん》につくか、三成《みつなり》につくか、大名《だいみょう》たちにせまった。

家康《いえやす》にとってさいわいなことに、加藤清正《かとうきよまさ》や福島正則《ふくしままさのり》、黒田長政《くろだながまさ》らの武断派《ぶだんは》といわれる、豊臣《とよとみ》に深《ふか》い恩《おん》のある大名《だいみょう》たちは、三成憎《みつなりにく》しの気持《きも》ちにこりかたまっていた。そして、家康側《いえやすがわ》についた。

「われら、家康《いえやす》さまにしたがいまする。」

清正《きよまさ》らのことばに、家康《いえやす》はよろこび、昌幸《まさゆき》が予想《よそう》したとおり、東《ひがし》の会津《あいづ》に向《む》けていた兵《へい》を、西《にし》へふり向《む》けた。そして、みずからは、八月五日《がついつか》、江戸城《えどじょう》にもどった。

その後《ご》、九月一日《がつついたち》に江戸城《えどじょう》を出《で》て、三成《みつなり》ひきいる西軍《せいぐん》との天下《てんか》わけめの戦《いくさ》に向《む》かった。

第十二章《だいじゅうにしょう》　東軍《とうぐん》三万《まん》八千をうちやぶる

家康《いえやす》ひきいる八万《まん》の本軍《ほんぐん》は、福島正則《ふくしままさのり》を先頭《せんとう》にして、東海道《とうかいどう》を進《すす》んだ。

そして、嫡子《ちゃくし》の秀忠《ひでただ》がひきいる、徳川譜代《とくがわふだい》の武将《ぶしょう》たち、三万《まん》八千の軍《ぐん》は、八月《がつ》二十四日《か》に、宇都宮《うつのみや》を出発《しゅっぱつ》し、中山道《なかせんどう》を進《すす》んでいった。

軍監《ぐんかん》は、本多正信《ほんだまさのぶ》、榊原康政《さかきばらやすまさ》らであり、真田信幸《さなだのぶゆき》も、それにくわわった。

九月一日《がつついたち》、秀忠軍《ひでただぐん》は碓氷峠《うすいとうげ》をこえ、三日《みっか》に、小諸城《こもろじょう》に入《はい》った。

「問題《もんだい》は、小諸城《こもろじょう》の北西《ほくせい》にある、上田城《うえだじょう》でございます。」

本多正信《ほんだまさのぶ》は、秀忠《ひでただ》にいった。

「うむ。真田《さなだ》の城《しろ》か。」

秀忠《ひでただ》はうなずいた。

軍議《ぐんぎ》がはじまり、本多正信《ほんだまさのぶ》は進言《しんげん》した。

「いくら、おそれを知《し》らぬ真田《さなだ》とはいえ、まさか、わが軍《ぐん》に立《た》ち向《む》かってくることはないと思《おも》われます。ここはやりすごし、一日《いちにち》も早《はや》く本軍《ほんぐん》と合流《ごうりゅう》いたしましょう。」

それにたいして、別《べつ》な意見《いけん》が出《で》た。

「いや、われらの兵糧《ひょうろう》がまだじゅうぶんではありませぬ。ここは、上田城《うえだじょう》を降参《こうさん》させ、城《しろ》にたくわえられている兵糧《ひょうろう》を手《て》に入《い》れるべきです。」

軍議《ぐんぎ》のあと、秀忠《ひでただ》は、上田城《うえだじょう》を攻《せ》めることを決《き》めた。

「かつて徳川《とくがわ》は、真田昌幸《さなだまさゆき》に苦杯《くはい》をなめさせられた。ここは、なんとしても、真田《さなだ》を屈服《くっぷく》させねばならぬ。」

秀忠《ひでただ》はいった。

「ただし、真田《さなだ》が降参《こうさん》するのなら、あえて、攻《せ》めはせぬ。まずは、攻《せ》める前《まえ》に、わが軍《ぐん》に降参《こうさん》するように勧告《かんこく》するとしよう。」

九月三日《がつみっか》。秀忠《ひでただ》は、上田城《うえだじょう》へ、使者《ししゃ》をたてた。

昌幸《まさゆき》は、上田城《うえだじょう》へやってきた使者《ししゃ》にたいして、ていねいにこたえた。

「当方《とうほう》には、あらがうつもりはありませぬ。」

このとき、昌幸《まさゆき》は頭《あたま》をそっていた。それは昌幸《まさゆき》のあるじであった武田信玄《たけだしんげん》が頭《あたま》を丸《まる》めていたのと、まさに同《おな》じだった。

頭《あたま》を丸《まる》めたとは。

使者《ししゃ》は、それが昌幸《まさゆき》の降参《こうさん》する気持《きも》ちをすなおにあらわしていると感《かん》じた。

「では、降伏《こうふく》されるのでござるな。」

使者《ししゃ》は、昌幸《まさゆき》の真意《しんい》をたしかめるようにたずねた。

昌幸《まさゆき》は、しずかにいった。

「いまは、あらがうつもりはありませぬ。」

使者《ししゃ》は、その返答《へんとう》を、これは降伏《こうふく》する意思《いし》だなととらえ、陣《じん》にもどって、秀忠《ひでただ》にそのまま報告《ほうこく》した。

昌幸《まさゆき》は、とにかく時間《じかん》をかせぎたかった。

穴山小助《あなやまこすけ》らが、刻々《こくこく》と、東軍《とうぐん》と西軍《せいぐん》の様子《ようす》をつたえてきたところによると、家康《いえやす》の東軍《とうぐん》は八万《まん》、三成《みつなり》の西軍《せいぐん》は八万《まん》二千。道《みち》を埋《う》めつくすような大軍《たいぐん》が、東《ひがし》と西《にし》から、決戦場《けっせんじょう》めがけて、進軍《しんぐん》しているという。

「どうやら、決戦《けっせん》の場《ば》は、関《せき》ヶ原《がはら》あたりか。」

昌幸《まさゆき》は考《かんが》えた。

「関《せき》ヶ原《がはら》の決戦《けっせん》で、もしも秀忠軍《ひでただぐん》三万《まん》八千がいなければ、東軍《とうぐん》は圧倒的《あっとうてき》に不利《ふり》になる。三成《みつなり》の西《せい》軍勝利《ぐんしょうり》も、見《み》えてくる。」

もしも、秀忠軍《ひでただぐん》三万《まん》八千を、上田城《うえだじょう》でうまく足止《あしど》めできたなら、東軍《とうぐん》と西軍《せいぐん》が激突《げきとつ》する、天下《てんか》わけめの戦《たたか》いを、大《おお》きく左右《さゆう》することができる。

家康《いえやす》は苦戦《くせん》し、三成《みつなり》の勝機《しょうき》が生《う》まれる。

昌幸《まさゆき》は、それに賭《か》けたのだ。

では、三成《みつなり》が勝《か》てば、どうなるか。

昌幸《まさゆき》はさきのさきを読《よ》んでいた。

家康《いえやす》が勝《か》てば、むろん天下《てんか》は徳川家《とくがわけ》のものと決《き》まってしまうだろう。だが、三成《みつなり》が勝《か》った場合《ばあい》はどうなるか。おさない豊臣秀頼《とよとみひでより》を補佐《ほさ》するかたちで、三成《みつなり》が天下《てんか》を牛耳《ぎゅうじ》ることができるか。

いや、それは無理《むり》だろう。たとえ徳川家《とくがわけ》がほろび、東軍《とうぐん》の大名《だいみょう》たちがほろんだとしても、三成《みつなり》の器量《きりょう》では、天下《てんか》をしずめることはできぬ。西軍《せいぐん》に組《く》みした大名《だいみょう》たちが、われこそはと、天下《てんか》をねらいはじめるだろう。

そうだ。そのときこそ、真田《さなだ》が天下《てんか》をねらうときがおとずれるのだ。長《なが》いあいだ、弱小《じゃくしょう》の一族《いちぞく》として、苦難《くなん》をしいられた真田一族《さなだいちぞく》が夢見《ゆめみ》たことが、そのときこそ現実《げんじつ》のものとなるのだ。

昌幸《まさゆき》の思《おも》いは、そこにあったのである。

「上田城《うえだじょう》で、昌幸《まさゆき》は、頭《あたま》を丸《まる》めて、神妙《しんみょう》にしております。」

使者《ししゃ》から報告《ほうこく》をうけると、秀忠《ひでただ》は満足《まんぞく》した。

「そうか。いまは、あらがうつもりはない、と昌幸《まさゆき》は申《もう》したか。」

いかに、ひとくせもふたくせもある、油断《ゆだん》ならない真田昌幸《さなだまさゆき》とはいえ、三万《まん》八千の大軍《たいぐん》にさからうことはできぬと、あきらめたのだな。

秀忠《ひでただ》は思《おも》った。

それでも、さらに昌幸《まさゆき》の意志《いし》をたしかめるために、九月四日《がつよっか》、ふたたび使者《ししゃ》を上田城《うえだじょう》へおくった。

「真田《さなだ》どの。」

使者《ししゃ》はたずねた。

「念《ねん》のために、いま一度《いちど》おたずねいたすが、いつ城《しろ》をあけわたして、われらに降伏《こうふく》されるのでござるか。」

昌幸《まさゆき》はこたえた。

「いや、降伏《こうふく》はいたしませせぬ。」

「えっ。」

「じつは、籠城《ろうじょう》いたすために、返答《へんとう》が遅《おく》れた次第《しだい》でござる。ようやく兵糧《ひょうろう》も、ととのいましたゆえ、ひと合戦《かっせん》いたしたく存《ぞん》ずる。」

そのことばに、使者《ししゃ》は目《め》をむいた。

「なんと。」

いそいで、使者《ししゃ》は陣《じん》にもどって、昌幸《まさゆき》の返答《へんとう》を告《つ》げた。

秀忠《ひでただ》は、かっとなった。

「昌幸《まさゆき》め、よくも、われらをだましたな！」

秀忠《ひでただ》は、こぶしをふりあげて、どなった。

「もはや、これまでだ。上田城《うえだじょう》をふみつぶせ！」

すぐに秀忠《ひでただ》は、主力部隊《しゅりょくぶたい》をひきいて、上田城《うえだじょう》の東《ひがし》の染谷台《そめやだい》に陣《じん》をはった。そして、昌幸《まさゆき》の長男《ちょうなん》である信幸《のぶゆき》に、命《めい》じた。

「そなたは、ただちに戸石城《といしじょう》を攻《せ》めよ。」

信幸《のぶゆき》は、うなずいた。

「はっ。しょうちいたしました。」

九月四日《がつよっか》、信幸《のぶゆき》は兵《へい》をひきいて、戸石城《といしじょう》に向《む》かっていった。

気持《きも》ちは、複雑《ふくざつ》だった。

父《ちち》と弟《おとうと》を敵《てき》にしなければならないのだ。

さしあたって、父《ちち》のいる上田城攻《うえだじょうぜ》めにくわわらずにすんだことに、胸《むね》をなでおろしながら、信《のぶ》幸《ゆき》は、かつては真田《さなだ》の本城《ほんじょう》であった戸石城《といしじょう》に攻《せ》めよせていった。

「やはり、兄《あに》がきたか。」

戸石城《といしじょう》を守《まも》っていた幸村《ゆきむら》は、兄《あに》と戦《たたか》いたくはなかった。昌幸《まさゆき》にいわれていたこともあり、城兵《じょうへい》をひきつれて、すぐに城《しろ》から出《で》ていった。

そのために、戸石城《といしじょう》は、すぐに落《お》ちた。

「おお、よくぞやった。」

秀忠《ひでただ》はよろこび、信幸《のぶゆき》をそのまま戸石城《といしじょう》の守備《しゅび》につかせた。

一方《いっぽう》、秀忠《ひでただ》の本軍《ほんぐん》は、上田城《うえだじょう》を攻《せ》めるにあたって、軍議《ぐんぎ》をかさねた。

先鋒《せんぽう》の牧野康成《まきのやすなり》が、「刈田戦法《かりたせんぽう》」をとることを主張《しゅちょう》した。

これは秋《あき》の季節《きせつ》にとられる戦法《せんぽう》のひとつで、城《しろ》のまわりの稲田《いなだ》に実《みの》っている稲《いね》を刈《か》り取《と》ってしまうというものだった。

籠城《ろうじょう》している兵《へい》のほとんどは、ふだんは農民《のうみん》であり、育《そだ》てた稲《いね》が敵《てき》にうばわれてしまうのは耐《た》えがたいものだった。そのために、敵《てき》が刈田戦法《かりたせんぽう》をとりはじめると、城《しろ》から出《で》て、追《お》いはらおうとする。

このとき、城兵《じょうへい》が出《で》てくるのをみはからい、刈田部隊《かりたぶたい》のうしろにひかえている攻撃部隊《こうげきぶたい》が突進《とっしん》してきて、城兵《じょうへい》を討《う》つのだ。そして、城兵《じょうへい》がいそいでしりぞくのを追《お》って、城《しろ》になだれこむという戦法《せんぽう》だった。たりない兵糧《ひょうろう》をおぎなうという効果《こうか》も、刈田戦法《かりたせんぽう》にはあった。

「しかし、深追《ふかお》いはしないように。」

本多正信《ほんだまさのぶ》は刈田部隊《かりたぶたい》に命《めい》じた。

「あくまでも、これは城方《しろかた》の出方《でかた》をさぐるためである。」

九月六日《がつむいか》、牧野康成《まきのやすなり》のひきいる部隊《ぶたい》は、神川《かんがわ》の水量《すいりょう》が少《すく》ないのをよしとして、神川《かんがわ》をわたった。そして、上田城《うえだじょう》のまわりの稲田《いなだ》にふみこみ、稲《いね》を刈《か》りはじめた。

「さあ、真田《さなだ》め、城《しろ》から出《で》てこい。」

康成《やすなり》は城《しろ》を見《み》やって、いった。

天守閣《てんしゅかく》から、そうした徳川軍《とくがわぐん》の行動《こうどう》をながめていた昌幸《まさゆき》は、ふふっと笑《わら》った。

「幸村《ゆきむら》、敵《てき》は、刈田戦法《かりたせんぽう》じゃ。」

昌幸《まさゆき》は、幸村《ゆきむら》に一計《いっけい》をさずけた。

「よいか、こうせよ……。」

城《しろ》の様子《ようす》をうかがいながら、康成《やすなり》ひきいる部隊《ぶたい》が稲《いね》を刈《か》っていると、上田城《うえだじょう》から、それを阻止《そし》しようとする部隊《ぶたい》が出《で》てきた。そして刈田部隊《かりたぶたい》を追《お》いちらそうとした。

「ようし、やつら、うまうまとのってきたな。」

ひかえていた徳川軍《とくがわぐん》の酒井家次《さかいいえつぐ》などの攻撃部隊《こうげきぶたい》は、作戦《さくせん》どおりだとよろこんだ。そして、真田《さなだ》の城兵《じょうへい》たちにおそいかかった。

城兵《じょうへい》たちは、徳川軍《とくがわぐん》が突進《とっしん》してくると、すぐに逃《に》げだした。

「逃《に》げたぞっ。」

康成《やすなり》の子《こ》である忠成《ただなり》が、早合点《はやがてん》した。

つねづね、大《おお》きなてがらをたてたい、たてたいと願《ねが》っていた忠成《ただなり》は、若《わか》さにまかせて、城兵《じょうへい》たちを追《お》いはじめた。

深追《ふかお》いはするな、ぬけがけはするなと、本多正信《ほんだまさのぶ》にいわれていたことも忘《わす》れて、ここぞとばかり、

「追《お》えっ！」

と、兵《へい》を突進《とっしん》させた。

「おっ、忠成《ただなり》がっ！」

それを見《み》て、ほかの徳川軍《とくがわぐん》も勢《いきお》いづいた。

「待《ま》て、待《ま》てっ！」

「ぬけがけはならぬぞっ！」

そうした一部《いちぶ》の声《こえ》をかきけすように、徳川《とくがわ》の軍勢《ぐんぜい》はなだれをうったように、神川《かんがわ》をわたって、城《しろ》の大手門《おおてもん》へ攻《せ》めよせていった。

「一番《いちばん》のりは、おれだっ！」

「いや、おれだっ！」

城《しろ》への一番《いちばん》のりをあらそって、徳川軍《とくがわぐん》は乱入《らんにゅう》しようとした。

ところが、そのときだった。

それまで、大手門《おおてもん》のうしろで、ずっと様子《ようす》をうかがっていた幸村《ゆきむら》が、少数《しょうすう》ながら精鋭《せいえい》の兵《へい》たちに、

「門《もん》をあけよっ！」

と、命《めい》じた。

同時《どうじ》に、城門《じょうもん》にせまっていた徳川軍《とくがわぐん》に向《む》かって、民家《みんか》に隠《かく》れていた兵《へい》がいっせいにあらわれ、四方《しほう》から鉄砲《てっぽう》を撃《う》ちまくった。

「しまった。」

あわてる徳川軍《とくがわぐん》に、幸村《ゆきむら》ひきいる、真田《さなだ》の精鋭部隊《せいえいぶたい》が突入《とつにゅう》した。

「待《ま》ち伏《ぶ》せかっ。」

徳川軍《とくがわぐん》はうろたえた。

十文字槍《じゅうもんじやり》をかかげた幸村《ゆきむら》を先頭《せんとう》にして、すさまじい勢《いきお》いでくりだしてきた真田軍《さなだぐん》に押《お》しもどされ、一番《いちばん》のりをあらそっていた徳川軍《とくがわぐん》は、いっせいに逃《に》げだした。

神川《かんがわ》をわたって逃《に》げようとしたとき、

「切《き》れっ！」

という昌幸《まさゆき》の合図《あいず》で、上流《じょうりゅう》でせきとめていた堰《せき》が切《き》って落《お》とされた。それまで少量《しょうりょう》の水《みず》しか流《なが》れていなかった神川《かんがわ》に、みるみる濁流《だくりゅう》が押《お》しよせてきた。

徳川軍《とくがわぐん》は、多《おお》くの兵《へい》がおぼれ死《し》んだ。

「いまだっ。」

幸村《ゆきむら》は、真田軍《さなだぐん》に命《めい》じた。

「敵《てき》を逃《のが》すなっ！」

ひたすら逃《に》げていく徳川軍《とくがわぐん》を追《お》い、真田軍《さなだぐん》は、ついに秀忠《ひでただ》の本陣《ほんじん》までせまってきた。

秀忠《ひでただ》は怒《おこ》った。

「わずかの敵兵《てきへい》に、逃《に》げるとはなんたることだっ！　とって返《かえ》して、戦《たたか》えっ！」

そのことばに、わずか七騎《き》の旗本《はたもと》たちが、ふみとどまって、真田軍《さなだぐん》と戦《たたか》った。のちに、上田七《うえだしち》本槍《ほんやり》といわれる面々《めんめん》で、そのひとりには、小野次郎右衛門忠明《おのじろうえもんただあき》と名《な》のり、小野派一刀流《おのはいっとうりゅう》を創始《そうし》した御子神典膳《みこがみてんぜん》がいた。

しかし、かれらの奮闘《ふんとう》も、幸村《ゆきむら》ひきいる真田軍《さなだぐん》の強《つよ》さにはかなわず、徳川軍《とくがわぐん》は多《おお》くの死者《ししゃ》を出《だ》して、しりぞいていった。

――わが軍《ぐん》、おおいに敗《やぶ》れ、死傷者《ししょうしゃ》は、数《かぞ》えられないほどだった。

家康《いえやす》の伝記《でんき》『烈祖成績《れっそせいせき》』には、そうしるされている。

幸村《ゆきむら》たちは、意気揚々《いきようよう》と、上田城《うえだじょう》へもどっていった。

「父上《ちちうえ》の作戦《さくせん》、みごとに成功《せいこう》いたしました。」

幸村《ゆきむら》はいった。

「うむ、よくやった。」

昌幸《まさゆき》はよろこんだ。

「秀忠《ひでただ》め、真田《さなだ》の強《つよ》さを思《おも》い知《し》ったろう。」

こうして、三万《まん》八千もの徳川《とくがわ》の大軍《たいぐん》が、三千の真田軍《さなだぐん》に、手《て》もなくひねられて、多《おお》くの死傷者《ししょうしゃ》を出《だ》したのである。

九月九日《がつここのか》、小諸城《こもろじょう》に退却《たいきゃく》した秀忠《ひでただ》は、軍議《ぐんぎ》をひらき、ぬけがけした刈田部隊《かりたぶたい》の牧野康成《まきのやすなり》、忠成《ただなり》らをきびしく処罰《しょばつ》した。

「真田《さなだ》め、ゆるさぬ。」

秀忠《ひでただ》は、あくまでも攻《せ》めようとしたが、本多正信《ほんだまさのぶ》がいった。

「秀忠《ひでただ》さま。これ以上《いじょう》、上田《うえだ》攻《ぜ》めに、手間《てま》をとられてはなりませぬぞ。早《はや》く、上方《かみがた》へいそがねば。」

やむをえぬ。

秀忠《ひでただ》は上田城《うえだじょう》攻《ぜ》めをあきらめ、小諸城《こもろじょう》を出発《しゅっぱつ》して、決戦場《けっせんじょう》へ向《む》かった。

いそげ、いそげ。戦《いくさ》がはじまってしまうぞ。

秀忠《ひでただ》はあせった。

だが、行軍《こうぐん》とちゅうの十七日《にち》に、秀忠《ひでただ》のもとへ、知《し》らせが届《とど》いた。

――九月《がつ》十五日《にち》、関ヶ原《せきがはら》で、東軍大勝《とうぐんたいしょう》。

家康《いえやす》ひきいる八万《まん》の東軍《とうぐん》は、石田三成《いしだみつなり》ひきいる八万《まん》三千の西軍《せいぐん》に、はじめは関ヶ原《せきがはら》で苦戦《くせん》をしいられた。

石田三成《いしだみつなり》、宇喜多秀家《うきたひでいえ》、大谷吉継《おおたによしつぐ》、小西行長《こにしゆきなが》らの戦《たたか》いぶりがあざやかで、東軍《とうぐん》は、藤堂高虎《とうどうたかとら》も、福島正則《ふくしままさのり》も、井伊直政《いいなおまさ》らも、はじめは押《お》されぎみだった。

だが、西軍《せいぐん》は、家康《いえやす》のひそかな調略《ちょうりゃく》が功《こう》を奏《そう》して、兵《へい》の数《かず》こそ多《おお》かったが、実際《じっさい》に戦《たたか》っている兵《へい》は少《すく》なかった。

西軍《せいぐん》の総大将《そうだいしょう》の毛利輝元《もうりてるもと》は大坂城《おおざかじょう》に入《はい》っていて、関ヶ原《せきがはら》で毛利軍《もうりぐん》をひきいていたのは、養子《ようし》の毛利秀元《もうりひでもと》であった。南宮山《なんぐうさん》に陣《じん》どっていた毛利秀元《もうりひでもと》は、戦《いくさ》の旗色《はたいろ》をながめているかのように、まったく動《うご》かなかった。それというのも、毛利氏《もうりし》の一族《いちぞく》、吉川広家《きっかわひろいえ》が、家康《いえやす》の側近《そっきん》の本多忠勝《ほんだただかつ》から、

「毛利氏《もうりし》が家康《いえやす》に忠節《ちゅうせつ》をつくせば、領国《りょうごく》は安堵《あんど》する。」

という誓紙《せいし》を、とりつけていたからだった。

そして、決定的《けっていてき》だったのは、松尾山《まつおやま》に陣《じん》どっていた小早川秀秋《こばやかわひであき》の行動《こうどう》だった。東西激戦《とうざいげきせん》のさなか、小早川軍《こばやかわぐん》が味方《みかた》であるはずの西軍《せいぐん》の大谷吉継軍《おおたによしつぐぐん》におそいかかったのだ。

このうらぎりで、東西《とうざい》の形勢《けいせい》が逆転《ぎゃくてん》した。なだれをうったように、西軍《せいぐん》がくずれていき、天下《てんか》を決《き》める大合戦《だいかっせん》が、たった一日《いちにち》で、終《お》わってしまったのである。

東軍《とうぐん》の勝利《しょうり》を聞《き》いて、秀忠《ひでただ》は天《てん》をあおいだ。

「ああ、なんたること、真田《さなだ》に足止《あしど》めされているうちに、戦《いくさ》が終《お》わってしまったとは。」

天下《てんか》わけめの関ヶ原《せきがはら》の合戦《かっせん》に、徳川譜代《とくがわふだい》のたいせつな三万《まん》八千の兵《へい》をひきいながら、上田城《うえだじょう》に足《あし》をとられて、決戦場《けっせんじょう》にとうとう間《ま》にあわなかった秀忠《ひでただ》にたいして、家康《いえやす》ははげしく怒《おこ》った。

「おろか者《もの》には、会《あ》わぬ。」

そういって、家康《いえやす》は秀忠《ひでただ》に会《あ》おうとしなかった。

第《だい》十三章《しょう》　真田《さなだ》父子《ふし》、高野山《こうやさん》へ

真田昌幸《さなだまさゆき》、幸村《ゆきむら》は、西軍《せいぐん》においては、唯一《ゆいいつ》の勝者《しょうしゃ》だった。

しかし、関ヶ原《せきがはら》の決戦《けっせん》は、昌幸《まさゆき》がのぞんだようにはならなかった。

三成《みつなり》はとらえられた。そして、西軍《せいぐん》にくわわった小西行長《こにしゆきなが》や安国寺恵瓊《あんこくじえけい》たちとともに、京都六条《きょうとろくじょう》河原《がわら》で、処刑《しょけい》された。

真田昌幸《さなだまさゆき》、幸村《ゆきむら》父子《ふし》も、死《し》はまぬがれないはずだった。

だが、信幸《のぶゆき》がそれをすくおうとした。

「わが恩賞《おんしょう》にかえて、父《ちち》と弟《おとうと》の命《いのち》をおすくいください。」

信幸《のぶゆき》は、自分《じぶん》の妻《つま》である小松夫人《こまつふじん》（稲姫《いなひめ》）の父《ちち》、本多忠勝《ほんだただかつ》や井伊直政《いいなおまさ》らに、家康《いえやす》にとりなしてくれるようにたのんだ。

「お願《ねが》いでございます。わが父《ちち》と弟《おとうと》の命《いのち》を。」

「ならぬ。」

家康《いえやす》は、二度《ど》も徳川軍《とくがわぐん》に苦杯《くはい》をなめさせた真田《さなだ》をゆるすつもりはなかった。

生《い》かしておいては、しめしがつかぬ。

「死罪《しざい》じゃ。」

そういいつづけた。

しかし、信幸《のぶゆき》の涙《なみだ》ながらの懇願《こんがん》にくわえ、本多忠勝《ほんだただかつ》の必死《ひっし》のとりなしが、家康《いえやす》の気持《きも》ちを変《か》えさせた。

「いま、真田父子《さなだふし》は、上田城《うえだじょう》にたてこもっております。かれらをゆるさなければ、死《し》をかくごして、城《しろ》を守《まも》ろうとするでしょう。秀忠《ひでただ》さまが三万《まん》八千の軍勢《ぐんぜい》をもってしても、落《お》とせなかった城《しろ》でございます。むろん、力攻《ちからぜ》めをすれば、落《お》とすことはできるでしょうが、かなり手《て》こずることになりましょう。」

家康《いえやす》は考《かんが》えた。

あのしたたかな真田父子《さなだふし》が死守《ししゅ》する上田城《うえだじょう》を攻《せ》めおとすには、そうとうの犠牲《ぎせい》が必要《ひつよう》になるかもしれぬ。きゃつらを生《い》かしておくのは、なんともしゃくにさわるが、むだな血《ち》を流《なが》すよりもよいだろう。

考《かんが》えたすえに、ついに家康《いえやす》は折《お》れ、本多忠勝《ほんだただかつ》にいった。

「わかった。命《いのち》だけはとらずにおいてやろう。真田昌幸《さなだまさゆき》と幸村《ゆきむら》を、高野山《こうやさん》に、配流《はいる》せよ。」

忠勝《ただかつ》は、信幸《のぶゆき》にそれをつたえた。

「まことですか。」

信幸《のぶゆき》は涙《なみだ》を流《なが》して、よろこんだ。

よかった。

父《ちち》と弟《おとうと》を、なんとかすくうことができたのだ。

上田城《うえだじょう》の真田父子《さなだふし》は高野山《こうやさん》に流罪《るざい》。命《いのち》はゆるす。

家康《いえやす》のことばは、忍《しの》びの者《もの》である由利鎌之助《ゆりかまのすけ》によって、ただちに真田昌幸《さなだまさゆき》と幸村《ゆきむら》につたえられた。

「いかがいたしますか、父上《ちちうえ》。」

幸村《ゆきむら》はたずねた。

「あくまでも家康《いえやす》と戦《たたか》いつづけますか。」

上田城《うえだじょう》の武将《ぶしょう》たちは、だれひとり、逃《に》げだそうとしていなかった。もしも、昌幸《まさゆき》が戦《たたか》うことを決《き》めれば、一丸《いちがん》となって、城《しろ》が焼《や》けおちるまで戦《たたか》うことになるはずだった。真田《さなだ》をしたう農民《のうみん》たちも、天下《てんか》の徳川勢《とくがわぜい》と戦《たたか》ってくれるにちがいなかった。

さて、いかがいたそう。

昌幸《まさゆき》は目《め》をとじて、しばらく考《かんが》えつづけた。そして、目《め》を見《み》ひらき、しずかにいった。

「幸村《ゆきむら》、ときを待《ま》とう。いまはまだ死《し》ぬときではない。」

幸村《ゆきむら》はうなずいた。

いまはまだ死《し》ぬときではない。そのことばは、幸村《ゆきむら》の胸《むね》にしみた。

「はっ。幸村《ゆきむら》は、父上《ちちうえ》にしたがいまする。」


二日後《ふつかご》、家康《いえやす》からの使者《ししゃ》が上田城《うえだじょう》におとずれた。

――高野山《こうやさん》に流罪《るざい》、申《もう》しつける。ただちに城《しろ》を出《で》られよ。

家康《いえやす》からの使者《ししゃ》に、そう告《つ》げられたとき、昌幸《まさゆき》はだまってうなずいた。

そして、使者《ししゃ》が帰《かえ》ったあとで、

「さても、口惜《くちお》しきこと。内府《ないふ》(家康《いえやす》)をこそ、こうしてやろうと思《おも》ったのに。」

と、昌幸《まさゆき》はいった。

「のう、幸村《ゆきむら》。」

幸村《ゆきむら》はいった。

「無念《むねん》でございます。われらは、負《ま》けてはおりませぬのに。」

幸村《ゆきむら》は、その夜《よる》、上田城《うえだじょう》から空《そら》をあおぎ見《み》た。

無数《むすう》の星《ほし》のなかで、北十字星《きたじゅうじせい》は青《あお》く、いつものようにかがやいていた。

それを見《み》つめて、幸村《ゆきむら》は思《おも》った。

（ここを、去《さ》らねばならぬのか。しかし、真田《さなだ》の里《さと》へ、わたしがもう一度《いちど》もどるときがあるのだろうか。）

そのときだった。

「無念《むねん》だったな、幸村《ゆきむら》。そなたらは勝者《しょうしゃ》であるのに、三成《みつなり》らがふがいないばかりに敗者《はいしゃ》になってしまった。」

猿飛《さるとび》の声《こえ》だった。

「いるのか、猿飛《さるとび》。」

視線《しせん》をめぐらせながら、幸村《ゆきむら》はいった。

「どこにひそんでいるのか。」

「どこでもよいではないか。わしはな、太閤《たいこう》が亡《な》くなられたあと、もう隠居《いんきょ》するつもりであった。しかし、どうも、おまえのことが気《き》になってな。守《まも》り神気《がみき》どりで、嵐《あらし》の男《おとこ》がどうなるのか、遠《とお》くで見《み》ておったのだ。」

猿飛《さるとび》の声《こえ》は、どこからともなく吹《ふ》きよせる風《かぜ》のようだった。

「しかし、そなたたちは強《つよ》い。真田昌幸《さなだまさゆき》と幸村《ゆきむら》は強《つよ》い。太閤《たいこう》がそなたらに百万石《まんごく》をあたえて、大《おお》坂城《ざかじょう》の秀頼《ひでより》を守《まも》らせたなら、太閤《たいこう》も安心《あんしん》であったろうに、な……。」

そこで、声《こえ》は消《き》えた。

（わたしの守《まも》り神《がみ》、か。）

幸村《ゆきむら》は思《おも》った。

（では、もしかしたら、猿飛《さるとび》は高野山《こうやさん》にもくるかもしれぬな。）

その年《とし》の十二月《がつ》、真田父子《さなだふし》は、上田城《うえだじょう》をあけわたして、高野山《こうやさん》にうつった。

昌幸《まさゆき》は五十四歳《さい》、幸村《ゆきむら》は三十四歳《さい》だった。

家康《いえやす》によって、上田藩《うえだはん》十一万石《まんごく》をあたえられた信幸《のぶゆき》は、高野山麓《こうやさんろく》の九度山村《くどやまむら》に、父《ちち》と弟《おとうと》のための館《やかた》をたててやった。

昌幸《まさゆき》は、家臣《かしん》十六人《にん》をひきつれてきたが、妻《つま》の山手《やまのて》は上田城《うえだじょう》においてきた。幸村《ゆきむら》は、妻《つま》の小夜《さよ》姫《ひめ》をともなった。

関《せき》ヶ原《がはら》のあと、敗《やぶ》れた西軍《せいぐん》の大名《だいみょう》たちは、その領土《りょうど》が没収《ぼっしゅう》されるか、大《おお》きくへらされた。

三成《みつなり》によって、西軍《せいぐん》の総大将《そうだいしょう》にかつぎだされた毛利輝元《もうりてるもと》は、約束《やくそく》を守《まも》っていっさい戦《たたか》いにくわわらなかったにもかかわらず、百二十万石《まんごく》から、周防《すおう》・長門《ながと》二国《こく》の三十七万石《まんごく》にへらされた。

「なんと、たった二国《こく》、か。」

輝元《てるもと》はがっくりとしたが、もはや、家康《いえやす》にあらがう力《ちから》はなく、泣《な》く泣《な》くそれにしたがうしかなかった。

上杉景勝《うえすぎかげかつ》も、百二十万石《まんごく》から、出羽《でわ》・米沢《よねざわ》の三十万石《まんごく》にへらされた。

「うぬっ。」

景勝《かげかつ》は怒《おこ》ったが、どうすることもできなかった。

そして、大坂城《おおざかじょう》の豊臣秀頼《とよとみひでより》は、二百万石《まんごく》の直轄領《ちょっかつりょう》の多《おお》くを失《うしな》い、摂津《せっつ》、河内《かわち》、和泉《いずみ》の三国《さんごく》の領《りょう》地《ち》をもつ、わずか六十五万《まん》七千石《ごく》の一大名《いちだいみょう》となってしまった。

「家康《いえやす》め、これほどにも、われらをないがしろにするとは。」

秀頼《ひでより》の母《はは》、淀君《よどぎみ》はくやしがったが、天下《てんか》の形勢《けいせい》はさだまってしまったのである。

こうして天下《てんか》は、徳川家《とくがわけ》の支配《しはい》がゆるぎないものとなった。

慶長八年《けいちょうねん》(一六〇三年《ねん》)、家康《いえやす》は、武家《ぶけ》の棟梁《とうりょう》である征夷大将軍《せいいたいしょうぐん》となり、江戸《えど》に幕府《ばくふ》をひらいた。そして、慶長十年《けいちょうねん》(一六〇五年《ねん》)、秀忠《ひでただ》が二代目《だいめ》の将軍《しょうぐん》となり、家康《いえやす》は「大御所《おおごしょ》」と称《しょう》して、慶長十二年《けいちょうねん》(一六〇七年《ねん》)、江戸《えど》から駿府《すんぷ》にうつった。

ここに、徳川家《とくがわけ》が代々《だいだい》にわたって将軍《しょうぐん》をつぐというならわしが、さだまったのである。

「家康《いえやす》め。わが豊臣家《とよとみけ》の家臣《かしん》の身《み》でありながら、太閤《たいこう》にさずかったご恩《おん》を忘《わす》れおって。」

大坂城《おおざかじょう》の淀君《よどぎみ》は怒《おこ》った。

「秀頼《ひでより》ぎみに、つぎの将軍《しょうぐん》をゆずろうともせず、秀忠《ひでただ》につがせるとは、なんたることじゃ。いまに、見《み》ておれ。」


年月《ねんげつ》は流《なが》れた。

九度山村《くどやまむら》で、幸村《ゆきむら》と小夜姫《さよひめ》の子《こ》である大助《だいすけ》が生《う》まれ、すくすくと育《そだ》っていった。

昌幸《まさゆき》と幸村《ゆきむら》、そして十六人《にん》の家臣《かしん》たちは、「真田紐《さなだひも》」とよばれる紐《ひも》をせっせと編《あ》み上《あ》げて、日々《ひび》を暮《く》らした。

真田紐《さなだひも》は、昌幸《まさゆき》が編《あ》み出《だ》した紐《ひも》だった。

刀《かたな》の柄巻《つかまき》が切《き》れやすいと、つねづね思《おも》っていた昌幸《まさゆき》は、よりじょうぶな紐《ひも》をこしらえようと考《かんが》え、絹糸《きぬいと》や木綿糸《もめんいと》を組《く》んで打《う》った紐《ひも》に、独自《どくじ》の工夫《くふう》をこらしてつくりあげたのである。この真田《さなだ》紐《ひも》は、京都《きょうと》や大坂《おおざか》で、

「これはいい。」

と、人気《にんき》を博《はく》し、日常生活《にちじょうせいかつ》に必要《ひつよう》な紐《ひも》は、真田紐《さなだひも》でなくてはならないと、もてはやされるようになった。

真田紐《さなだひも》は、昌幸《まさゆき》らの日々《ひび》の暮《く》らしの糧《かて》を生《う》むばかりではなかった。この紐《ひも》を生産《せいさん》し、販売《はんばい》するという活動《かつどう》を通《とお》して、穴山小助《あなやまこすけ》や由利鎌之助《ゆりかまのすけ》らが全国《ぜんこく》を歩《ある》きまわったのだ。そして、真田紐《さなだひも》を売《う》りさばきながら、諸国《しょこく》の情勢《じょうせい》を、九度山《くどやま》に刻々《こくこく》とつたえてきたのだ。

そこでわかったのは、戦国《せんごく》の世《よ》が生《う》みだした浪人《ろうにん》たちの多《おお》さだった。

関ヶ原《せきがはら》をはじめ、戦《いくさ》でほろぼされた大名家《だいみょうけ》の武士《ぶし》たちが、浪人《ろうにん》となり、全国《ぜんこく》にひしめいているのだ。その数《かず》は五十万《まん》ともいわれた。

「五十万《まん》か。」

昌幸《まさゆき》は考《かんが》えた。

かれら浪人《ろうにん》たちがひとつにまとまれば、天下《てんか》はふたたび、大《おお》きくゆらぐことになろう。

昌幸《まさゆき》と幸村《ゆきむら》は、それを話《はな》しあった。

「よいか、幸村《ゆきむら》。」

昌幸《まさゆき》はいった。

「いつか浪人《ろうにん》たちが一か所《しょ》にあつまってくる。」

幸村《ゆきむら》はたずねた。

「一か所《しょ》に、とは？」

「大坂城《おおざかじょう》じゃ。」

昌幸《まさゆき》は確信《かくしん》をこめていった。

「家康《いえやす》の天下《てんか》にさからって、あつまってくる。豊臣秀頼《とよとみひでより》のいる大坂城《おおざかじょう》へあつまってくるのじゃ。」

幸村《ゆきむら》はいった。

「大坂城《おおざかじょう》に、浪人《ろうにん》たちが……。」

「うむ。このままでは終《お》わらぬ。そのときがきっとくる。」

昌幸《まさゆき》はいった。

（大坂城《おおざかじょう》か。）

幸村《ゆきむら》は、豊臣姓《とよとみせい》をもらって、太閤秀吉《たいこうひでよし》につかえた日々《ひび》を思《おも》った。

(では、わたしと父上《ちちうえ》は、家康《いえやす》との戦《いくさ》のために、ふたたび、あの大坂城《おおざかじょう》によばれることになるのだろうか。)

第《だい》十四章《しょう》　父《ちち》の死《し》

関《せき》ヶ原《がはら》の戦《いくさ》から十一年《ねん》がたった、慶長《けいちょう》十六年《ねん》（一六一一年《ねん》）、五月《がつ》の終《お》わり、森《もり》の緑《みどり》が濃《こ》くなった九度山村《くどやまむら》で、昌幸《まさゆき》は病《やまい》をえて、床《とこ》に伏《ふ》せるようになった。

「無念《むねん》じゃ、幸村《ゆきむら》。」

昌幸《まさゆき》は、病《やまい》が重《おも》くなると、いった。

「わしはもう、長《なが》くは生《い》きられぬ。」

幸村《ゆきむら》は首《くび》をふった。

「なにをいわれるのですか、父上《ちちうえ》。まだこの世《よ》をはなれられるのは、早《はや》すぎまする。まだまだ生《い》きてくださらねばなりませぬ。」

「そうじゃ。まだ死《し》ぬときではない。しかし……。」

昌幸《まさゆき》はなげいた。

「ああ、あと三年、命《いのち》がのびてくれればのう。」

「なにゆえ、あと三年《ねん》、といわれるのですか。」

「それはな、幸村《ゆきむら》。」

昌幸《まさゆき》はいった。

「これから三年《ねん》のうちに、かならず大坂《おおざか》で、ことがおきるからじゃ。」

「ことが？」

「そうじゃ。大坂城《おおざかじょう》には、十九歳《さい》の豊臣秀頼《とよとみひでより》がいる。そして、秀吉《ひでよし》が遺《のこ》した巨万《きょまん》の富《とみ》が大坂城《おおざかじょう》にある。天下《てんか》をくつがえすほどの、おびただしい金銀《きんぎん》がねむっているのじゃ。それを、家康《いえやす》がほうっておくはずがない。」

幸村《ゆきむら》はいった。

「では、家康《いえやす》が大坂城《おおざかじょう》を攻《せ》めるというのですか。」

「まちがいない。家康《いえやす》は七十歳《さい》と、すでに高齢《こうれい》じゃ。自分《じぶん》が元気《げんき》なうちに、豊臣家《とよとみけ》をほろぼしたいのじゃ。家康《いえやす》にとっては、かつて自分《じぶん》の主家《しゅか》であった豊臣家《とよとみけ》は、あってはならぬ存在《そんざい》。それを完全《かんぜん》にほろぼさなくては、家康《いえやす》の気持《きも》ちはおさまるまい。しかし、秀頼《ひでより》もだまって、ほろぼされはすまい。」

「江戸《えど》と大坂《おおざか》で、戦《いくさ》がはじまるのですか。」

「そうじゃ。かならずそうなる。」

昌幸《まさゆき》は無念《むねん》そうにいった。

「そうなれば、わしは大坂城《おおざかじょう》に入《はい》り、はかりごとをもって、徳川《とくがわ》と戦《たたか》い、真田《さなだ》の名《な》をあげてみせるものを。」

幸村《ゆきむら》はたずねた。

「それは、いかなるはかりごとでございますか。」

昌幸《まさゆき》はのべた。

「大坂城《おおざかじょう》は、太閤自慢《たいこうじまん》の城《しろ》じゃ。かんたんに攻略《こうりゃく》することはできぬ。わしは、その難攻不落《なんこうふらく》の城《しろ》に、さらに堀《ほり》をめぐらせた出城《でじろ》をひとつつくる。そして、そこから兵《へい》を出《だ》したりひいたりして、徳川軍《とくがわぐん》をほんろうするのじゃ。」

さらに、昌幸《まさゆき》はいった。

「このはかりごとは、そなたには、できぬかもしれぬ。」

できぬといわれて、幸村《ゆきむら》はいった。

「父上《ちちうえ》、なにゆえ、それがしにはできぬといわれるのでしょうか。」

昌幸《まさゆき》はため息《いき》をついた。

「よいか、幸村《ゆきむら》。問題《もんだい》は、はかりごとではない。それを指揮《しき》する武将《ぶしょう》じゃ。将兵《しょうへい》は、それを指揮《しき》するのが真田昌幸《さなだまさゆき》と知《し》れば、きっとそれが成功《せいこう》するにちがいないと信《しん》じてやりとげよう。その点《てん》において、そなたには足《た》りぬところがある。そなたは武将《ぶしょう》としてすぐれているが、人《ひと》はそれを知《し》らぬ。まだ、そなたは無名《むめい》じゃ。それゆえ、将兵《しょうへい》は不安《ふあん》に思《おも》い、はかりごとはうまくいかぬかもしれぬ。そなたにできぬといったのは、そういう意味《いみ》じゃ。」

幸村《ゆきむら》はことばもなかった。

なによりも、昌幸《まさゆき》は、希代《きたい》の戦《いくさ》じょうずとして知《し》られていた。信玄《しんげん》につかえていたときも、勝頼《かつより》につかえていたときも、さらには北条《ほうじょう》につき、徳川《とくがわ》につき、上杉《うえすぎ》につき、秀吉《ひでよし》についていたときも、戦《いくさ》では負《ま》けなかった。そして、二度《ど》も、徳川《とくがわ》の大軍相手《たいぐんあいて》に戦《たたか》い、それをしりぞけたのだ。たしかに、昌幸《まさゆき》が戦《いくさ》を指揮《しき》すれば、将兵《しょうへい》たちは深《ふか》い信頼《しんらい》をもち、その作戦《さくせん》は成功《せいこう》するだろう。

(しかし、わたしなら、どうか。)

幸村《ゆきむら》は思《おも》った。

(まだ、戦《いくさ》の経験《けいけん》が浅《あさ》い、わたしが指揮《しき》したなら、どうだろう。将兵《しょうへい》たちはついてくるだろうか。)

「案《あん》ずるな、幸村《ゆきむら》。」

昌幸《まさゆき》はいった。

「そなたには、もって生《う》まれた力《ちから》がある。たとえ、いまは無名《むめい》であろうと、いざとなれば、すぐに、そなたの力《ちから》は知《し》られるようになる。そうなれば、将兵《しょうへい》たちはそなたを信《しん》じて、りっぱに戦《たたか》うことができよう。」

「父上《ちちうえ》。」

「よいか、幸村《ゆきむら》。そなたは嵐《あらし》のなかで生《う》まれ、生《う》まれると同時《どうじ》に、嵐《あらし》をしずめたのじゃ。そなたの力《ちから》は、はかりしれないものじゃ。みずからを信《しん》じよ。」

昌幸《まさゆき》はいった。

「力《ちから》をたくわえよ。そのときのために、力《ちから》をたくわえるのじゃ。よいな、幸村《ゆきむら》。」

それから、数日《すうじつ》がたった。

慶長《けいちょう》十六年《ねん》の六月四日《がつよっか》。

「希代《きたい》の横着者《おうちゃくもの》」とよばれ、大国《たいこく》のあいだをしぶとく生《い》きぬいてきた真田昌幸《さなだまさゆき》は、幸村《ゆきむら》やその子《こ》大助《だいすけ》、さらには家臣《かしん》たちの見《み》まもるなか、息《いき》をひきとった。

その最後《さいご》のことばは、

「幸村《ゆきむら》よ、わが無念《むねん》を晴《は》らせ。」

こみあげてくる悲《かな》しみに、幸村《ゆきむら》は胸《むね》をたたいて、泣《な》いた。

「父上《ちちうえ》。父上《ちちうえ》っ！」

幸村《ゆきむら》にとって、昌幸《まさゆき》は、尊敬《そんけい》する父《ちち》であると同時《どうじ》に、得《え》がたい師《し》であった。少数《しょうすう》の兵《へい》で多数《たすう》の兵《へい》と戦《たたか》い、打《う》ちやぶる方法《ほうほう》を、父《ちち》によって、幸村《ゆきむら》は学《まな》んだのだ。

「父上《ちちうえ》、さぞ残念《ざんねん》でありましたでしょう。けれど、父上《ちちうえ》のお心《こころ》を、幸村《ゆきむら》がひきつぎまする。」

幸村《ゆきむら》は、昌幸《まさゆき》の死《し》に顔《がお》に向《む》かって、手《て》をあわせた。

昌幸《まさゆき》はこのとき六十七歳《さい》であり、戦《いくさ》につぐ戦《いくさ》という、はげしい生涯《しょうがい》を終《お》えたのだった。

昌幸《まさゆき》のなきがらをていちょうに葬《ほうむ》ったあと、幸村《ゆきむら》は、九度山村《くどやまむら》につきしたがってきた家臣《かしん》たち十六名《めい》に告《つ》げた。

「みな、真田《さなだ》の郷《ごう》へ帰《かえ》れ。」

家臣《かしん》たちはおどろいた。

「なにをおっしゃるのか、幸村《ゆきむら》さま。」

「われらは、幸村《ゆきむら》さまにしたがいまする。」

家臣《かしん》たちはこばんだ。しかし、幸村《ゆきむら》はしみじみといった。

「そなたたちは長《なが》いあいだ、父上《ちちうえ》につかえて、この九度山村《くどやまむら》にまできてくれた。ほんとうに苦労《くろう》をかけた。そなたたちの忠義《ちゅうぎ》の心《こころ》、幸村《ゆきむら》、深《ふか》く感謝《かんしゃ》しておる。されど、もうよい。そなたたちは生《う》まれ育《そだ》った、なつかしい上田《うえだ》の地《ち》で、暮《く》らすのがいちばんだ。そこには、そなたたちの縁者《えんじゃ》たちも多《おお》くいるであろう。」

幸村《ゆきむら》に説得《せっとく》されて、家臣《かしん》たちは九度山村《くどやまむら》をはなれることになった。

「お達者《たっしゃ》で。幸村《ゆきむら》さま。」

家臣《かしん》たちは口々《くちぐち》にいった。

「ひとたび、戦《いくさ》がおきれば、われら幸村《ゆきむら》さまのもとへもどってまいりまする。」

「いや、それはならぬ。」

幸村《ゆきむら》は首《くび》をふって、いった。

「そなたたちは、上田城《うえだじょう》へもどり、兄《あに》の忠実《ちゅうじつ》な家臣《かしん》として、兄《あに》のいうことをよく聞《き》いて、つつがなく暮《く》らすのだ。」

家臣《かしん》たちは泣《な》いた。

「幸村《ゆきむら》さま。」

「幸村《ゆきむら》さま。」

幸村《ゆきむら》も熱《あつ》い涙《なみだ》を流《なが》して、いった。

「よいな。兄《あに》のもとで、命《いのち》をまっとうせよ。」

家臣《かしん》たちが信州《しんしゅう》に去《さ》った夜《よる》、幸村《ゆきむら》は、外《そと》へ出《で》て空《そら》を見上《みあ》げた。

北十字星《きたじゅうじせい》はいつものように青《あお》くかがやいていた。

「星《ほし》よ、告《つ》げよ。」

幸村《ゆきむら》はいった。

「いつ、それがおきるのか。」

すると、どこからともなく、声《こえ》が聞《き》こえた。

「昌幸《まさゆき》は、さぞ無念《むねん》であったろうな。」

(猿飛《さるとび》か。)

幸村《ゆきむら》はまわりをうかがった。しかし、猿飛《さるとび》の姿《すがた》は見《み》つからなかった。どこかに隠《かく》れているのだろう。

(忍《しの》びの者《もの》の技《わざ》とはいえ、いつもながら、みごとな。)

そう思《おも》っていると、

「たしかに、あと三年《ねん》で、なにかがおきよう。」

声《こえ》がつぶやいた。

「わしも、老《お》いたりとはいえ、とくとくと血《ち》がさわいできたぞ。」

「猿飛《さるとび》、どこにいるのだ。」

幸村《ゆきむら》はたずねた。

「わしか？　わしは、おまえのそばにいる。いつもおまえを見《み》まもっている。なぜか、おまえの守《まも》り神《がみ》という、みょうなめぐりあわせになってしまったのだからな……。」

声《こえ》は消《き》えた。

――あと三年《ねん》のうちに、ことがおきる。

昌幸《まさゆき》のことばは、幸村《ゆきむら》の心《こころ》をふるいたたせた。このときから、幸村《ゆきむら》は、そのときのために、強《つよ》い兵《へい》をつくろうと決《き》めた。

幸村《ゆきむら》は、九度山村《くどやまむら》の周囲《しゅうい》にいる土豪《どごう》や有力者《ゆうりょくしゃ》たちの子弟《してい》、さらには猟師《りょうし》たちの子息《しそく》をあつめ、鉄砲隊《てっぽうたい》をつくりあげて、かれらを鍛《きた》えていった。

さらに、穴山小助《あなやまこすけ》と由利鎌之助《ゆりかまのすけ》が、信州上田《しんしゅううえだ》の山伏《やまぶし》や狩人《かりゅうど》、忍《しの》びの一族《いちぞく》から、三好青海入道《みよしせいかいにゅうどう》と伊佐入道《いさにゅうどう》の兄弟《きょうだい》や、根津甚八《ねづじんぱち》、海野六郎《うんのろくろう》ら、腕《うで》におぼえのあるつわものたちを、九度山村《くどやまむら》へつれてきた。

「爆薬《ばくやく》のあつかい方《かた》は、われら兄弟《きょうだい》におまかせくだされ。」

三好兄弟《みよしきょうだい》は怪力《かいりき》をほこるうえ、火薬《かやく》についてくわしかったし、根津甚八《ねづじんぱち》は弓《ゆみ》の名手《めいしゅ》で、海野六《うんのろく》郎《ろう》は鉄砲《てっぽう》の名手《めいしゅ》だった。

「たのむぞ、もうすぐそのときがくる。そなたたちが、思《おも》うぞんぶんに力《ちから》を発揮《はっき》するときがやってくる。」

幸村《ゆきむら》は、かれらに告《つ》げた。

第《だい》十五章《しょう》　大坂冬《おおざかふゆ》の陣《じん》

　そして、ついにときはきた。

　慶長《けいちょう》十九年《ねん》（一六一四年《ねん》）、昌幸《まさゆき》が予言《よげん》したとおり、その死《し》から三年後《ねんご》に、家康《いえやす》はとうとう腹《はら》を決《き》めた。

　きっかけは、方広寺《ほうこうじ》の鐘銘《しょうめい》だった。

　秀頼《ひでより》が大金《たいきん》をかたむけて、再建《さいけん》した方広寺《ほうこうじ》の鐘銘《しょうめい》に、「国家安康《こっかあんこう》」「君臣豊楽《くんしんほうらく》」とあったのに、目《め》をつけたのだ。

「これは、家康《いえやす》の二字《じ》を切《き》りはなし、呪《のろ》っているではないか。しかも、豊臣《とよとみ》が栄《さか》えよといっている。」

　そういって、なんくせをつけたのである。

「いや、そのようなつもりはない。」

と、大坂城《おおざかじょう》の豊臣方《とよとみがた》は弁解《べんかい》したが、家康《いえやす》は聞《き》こうとはしなかった。

　もともと家康《いえやす》は、京《きょう》の者《もの》たちにひそかに口《くち》ずさまれている狂歌《きょうか》が、ずっと気《き》になっていた。

――御所柿《ごしょがき》はひとり熟《じゅく》して落《お》ちにけり　木《き》の下《した》に居《い》て拾《ひろ》ふ秀頼《ひでより》

（大御所《おおごしょ》である家康《いえやす》は年《とし》をとっているから、いずれ死《し》ぬであろう。そうすれば、おのずと天下《てんか》は、秀頼《ひでより》のものになる。）

この狂歌《きょうか》は、家康《いえやす》のあせりをついていた。

なんとしても、秀頼《ひでより》をこのままにしておいてはならぬ。

とにかく、口実《こうじつ》をつけて、天下統一《てんかとういつ》の最後《さいご》の仕上《しあ》げとして、大坂城《おおざかじょう》を攻《せ》め、豊臣家《とよとみけ》をほろぼさねばならぬ。自分《じぶん》が生《い》きているうちに、それをしなければならぬ。

家康《いえやす》はそう心《こころ》に決《き》めていたのだ。

関ヶ原《せきがはら》の決戦《けっせん》から十四年《ねん》がたち、豊臣秀吉《とよとみひでよし》に恩《おん》をうけ、その子《こ》秀頼《ひでより》をたいせつに思《おも》う、加藤清正《かとうきよまさ》や浅野幸長《あさのよしなが》、前田利長《まえだとしなが》らはつぎつぎに死《し》んでしまい、二代《だい》めとなっていた。

大坂城《おおざかじょう》の秀頼《ひでより》をかばおうとする豊臣恩顧《とよとみおんこ》の大名《だいみょう》たちは、福島正則《ふくしままさのり》をのぞいて、すでにいなくなっていたのだ。

そして、その正則《まさのり》は江戸《えど》に止《と》めおかれていた。

いよいよ、豊臣《とよとみ》をほろぼすときがきた。

家康《いえやす》の決意《けつい》はかたかった。


大坂方《おおざかがた》も、どれほど弁解《べんかい》しても、家康《いえやす》は聞《き》き入《い》れることがなく、むだなことだとさとると、戦《いくさ》の準備《じゅんび》をはじめた。

徳川《とくがわ》との戦《いくさ》のために、秀頼《ひでより》は、大坂城《おおざかじょう》に、全国《ぜんこく》にちらばった浪人《ろうにん》たちをあつめようとした。

十月《がつ》はじめだった。

九度山村《くどやまむら》の幸村《ゆきむら》のもとに、秀頼《ひでより》の側近《そっきん》である大野治長《おおのはるなが》からの使者《ししゃ》、速水守久《はやみもりひさ》がおとずれた。

「なにとぞ、秀頼《ひでより》ぎみに、ご助力願《じょりょくねが》いたい。ついては、引《ひ》き出物《でもの》として、黄金《おうごん》二百枚《まい》、白銀《はくぎん》三十貫《かん》を用意《ようい》いたしました。どうぞ、お納《おさ》めくだされ。さらには、兵《へい》五千人《にん》を、幸村《ゆきむら》どのの指揮下《しきか》におかせることをお約束《やくそく》いたしまする。」

使者《ししゃ》はうやうやしく告《つ》げた。

(とうとう、そのときがきたか。)

幸村《ゆきむら》は思《おも》った。

「わたしは、嵐《あらし》のなかに入《はい》っていく。」

父《ちち》の昌幸《まさゆき》が、最後《さいご》まで思《おも》い描《えが》いていた、大坂城《おおざかじょう》への入城《にゅうじょう》。それが現実《げんじつ》となるのだ。五千人《にん》の兵《へい》を指揮《しき》して、天下人《てんかびと》である家康《いえやす》を敵《てき》にまわして、思《おも》うぞんぶんに戦《たたか》うときがやってきたのだ。

「父上《ちちうえ》、大坂城《おおざかじょう》に入《はい》られるのですね。」

十四歳《さい》の大助《だいすけ》は目《め》をかがやかせていった。

「そうだ。そなたをつれていく。母上《ははうえ》に別《わか》れを告《つ》げるがいい。」

その夜《よる》、大助《だいすけ》は母《はは》の小夜《さよ》にいった。

「母上《ははうえ》、わたくしは父上《ちちうえ》とともに、大坂城《おおざかじょう》にまいります。」

小夜《さよ》は大助《だいすけ》を見《み》つめた。

「行《い》くか、大助《だいすけ》。」

「はい。戦《いくさ》がはじまるのです。」

小夜《さよ》は、大助《だいすけ》に、自分《じぶん》がいつも使《つか》っていた白《しろ》い数珠《じゅず》をあたえた。

「ならば、これを身《み》につけていよ。」

大助《だいすけ》は数珠《じゅず》を首《くび》にかけた。

「これより、母上《ははうえ》の数珠《じゅず》を肌身《はだみ》はなさぬようにいたしまする。」

小夜《さよ》は、涙《なみだ》をこらえていった。

「よいか。大助《だいすけ》。いかなることがあっても、父上《ちちうえ》からはなれてはなりませぬぞ。つねに、父上《ちちうえ》とともにいるのですよ。」

大助《だいすけ》はうなずいた。

「そういたしまする。大助《だいすけ》は、父上《ちちうえ》のそばにいて、父上《ちちうえ》を守《まも》りまする。」

小夜《さよ》は涙声《なみだごえ》でいった。

「そうじゃ。父上《ちちうえ》を守《まも》っておくれ。そして、もしも、もしもじゃ。父上《ちちうえ》が討《う》ち死《じ》にされるようなことがあったなら、そなたもともに討《う》ち死《じ》にするのじゃ。」

大助《だいすけ》はうなずいた。

「わかりました、母上《ははうえ》。父上《ちちうえ》が亡《な》くなられるときは、わたしも死《し》ぬかくごでございます。」


徳川方《とくがわがた》は、幸村《ゆきむら》の動向《どうこう》をきびしく監視《かんし》していた。

九度山《くどやま》は、紀伊《きい》の大名《だいみょう》である浅野長晟《あさのながあきら》の領土《りょうど》であり、さらには高野山《こうやさん》の衆徒《しゅと》や土地《とち》の豪族《ごうぞく》たちが、つねづね、幸村《ゆきむら》たちを見《み》はっていた。

しかし、日《ひ》ごろから、村人《むらびと》たちと懇意《こんい》にしていた幸村《ゆきむら》は、大助《だいすけ》や、穴山小助《あなやまこすけ》、由利鎌之助《ゆりかまのすけ》ら一党《いっとう》をひきつれて、九度山村《くどやまむら》を脱出《だっしゅつ》することにした。

九度山村《くどやまむら》から、大坂城《おおざかじょう》までは、およそ十五里《り》あった。

「よし、行《い》くぞ。」

幸村《ゆきむら》は、村人《むらびと》たちに見《み》まもられ、白昼堂々《はくちゅうどうどう》と、九度山村《くどやまむら》を出《で》た。

幸村《ゆきむら》が発《た》ったぞ。

知《し》らせをうけた浅野家《あさのけ》の家臣《かしん》たちは、道中《どうちゅう》を待《ま》ちかまえて、幸村一行《ゆきむらいっこう》の大坂行《おおざかい》きをさえぎろうとした。

「おろか者《もの》め。」

幸村《ゆきむら》は、このときのために、準備《じゅんび》をしていた。

じゃまをしようとしている者《もの》たちにたいしては、あらかじめ道《みち》の脇《わき》に、三好兄弟《みよしきょうだい》のしかけた爆薬《ばくやく》が火《ひ》を噴《ふ》いたのだ。

そして、根津甚八《ねづじんぱち》の弓《ゆみ》や、海野六郎《うんのろくろう》、さらには猟師《りょうし》たちの鉄砲《てっぽう》が、押《お》しよせる浅野家《あさのけ》の兵《へい》をしりぞけた。

さらには、とちゅうで、幸村《ゆきむら》が日《ひ》ごろから鍛《きた》えてきた兵《へい》が、各地《かくち》から合流《ごうりゅう》してきた。一行《いっこう》が河《かわ》内路《ちじ》にさしかかるころには、百三十人《にん》ほどになっていた。

十月九日《がつここのか》、幸村《ゆきむら》たちは大坂城《おおざかじょう》へ入《はい》った。

「よくぞ、こられた。」

幸村《ゆきむら》は、大野治長《おおのはるなが》ら、大坂方《おおざかがた》の武将《ぶしょう》たちにむかえられた。

「あなたが、真田《さなだ》どのですか。」

眉根《まゆね》がきりりとしている、すずしい目《め》の若武者《わかむしゃ》が、幸村《ゆきむら》に近寄《ちかよ》ってきて、その手《て》を強《つよ》くにぎりしめた。

「それがし、木村重成《きむらしげなり》と申《もう》す者《もの》でござる。」

重成《しげなり》は、秀頼《ひでより》の乳母《うば》の子《こ》で、おさないころから秀頼《ひでより》の近臣《きんしん》としてつかえてきた青年武将《せいねんぶしょう》だった。公家《くげ》の血《ち》をひくその全身《ぜんしん》からは、たきしめた伽羅《きゃら》のゆかしい香《かお》りがただよっていた。

「秀頼《ひでより》ぎみは、真田《さなだ》どのをたよりにしておられる。」

重成《しげなり》はいった。

(このようなりりしい若武者《わかむしゃ》が、近臣《きんしん》として、秀頼《ひでより》ぎみのそばについているのなら、安心《あんしん》して戦《たたか》えるかもしれない。)

そう思《おも》いながら、幸村《ゆきむら》は重成《しげなり》にいった。

「真田幸村《さなだゆきむら》でござる。よろしく、お願《ねが》いいたしまする。」

しかし、秀頼《ひでより》はすぐに幸村《ゆきむら》に会《あ》おうとはしなかった。

「浪人《ろうにん》たちとあまり親《した》しくしてはなりませぬ。そなたは大坂城《おおざかじょう》のあるじ、豊臣家《とよとみけ》のあるじなのですから。」

淀君《よどぎみ》に、そういわれていたのだ。

大坂城《おおざかじょう》にあつまってきた大物《おおもの》たちは、関ケ原《せきがはら》の戦《いくさ》などで敗《やぶ》れて、浪人《ろうにん》となっていた者《もの》たちがほとんどだった。

かつては土佐《とさ》二十二万石《まんごく》の大名《だいみょう》で、関ケ原《せきがはら》のあとは、十四年京都《ねんきょうと》で浪人暮《ろうにんぐ》らしをしていた長宗我部盛親《ちょうそかべもりちか》は、かつての家臣《かしん》六千人《にん》をひきつれて、すでに入城《にゅうじょう》していた。

黒田官兵衛《くろだかんべえ》にその武勇《ぶゆう》を愛《あい》されて、一万《まん》六千石《ごく》の大隈城主《おおくまじょうしゅ》だった後藤又兵衛《ごとうまたべえ》は、官兵衛《かんべえ》の子《こ》で福岡藩《ふくおかはん》のあるじ、黒田長政《くろだながまさ》にむほんの疑《うたが》いをかけられて、浪人《ろうにん》となっていたが、その名《な》をしたう六千の兵《へい》をひきつれて入城《にゅうじょう》した。

そのほか、豊前小倉《ぶぜんこくら》の毛利勝信《もうりかつのぶ》の子《こ》である毛利勝永《もうりかつなが》が四千をひきつれてきた。

さらには宇喜多秀家《うきたひでいえ》の家老《かろう》であり、三万《まん》三千石《ごく》のキリシタン大名《だいみょう》だった明石全登《あかしたけのり》が、徳川幕府《とくがわばくふ》に弾圧《だんあつ》されていたキリシタンの兵《へい》をふくめ、四千をつれて、大坂城《おおざかじょう》へ入《はい》った。

幸村《ゆきむら》のもとにあつまった兵《へい》は、信州《しんしゅう》からかけつけてきた家臣《かしん》たちをふくめて、三百人《にん》にすぎなかったが、徳川軍《とくがわぐん》を二度《ど》も破《やぶ》った真田昌幸《さなだまさゆき》の子《こ》で、秀吉《ひでよし》につかえて、従五位下左衛門佐《じゅごいげさえもんのすけ》という官《かん》位《い》をもっているということで、長宗我部盛親《ちょうそかべもりちか》、後藤又兵衛《ごとうまたべえ》、毛利勝永《もうりかつなが》、明石全登《あかしたけのり》らとならんで、「五人衆《にんしゅう》」のひとりとなった。

こうした「五人衆《にんしゅう》」のほかにも、君主《くんしゅ》の加藤嘉明《かとうよしあき》とけんか別《わか》れした、無双《むそう》の豪傑《ごうけつ》として名高《なだか》い、塙団右衛門《ばんだんえもん》らもいた。


――真田幸村《さなだゆきむら》が大坂城《おおざかじょう》へ入《はい》った。

その知《し》らせは、すぐに家康《いえやす》のもとへ届《とど》いた。

「なにっ。」

家康《いえやす》はあわてた。茶碗《ちゃわん》をもっていた手《て》が、思《おも》わずふるえた。

「それは、真田《さなだ》の親《おや》か、子《こ》か。」

側近《そっきん》がいった。

「親《おや》の真田昌幸《さなだまさゆき》は、すでに病死《びょうし》しておりまする。子《こ》の左衛門佐《さえもんのすけ》でござる。」

家康《いえやす》は、はっとした。

「そうであったな。わしとしたことが。昌幸《まさゆき》が大坂城《おおざかじょう》に入《はい》ったら、めんどうなことになると、つい思《おも》ってしまった。」

それから、顔《かお》をひきしめていった。

「息子《むすこ》の幸村《ゆきむら》か。あやつ、いかがいたそうか。」

すると、本多正信《ほんだまさのぶ》がいった。

「なにほどのこともありますまい。息子《むすこ》のほうは、父《ちち》のような機略《きりゃく》は、もちあわせておりませぬでしょう。」

家康《いえやす》は安心《あんしん》したようにうなずいた。

「そうであろうな。昌幸《まさゆき》ほどの知略《ちりゃく》や戦術《せんじゅつ》は、もちあわせておるまい。」

「いずれにせよ、大坂城《おおざかじょう》には、長宗我部盛親《ちょうそかべもりちか》ら、浪人《ろうにん》たちがぞくぞくとあつまり、おろかにも徳《とく》川幕府《がわばくふ》と戦《いくさ》をするかまえをしておりまする。」

家康《いえやす》は大《おお》きくうなずいて、うれしそうにいった。

「なによりじゃ。わしの思《おも》うとおりになってきた。これで、秀頼《ひでより》と大坂城《おおざかじょう》を攻《せ》めほろぼすことができる。」

よしよし、徳川《とくがわ》の天下《てんか》にさからう者《もの》たちは、みな大坂城《おおざかじょう》へあつまれ。これで、天下《てんか》とりの仕上《しあ》げができる。

このところ、七十三歳《さい》の高齢《こうれい》からか、風邪《かぜ》をひいて、元気《げんき》のなかった家康《いえやす》は、いっきょに若々《わかわか》しくなったようだった。

大坂城《おおざかじょう》にいる軍勢《ぐんぜい》は、大《おお》きく三つにわかれていた。

ひとつは、大野治長《おおのはるなが》や木村重成《きむらしげなり》などの、豊臣家《とよとみけ》につかえてきた譜代《ふだい》の武将《ぶしょう》たちであり、もうひとつは、秀吉《ひでよし》から命《めい》じられた、秀頼直属《ひでよりちょくぞく》の近衛兵《このえへい》たちだった。それにくわえて、腕《うで》に自信《じしん》のある浪人《ろうにん》たちの、三つの派《は》にわかれていた。

大坂城《おおざかじょう》で、さっそく軍議《ぐんぎ》がひらかれた。

総大将《そうだいしょう》の豊臣秀頼《とよとみひでより》があらわれて、正面上座《しょうめんかみざ》についた。右側《みぎがわ》には、譜代《ふだい》の武将《ぶしょう》たちや近衛兵《このえへい》がならび、左側《ひだりがわ》には、浪人《ろうにん》たちがならんだ。

幸村《ゆきむら》は、長宗我部盛親《ちょうそかべもりちか》、後藤又兵衛《ごとうまたべえ》、毛利勝永《もうりかつなが》、明石全登《あかしたけのり》ら「五人衆《にんしゅう》」のひとりとして、その場《ば》につめていた。

（あれが、二十二歳《さい》の秀頼《ひでより》か。）

はじめて見《み》るその姿《すがた》に、幸村《ゆきむら》は、太閤秀吉《たいこうひでよし》とのあまりのちがいを痛切《つうせつ》に感《かん》じた。秀頼《ひでより》には、秀《ひで》吉《よし》のもっていた、人《ひと》をつつみこむような、おおらかさがなかった。さらには、武将《ぶしょう》としてのすごみと気迫《きはく》が、少《すこ》しも感《かん》じられなかった。

(生《う》まれながらにして、天下人《てんかびと》の子《こ》とは、そういうものか。)

幸村《ゆきむら》は思《おも》った。

その顔《かお》は、淀君《よどぎみ》ら、女官《にょかん》たちにとりかこまれて育《そだ》ったせいか、いかにもやさしく、大軍《たいぐん》をひきいる総大将《そうだいしょう》の、たくましい風格《ふうかく》はなかった。

軍議《ぐんぎ》では、攻《せ》めてくる徳川軍《とくがわぐん》にたいして、いかに戦《たたか》うか、それが話《はな》しあわれたが、大野治長《おおのはるなが》がまず口《くち》をひらいた。

「いま城中《じょうちゅう》には、十万《まん》の兵《へい》がいる。武器《ぶき》、弾薬《だんやく》、兵糧《ひょうろう》もじゅうぶんにある。そして、この大坂城《おおざかじょう》は、太閤殿下《たいこうでんか》がきずかれた、難攻不落《なんこうふらく》の城《しろ》。ここに籠城《ろうじょう》して、徳川軍《とくがわぐん》をむかえうてば、そのうちに豊臣恩顧《とよとみおんこ》の大名《だいみょう》たちのなかから、こちら側《がわ》に寝返《ねがえ》る者《もの》が出《で》てこよう。」

その発言《はつげん》に、大坂城《おおざかじょう》の譜代《ふだい》の家臣《かしん》たちはうなずいた。

(なんと、おろかな。)

幸村《ゆきむら》は思《おも》った。

(いまさら、大坂方《おおざかがた》に寝返《ねがえ》るような大名《だいみょう》が出《で》てくるわけがない。)

あまりにも、いまの状況《じょうきょう》を知《し》らなすぎる治長《はるなが》のことばに、

「あいや、それがしは、そうは思《おも》いませぬ。」

と、幸村《ゆきむら》はいった。

「では、真田《さなだ》どのは、どう戦《たたか》うべきだといわれるのか。」

治長《はるなが》は不快《ふかい》そうにいった。

「城《しろ》から攻《せ》めて出《で》るべきだと考《かんが》えまする。」

幸村《ゆきむら》は、まわりを見《み》やって、しっかりした声《こえ》でいった。

「関東《かんとう》からの兵《へい》は、まだ京都《きょうと》にも達《たっ》しておりませぬ。そこで、われらはすぐに兵《へい》を山崎《やまざき》にまで進《すす》め、秀頼《ひでより》さまみずからが、天王山《てんのうざん》に金瓢《きんぴょう》の旗印《はたじるし》を立《た》てられるべきでしょう。そしてわたしと毛利《もうり》勝永《かつなが》どのが先鋒《せんぽう》となり、長宗我部《ちょうそかべ》どの、後藤《ごとう》どの、明石《あかし》どのがあとの兵《へい》をひきいて、伏見城《ふしみじょう》を攻《せ》めおとし、宇治《うじ》、瀬田《せた》の流《なが》れを前《まえ》に陣《じん》どって、寒中《かんちゅう》に水《みず》をわたってくる関東《かんとう》の兵《へい》を討《う》つのでござる。」

すぐに後藤又兵衛《ごとうまたべえ》が賛成《さんせい》した。

「それはよいお考《かんが》え。ぜひ、それがしに二万《まん》の兵《へい》をおあたえくだされ。真田《さなだ》どのとともに、先陣《せんじん》

をうけたまわろう。」

毛利勝永《もうりかつなが》も明石全登《あかしたけのり》も、大《おお》きくうなずいた。

しかし、木村重成《きむらしげなり》をのぞいて、譜代《ふだい》の家臣《かしん》たちはこまった顔《かお》をした。

「真田《さなだ》どのの戦略《せんりゃく》は、たしかに、一理《いちり》ござる。」

大野治長《おおのはるなが》がいった。

「されど、関ヶ原《せきがはら》の例《れい》もござる。徳川《とくがわ》の大軍相手《たいぐんあいて》に戦《いくさ》をして、もしも万一《まんいち》負《ま》けたなら、あとがござらぬ。ここは、敵《てき》を容易《ようい》に寄《よ》せつけない大坂城《おおざかじょう》に籠城《ろうじょう》して、戦《たたか》うのがよいかと存《ぞん》ずる。」

このことばに、秀頼《ひでより》がうなずいた。淀君《よどぎみ》がそれを強《つよ》くのぞんでいたからである。

こうして、籠城《ろうじょう》と決《き》まった。

「おろかな軍議《ぐんぎ》だ。最初《さいしょ》から、籠城《ろうじょう》という結論《けつろん》を、あやつらが決《き》めていたくせに、かっこうばかりつけおって。」

後藤又兵衛《ごとうまたべえ》は、本丸《ほんまる》の廊下《ろうか》を歩《ある》きながら、吐《は》き捨《す》てた。

「せっかくの幸村《ゆきむら》どのの作戦《さくせん》を、無視《むし》するとは。」

幸村《ゆきむら》はだまっていた。

(この大坂城《おおざかじょう》では、総大将《そうだいしょう》の秀頼《ひでより》はじめ、戦《いくさ》を知《し》らぬ者《もの》たちが、主導権《しゅどうけん》をにぎっているのだ。やむをえぬ。）

慶長《けいちょう》十九年《ねん》、十月《がつ》十一日《にち》、家康《いえやす》は駿府《すんぷ》を出《で》た。

そして、二十三日《にち》には、京都《きょうと》へ入《はい》った。公家《くげ》たちは、われさきにと、家康《いえやす》のもとへかけつけて、ご機嫌《きげん》うかがいをした。

第《だい》二代将軍《だいしょうぐん》の秀忠《ひでただ》も、十月《がつ》二十三日《にち》に、六万《まん》の軍勢《ぐんぜい》をひきつれて、江戸《えど》を発《た》って、東海道《とうかいどう》をつっ走《ぱし》った。

戦《いくさ》に、遅《おく》れまいぞ。

関《せき》ヶ原《がはら》のときには、上田城《うえだじょう》攻《ぜ》めに時間《じかん》をとられて、遅《おく》れてしまったという苦《にが》い思《おも》いから、秀忠《ひでただ》はひたすら軍勢《ぐんぜい》をいそがせた。しかし、無理《むり》をしすぎて、とちゅうで落伍者《らくごしゃ》が続出《ぞくしゅつ》し、隊形《たいけい》は乱《みだ》れるばかりだった。

十一月七日《がつなのか》、近江《おうみ》の永原《ながはら》についたとき、秀忠《ひでただ》は、家康《いえやす》から手紙《てがみ》でしかられた。

「おろかものめ。大軍《たいぐん》はそのように動《うご》かすものではない。まだわからぬのか。」

十一月十日《がつとおか》、秀忠《ひでただ》は伏見城《ふしみじょう》に入《はい》った。

家康《いえやす》は、二条城《にじょうじょう》に秀忠《ひでただ》をよびつけて、重臣《じゅうしん》たちとともに、大坂《おおざか》攻《ぜ》めの軍議《ぐんぎ》をひらいた。

「十五日《にち》だな、開戦《かいせん》は。」

家康《いえやす》は決《き》めた。

こうして、十一月《がつ》十五日《にち》が、大坂城《おおざかじょう》に向《む》かって、出陣《しゅつじん》の日《ひ》と決《き》まった。

第《だい》十六章《しょう》　風雲《ふううん》、真田丸《さなだまる》

籠城《ろうじょう》と決《き》まったあと、幸村《ゆきむら》は、大坂城《おおざかじょう》を見《み》てまわった。

「さすがは太閤《たいこう》。」

幸村《ゆきむら》は感心《かんしん》した。

「じつに行《ゆ》き届《とど》いた城《しろ》づくり。みごとなものだ。」

北《きた》に淀川《よどがわ》、北東《ほくとう》に大和川《やまとがわ》、東《ひがし》に平野川《ひらのがわ》、西《にし》に木津川《きづがわ》と、大坂城《おおざかじょう》の三方《さんぽう》は天然《てんねん》の要害《ようがい》である川《かわ》に守《まも》られていた。そのうえ、二《に》の丸《まる》と三《さん》の丸《まる》の堀《ほり》は幅《はば》四十間《けん》（約《やく》七十二メートル）もあり、深《ふか》さも四間《けん》（約《やく》七・二メートル）あった。

「これなら、かんたんには落《お》ちぬ。」

しかし、一か所《しょ》だけ、弱点《じゃくてん》があった。

幸村《ゆきむら》は、そこに目《め》をつけた。

城《しろ》の南方《なんぽう》には、少《すこ》しの坂《さか》があるばかりで、台地《だいち》がつづき、これといった天然《てんねん》の要害《ようがい》は見《み》あたらなかった。

そこには、もうしわけのように惣構《そうがま》えがつくられていた。水《みず》のない堀《ほり》と土手《どて》をきずき、塀《へい》、やぐらなどが、三里半《りはん》（約《やく》十二・二キロメートル）にわたっている。

「ここに死角《しかく》がある。きっと徳川《とくがわ》はここを攻《せ》めてくる。」

幸村《ゆきむら》は思《おも》った。

「よし、ここに、出丸《でまる》をつくろう。惣構《そうがま》えの堀《ほり》の外《そと》に、もうひとつ、出丸《でまる》をつくるのだ。大坂城《おおざかじょう》を守《まも》る砦《とりで》の外《そと》に、もうひとつの出丸《でまる》があれば、城《しろ》を容易《ようい》に攻《せ》めることができなくなる。」

幸村《ゆきむら》は、大野治長《おおのはるなが》に告《つ》げた。

「平野口《ひらのぐち》に、出丸《でまる》をつくりましょう。」

「出丸《でまる》を？」

治長《はるなが》はたずねた。

「あそこには、惣構《そうがま》えがあるはずだが……。」

「いや、その外《そと》に、もうひとつ、念《ねん》のために、出丸《でまる》をきずくのでござる。」

幸村《ゆきむら》は力強《ちからづよ》くいった。

「それがしが、そこを守《まも》り、徳川《とくがわ》をしりぞけまする。」

それを聞《き》いて、治長《はるなが》は考《かんが》えた。

真田《さなだ》は城《しろ》の外《そと》へ出《で》て戦《たたか》うというのか。そのほうがいいかもしれぬ。

治長《はるなが》は、幸村《ゆきむら》を大坂城《おおざかじょう》へ呼《よ》んだものの、心《こころ》のどこかで、幸村《ゆきむら》の本心《ほんしん》を疑《うたが》っていた。それというのも、沼田城《ぬまたじょう》の真田信幸《さなだのぶゆき》はじめ、真田一族《さなだいちぞく》のほとんどが、徳川方《とくがわがた》についていたからである。

幸村《ゆきむら》も、いつ寝返《ねがえ》るかもしれぬ。

そう思《おも》っていた治長《はるなが》は、城《しろ》の外《そと》で幸村《ゆきむら》が戦《たたか》うという作戦《さくせん》に、少《すこ》し安心《あんしん》したのだ。

「わかりもうした。」

治長《はるなが》はうなずいた。真田《さなだ》のつくる出丸《でまる》には、徳川《とくがわ》に寝返《ねがえ》らないように、ぜひとも監視役《かんしやく》をつけねばならぬな。

そういった治長《はるなが》の表情《ひょうじょう》を読《よ》みとり、幸村《ゆきむら》は思《おも》った。

(城《しろ》のなかでみょうに疑《うたが》われるよりは、外《そと》で思《おも》い切《き》り戦《たたか》う。それが、わたしには向《む》いている。)

世《よ》に名高《なだか》い、真田丸《さなだまる》が完成《かんせい》したのは、ちょうど秀忠《ひでただ》の大軍《たいぐん》が近江《おうみ》を通過《つうか》したときだった。

それは大坂城二《おおざかじょうに》の丸《まる》、西南門《せいなんもん》の南方《なんぽう》にあたる高台《たかだい》の畑地《はたち》にもうけられた。

真田丸《さなだまる》は惣構《そうがま》えの外《そと》に飛《と》びだすようになっていて、東西《とうざい》に長《なが》く、南北《なんぼく》に短《みじか》く、ほぼ半円形《はんえんけい》になっていた。周囲《しゅうい》に塀《へい》と柵《さく》をこしらえ、逆茂木《さかもぎ》を植《う》えた柵《さく》の外《そと》には、さらに空堀《からぼり》がめぐらせてあった。空堀《からぼり》のなかには二重《じゅう》の柵《さく》が打《う》たれ、銃眼《じゅうがん》が一間《けん》ごとにあけてある。幅《はば》七尺《しゃく》（約《やく》二百十二センチ）の武者走《むしゃばし》りがあり、矢倉《やぐら》ごとに連絡《れんらく》できるようになっていた。

「できあがりましたな、父上《ちちうえ》。」

大助《だいすけ》はよろこんだ。

「うむ。これで、家康《いえやす》を追《お》いはらうのだ。」

幸村《ゆきむら》は、この真田丸《さなだまる》に、五千の兵《へい》を入《い》れて、徳川軍《とくがわぐん》を待《ま》ちかまえることにした。

真田丸《さなだまる》の近《ちか》くには、篠山《ささやま》という丘《おか》があった。

ここに、幸村《ゆきむら》は、九度山《くどやま》からつれてきた猟師《りょうし》の一隊《たい》と、三好兄弟《みよしきょうだい》や根津甚八《ねづじんぱち》、海野六郎《うんのろくろう》らをおいた。

しかし、この真田丸《さなだまる》について、大坂城《おおざかじょう》ではあらぬうわさが立《た》った。

「真田《さなだ》は、南《みなみ》にきずいた真田丸《さなだまる》から、家康軍《いえやすぐん》をひきいれようとしているのではないのか。」

上田城《うえだじょう》の真田一族《さなだいちぞく》はじめ、多《おお》くが家康軍《いえやすぐん》についていたこともあり、うわさは、大坂城内《おおざかじょうない》にまたたくまに、ひろまった。

もともと幸村《ゆきむら》にたいして、疑《うたが》いをもっていた大野治長《おおのはるなが》は、不安《ふあん》になった。そして、後藤又兵衛《ごとうまたべえ》に、そのうわさについて、たずねた。

「真田《さなだ》どのについて、このようなうわさがござるが、どう思《おも》われるかな。」

「おろかな。」

後藤又兵衛《ごとうまたべえ》は、じろりと治長《はるなが》をにらみつけた。

「真田《さなだ》どのは、そのような方《かた》ではござらぬ。そのような、おろかなうわさ、大将《たいしょう》の秀頼《ひでより》ぎみにつたわらないようにしなくてはなりませぬぞ。」

そのことばに、治長《はるなが》は顔《かお》を真《ま》っ赤《か》にして、恥《は》じいった。


徳川軍《とくがわぐん》は、家康《いえやす》が三万《まん》の兵《へい》をひきつれて、茶臼山《ちゃうすやま》に陣《じん》どり、秀忠《ひでただ》が二万《まん》の兵《へい》をひきつれて、岡《おか》山《やま》に陣《じん》どった。

伊達政宗《だてまさむね》、前田利常《まえだとしつね》、上杉景勝《うえすぎかげかつ》、鍋島勝茂《なべしまかつしげ》、島津家久《しまづいえひさ》と、全国《ぜんこく》の東西《とうざい》の大名《だいみょう》たち、あわせて二十万《まん》の大軍《たいぐん》が大坂城《おおざかじょう》をとりかこんだ。

十八日《にち》の朝《あさ》、家康《いえやす》と秀忠《ひでただ》は茶臼山《ちゃうすやま》で一里《り》先《さき》の大坂城《おおざかじょう》をながめながら、作戦会議《さくせんかいぎ》をひらいた。

「大坂城《おおざかじょう》は、天下《てんか》の堅城《けんじょう》。いそいで無理《むり》に攻《せ》めるのは禁物《きんもつ》じゃ。じっくりと攻《せ》める、持久戦《じきゅうせん》でいこう。」

家康《いえやす》はいった。

しかし、大坂城《おおざかじょう》の東西南北《とうざいなんぼく》をかこむ、第一線《だいせん》の部隊《ぶたい》では、いまや戦《たたか》いの火《ひ》ぶたが切《き》られようとしていた。

十一月《がつ》十九日《にち》、戦《たたか》いがはじまった。

穢多崎《えたがさき》の戦《たたか》い、今福《いまふく》、鴫野《しぎの》の戦《たたか》いと、徳川方《とくがわがた》と大坂方《おおざかがた》とがぶつかった。

後藤又兵衛《ごとうまたべえ》や木村重成《きむらしげなり》らのめざましい活躍《かつやく》はあったが、徳川軍《とくがわぐん》はじりじりと大坂城《おおざかじょう》に攻《せ》めよせ、包囲網《ほういもう》をせばめてきた。

十二月《がつ》に入《はい》ると、真田丸《さなだまる》にも、大軍《たいぐん》が近《ちか》づいてきた。

前面《ぜんめん》には、加賀《かが》の前田利常《まえだとしつね》が一万《まん》二千の兵《へい》をひきいて陣《じん》をはった。そこから西《にし》へ、彦根《ひこね》の井伊《いい》直孝《なおたか》が四千の兵《へい》、さらに西《にし》には越前《えちぜん》の松平忠直《まつだいらただなお》が一万《まん》の兵《へい》をひきつれて、陣《じん》をはった。

「きたな、やつら。」

幸村《ゆきむら》はうなずいた。

まず、幸村《ゆきむら》は、篠山《ささやま》にいる猟師部隊《りょうしぶたい》と海野六郎《うんのろくろう》らに命《めい》じて、前田軍《まえだぐん》に鉄砲《てっぽう》を撃《う》ちこませた。猟《りょう》師《し》たちの射撃《しゃげき》はうまく、前田隊《まえだたい》では、毎日《まいにち》、五十人《にん》ほどが撃《う》たれていった。さらには、銃撃《じゅうげき》のあいだに、根津甚八《ねづじんぱち》が弓矢《ゆみや》で兵《へい》たちをひとりずつ、射《い》ぬいていった。

「うぬ、真田《さなだ》め。われらをねらい撃《う》ちするか。」

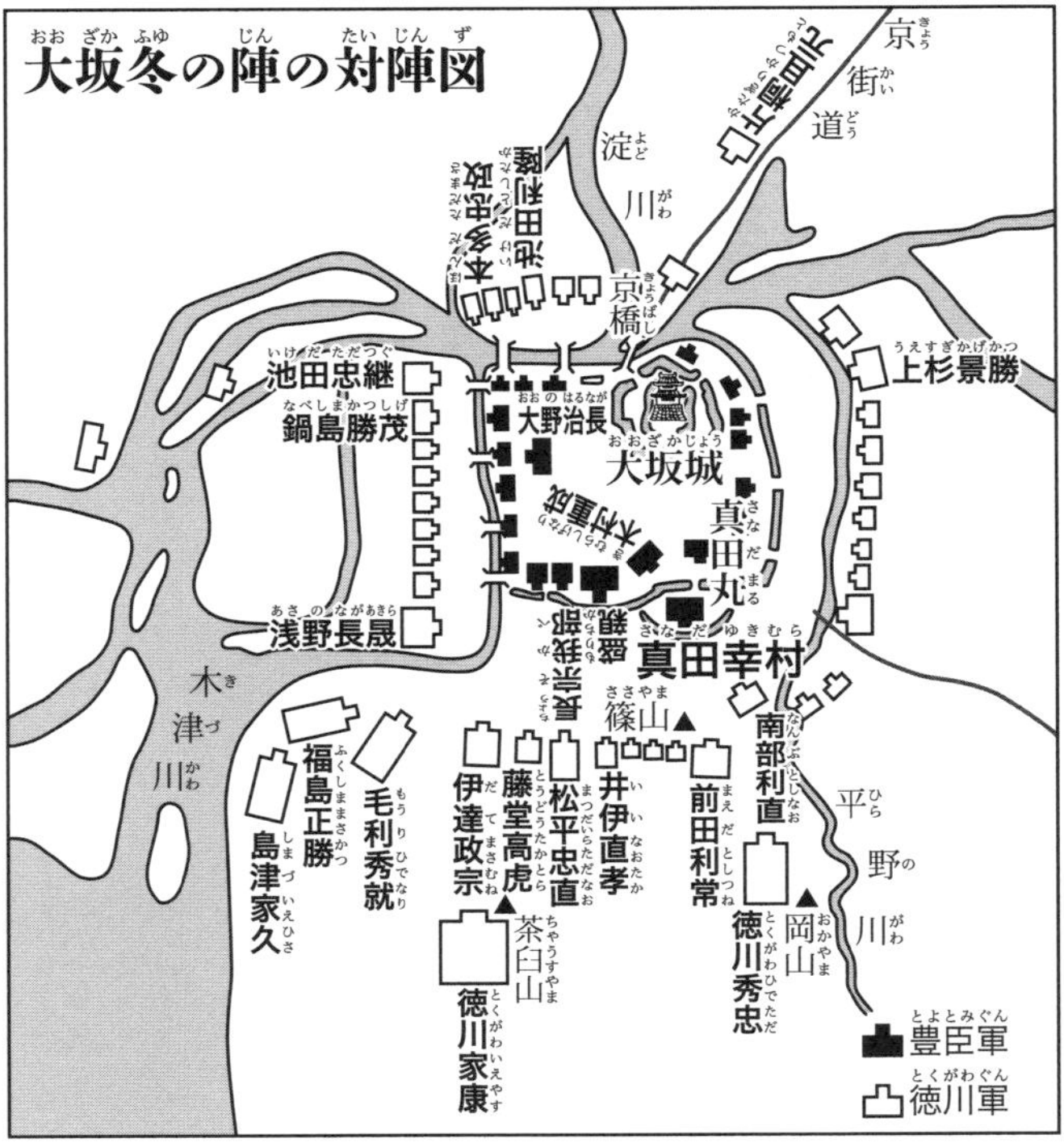

大坂冬《おおざかふゆ》の陣《じん》の対陣図《たいじんず》

前田隊《まえだたい》の武将《ぶしょう》たちはくやしがった。しかし、まだ真田丸《さなだまる》への攻撃命令《こうげきめいれい》が出《で》ていなかったために、戦《いくさ》をしかけることができず、歯噛《はが》みするしかなかった。

夜《よる》になると、幸村《ゆきむら》は真田丸《さなだまる》から、天空《てんくう》を見上《みあ》げた。

「われらの運命《うんめい》はいかに。」

幸村《ゆきむら》は、北十字星《きたじゅうじせい》や、天空《てんくう》にひろがる無数《むすう》の星《ほし》を見《み》つめて、思《おも》った。

そのとき、なつかしい声《こえ》がした。

「真田丸《さなだまる》のうしろの惣構《そうがま》えに、まむしがひそんでいる。」

（猿飛《さるとび》か。）

幸村《ゆきむら》は思《おも》った。

「まむし？」

「そうだ。まだおさないころのおまえをねらっていた、あのまむしのようなやつがいる。」

それから、声《こえ》は耳元《みみもと》でささやいた。

「まむしの名《な》は、藤堂高虎《とうどうたかとら》の手《て》の者《もの》で、浪人《ろうにん》のふりをしている南条元忠《なんじょうもとただ》。」

幸村《ゆきむら》はうなずいた。

（南条元忠《なんじょうもとただ》か。）

その名《な》は、真田丸《さなだまる》や幸村《ゆきむら》について、大坂城内《おおざかじょうない》で、なにかと、あらぬうわさを流《なが》している者《もの》だと、穴山小助《あなやまこすけ》がつたえてきていた。

（やはり、そやつが、徳川《とくがわ》のまわし者《もの》だったのか。）

声《こえ》はささやいた。

「そいつが、真田丸《さなだまる》の背後《はいご》の惣構《そうがま》えにある火薬桶《かやくおけ》に火《ひ》をつけて爆発《ばくはつ》させて、合図《あいず》をすることになっている。」

幸村《ゆきむら》はうなずいた。

(火薬庫《かやくこ》に火《ひ》をつけて、合図《あいず》か。よし、その作戦《さくせん》を逆手《さかて》にとってやろう。)

とっさに考《かんが》えると、

「かたじけない。」

と、幸村《ゆきむら》は感謝《かんしゃ》した。

「なんの。礼《れい》などいらぬ。どうも、おまえのことが気《き》になってな。」

そういうと、猿飛《さるとび》の気配《けはい》が消《き》えた。

真田丸《さなだまる》に前田軍《まえだぐん》が押《お》しよせてきたのは、十二月四日《がつよっか》のことだった。

「あの篠山《ささやま》をうばってしまえ。」

毎日《まいにち》、兵《へい》たちが鉄砲《てっぽう》に撃《う》たれ、矢《や》で射《い》ぬかれるのに腹《はら》を立《た》てていた本多政重《ほんだまさしげ》が、功《こう》をあせり、二千人《にん》をひきいて、十二月四日《がつよっか》の深夜《しんや》、午前《ごぜん》二時《じ》に、篠山《ささやま》へ向《む》かったのだ。

しかし、篠山《ささやま》にはすでにひとりもいなかった。

猿飛《さるとび》の知《し》らせで、幸村《ゆきむら》が猟師部隊《りょうしぶたい》をひきあげさせていたのだ。

「もぬけのからか。」

政重《まさしげ》はくやしがった。

「ええい。ならば、あの出丸《でまる》まで、進《すす》め。」

政重《まさしげ》の一隊《いったい》は、真田丸《さなだまる》へと近《ちか》づいていった。

「幸村《ゆきむら》さま、敵《てき》がきました。」

物見《ものみ》の兵《へい》から知《し》らせがくると、幸村《ゆきむら》はうなずいた。

「よしよし、きたな。」

幸村《ゆきむら》の読《よ》みどおりだった。

まずは篠山《ささやま》から銃撃《じゅうげき》し、敵《てき》をいらだたせる。怒《おこ》らせて、篠山《ささやま》にさそいこむ。そこに兵《へい》がいないことを知《し》った敵《てき》は、真田丸《さなだまる》へ近《ちか》づいてくる。真田丸《さなだまる》の空堀《からぼり》へ、敵《てき》をさそいこんで、ねらい撃《う》つ。

それが幸村《ゆきむら》の戦略《せんりゃく》だった。

「よいか。」

幸村《ゆきむら》は全軍《ぜんぐん》にいった。

「わたしが命《めい》じるまでは、一発《いっぱつ》も撃《う》つな。声《こえ》もたてるでない。」

政重隊《まさしげたい》が真田丸《さなだまる》の空堀《からぼり》に入《はい》ったとき、幸村《ゆきむら》は命《めい》じた。

「撃《う》てっ！」

銃眼《じゅうがん》からいっせいに鉄砲《てっぽう》が撃《う》たれ、空堀《からぼり》のなかに入《はい》っていた政重隊《まさしげたい》はばたばたと撃《う》たれていった。

「しまった。」

「わなだったのか。」

政重《まさしげ》の兵《へい》たちはうろたえた。

「なんだ、あの銃声《じゅうせい》は。」

真田丸《さなだまる》の方角《ほうがく》からひびいてくる銃声《じゅうせい》を聞《き》いて、前田隊《まえだたい》の武将《ぶしょう》たちは、あわてた。

「さては、本多政重《ほんだまさしげ》がぬけがけをしたかっ。」

武将《ぶしょう》たちは、遅《おく》れてはならぬと、われさきに、真田丸《さなだまる》へ押《お》しかけた。しかし、一万《まん》の前田隊《まえだたい》は、大軍《たいぐん》のほとんどが真田丸《さなだまる》の空堀《からぼり》の底《そこ》に落《お》ちて、そこで右往左往《うおうさおう》してしまい、鉄砲《てっぽう》のえじきになるばかりだった。

このとき、真田丸《さなだまる》の西後方《にしこうほう》の惣構《そうがま》えで、火薬桶《かやくおけ》が爆発《ばくはつ》した。

松平忠直《まつだいらただなお》や井伊直孝《いいなおたか》らの部隊《ぶたい》は、それを聞《き》くと、

「よし、内応《ないおう》している南条元忠《なんじょうもとただ》が火《ひ》をかけたぞ。」

と、いっせいに攻《せ》めよせた。

しかし、これは、内応者《ないおうしゃ》のことを猿飛《さるとび》に教《おし》えられた幸村《ゆきむら》が、うらぎり者《もの》を処刑《しょけい》したあと、三好《みよし》兄弟《きょうだい》に命《めい》じて、別《べつ》の爆薬《ばくやく》をしかけたものだった。

てっきり元忠《もとただ》の合図《あいず》と思《おも》いこんだ徳川軍《とくがわぐん》は、先陣《せんじん》の功名《こうみょう》をあせって、惣構《そうがま》えのせまい空堀《からぼり》へ押《お》しよせた。

しかし、各軍《かくぐん》がひしめきあうように攻《せ》めたてたので、惣構《そうがま》えの空堀《からぼり》のなかで、押《お》しあいへしあいして、大混乱《だいこんらん》になってしまった。そこをつかれ、正面《しょうめん》からは、幸村《ゆきむら》の子《こ》である真田大助《さなだだいすけ》らに攻《こう》撃《げき》され、側面《そくめん》からは、真田丸《さなだまる》の幸村隊《ゆきむらたい》に攻撃《こうげき》され、徳川《とくがわ》の各軍《かくぐん》は、死傷者《ししょうしゃ》が続出《ぞくしゅつ》した。

三好兄弟《みよしきょうだい》や根津甚八《ねづじんぱち》、海野六郎《うんのろくろう》らが前面《ぜんめん》に立《た》ち、火薬《かやく》と鉄砲《てっぽう》、弓矢《ゆみや》で、徳川軍《とくがわぐん》の兵《へい》たちにおそいかかった。

真田丸《さなだまる》を攻《せ》めにいって、前田隊《まえだたい》や井伊隊《いいたい》、松平隊《まつだいらたい》が返《かえ》り討《う》ちを浴《あ》びている。

それを聞《き》いた秀忠《ひでただ》は激怒《げきど》した。

「なに、またも真田《さなだ》にやられたか。」

統制《とうせい》がとれないまま、多《おお》くの兵《へい》たちがせまい城《しろ》ぎわへ押《お》しよせていき、そこで手痛《ていた》い反撃《はんげき》をくらう。それは、まさしく秀忠《ひでただ》が上田城《うえだじょう》攻《ぜ》めで味《あじ》わった屈辱《くつじょく》だった。

「ええい、ひけっ!」

秀忠《ひでただ》は兵《へい》をひかせようとしたが、前線《ぜんせん》の兵《へい》たちは敵《てき》の銃弾《じゅうだん》をおそれると同時《どうじ》に、いったん攻《せ》めはじめたという面目《めんもく》もあり、ひくにひけず、空堀《からぼり》に、はいつくばって、動《うご》くことができなかった。そこを、ようしゃなく真田軍《さなだぐん》の銃弾《じゅうだん》がおそった。

茶臼山《ちゃうすやま》の家康《いえやす》も、怒《おこ》って命《めい》じた。

「兵《へい》をひかぬかっ！」

何度《なんど》も、軍使《ぐんし》がかけつけて、ようやく午後《ごご》三時《じ》ごろに、井伊隊《いいたい》がひき、松平隊《まつだいらたい》もひくことができた。

井伊《いい》と松平隊《まつだいらたい》は、戦死者《せんししゃ》が五百にのぼり、そのほか前田隊《まえだたい》をふくめて、一万《まん》ともいわれるほどの死者《ししゃ》が出《で》た。

——真田強《さなだつよ》し、真田《さなだ》おそるべし。

そのことばが、徳川軍《とくがわぐん》のなかをかけめぐった。

少《すく》ない兵《へい》で、二度《ど》も、徳川《とくがわ》の大軍《たいぐん》をしりぞけ、打《う》ちやぶった真田一族《さなだいちぞく》のことを、あらためて全《ぜん》軍《ぐん》が思《おも》い知《し》らされたのだ。

——父《ちち》の昌幸《まさゆき》だけではない。息子《むすこ》の幸村《ゆきむら》も、おそろしく、戦《いくさ》じょうずだ。

家康《いえやす》は本多正純《ほんだまさずみ》に命《めい》じて、ひそかに、幸村《ゆきむら》に文《ふみ》をおくった。

「わが味方《みかた》になるのなら、信濃《しなの》一国《こく》をあたえよう。」

信濃《しなの》四十万石《まんごく》の大名《だいみょう》にとりたてようというのだ。それは兄《あに》の信幸《のぶゆき》の十二万石《まんごく》よりもはるかに大《おお》きな領土《りょうど》だった。

だが、幸村《ゆきむら》は文《ふみ》をひきさいた。

（おろかな。わたしを見《み》そこなうな。）

もはや、幸村《ゆきむら》の心《こころ》はさだまっていた。

（天下人《てんかびと》、家康《いえやす》と戦《たたか》う。その首《くび》をとり、天下《てんか》のゆくえを、真田一族《さなだいちぞく》が左右《さゆう》するのだ。）

それこそは父昌幸《ちちまさゆき》ののぞみだった。そして、いまや幸村《ゆきむら》のはたすべき宿命《しゅくめい》となっていたのだ。

第《だい》十七章《しょう》　かりそめの和議《わぎ》

「やはり、まともに攻《せ》めてはいかんな。」

真田丸《さなだまる》で徳川軍《とくがわぐん》がさんざん撃退《げきたい》されたことを聞《き》いて、家康《いえやす》の気持《きも》ちは、さらに和睦《わぼく》へとかたむいていった。

もともと家康《いえやす》は、大坂城《おおざかじょう》を無理攻《むりぜ》めする気《き》はなかった。

少《すこ》しずつ包囲網《ほういもう》をせばめてきてはいたが、秀吉《ひでよし》がきずきあげた難攻不落《なんこうふらく》の城《しろ》を、それほどたやすく攻《せ》めおとせるとは、はじめから考《かんが》えていなかったのである。ただし、それを攻《せ》めおとす方法《ほうほう》が、ひとつだけあることを、家康《いえやす》は知《し》っていた。

それは、秀吉自身《ひでよしじしん》が全盛《ぜんせい》のころに、もらしたひとことにあった。

家康《いえやす》はそれを忘《わす》れなかったのだ。

「よいか。わしがつくりあげたこの大坂城《おおざかじょう》は、たとえ何十万《なんじゅうまん》の大軍《たいぐん》で攻《せ》めても、たやすくは落《お》ちぬ。」

秀吉《ひでよし》は、居《い》ならぶ大名《だいみょう》たちに向《む》かって、自慢《じまん》げにいった。

「しかし、この城《しろ》を落《お》とす方法《ほうほう》はひとつだけある。それはな、大軍《たいぐん》で包囲《ほうい》して、城内《じょうない》の糧食《りょうしょく》がつきるのを待《ま》つことじゃ。しかし、それではあまりにときがかかりすぎる。だから、いったん、和睦《わぼく》するのじゃ。そして堀《ほり》をすべて、埋《う》めてしまう。そのあと、ふたたび攻《せ》めれば、この城《しろ》は落《お》ちよう。」

まさか、この城《しろ》が攻《せ》められるとは、そのころ秀吉《ひでよし》は考《かんが》えてもいなかった。

だから、つい、ぽろりと、その秘策《ひさく》をもらしてしまったのだが、そのことばは、家康《いえやす》の胸《むね》にしっかりときざまれてしまったのである。

「そろそろ、和睦《わぼく》するとしようか。」

家康《いえやす》は、本多正純《ほんだまさずみ》にその交渉《こうしょう》を命《めい》じた。正純《まさずみ》は、城中《じょうちゅう》にいる織田有楽斎《おだうらくさい》を通《つう》じて、大野治長《おおのはるなが》にはたらきかけた。さらに、淀君《よどぎみ》の妹《いもうと》で、京極高次《きょうごくたかつぐ》の未亡人《みぼうじん》である常高院《じょうこういん》を動《うご》かして、淀君《よどぎみ》へと話《はなし》を進《すす》めた。

一方《いっぽう》で、和議《わぎ》を交渉《こうしょう》しながらも、家康《いえやす》は、もう一方《いっぽう》で、攻撃《こうげき》の手《て》をゆるめなかった。

十二月中旬《がつちゅうじゅん》から、カルバリン砲《ほう》という、千五百メートル遠《とお》くの的《まと》をも命中《めいちゅう》させるというオランダの大砲《たいほう》をはじめ、三百門《もん》におよぶ大砲《たいほう》を、四日間《よっかかん》にわたって、昼夜《ちゅうや》かまわずに撃《う》ちつづけさせた。

「撃《う》て、撃《う》て、撃《う》ちつづけよ。」

大坂城《おおざかじょう》の本丸《ほんまる》と天守閣《てんしゅかく》を砲撃《ほうげき》させつづけたのだ。

この砲撃《ほうげき》が、功《こう》を奏《そう》した。

「さようか。淀《よど》は、そのときは、そこにおるのじゃな。」

豊臣家《とよとみけ》をうらぎって、家康《いえやす》のもとへ走《はし》った、かつての重臣《じゅうしん》である片桐且元《かたぎりかつもと》により、淀君《よどぎみ》の日《ひ》ごろの行動《こうどう》を知《し》ると、家康《いえやす》は、淀君《よどぎみ》のいる場所《ばしょ》と時間《じかん》をねらって、カルバリン砲《ほう》を撃《う》たせた。

淀君《よどぎみ》が、ちょうど天守閣《てんしゅかく》にのぼったときだった。

轟音《ごうおん》をたてて、カルバリン砲《ほう》の弾丸《だんがん》が飛《と》んできて、天守閣《てんしゅかく》の二層《そう》めの柱《はしら》にあたり、そばにいた淀君《よどぎみ》の侍女《じじょ》ふたりが、悲鳴《ひめい》とともに、吹《ふ》きとんだのだ。

「おそろしや。なんということじゃ。」

それまで強気一点《つよきいってん》ばりだった淀君《よどぎみ》は、すっかりおびえてしまった。

「秀頼《ひでより》の命《いのち》を守《まも》るためなら、わらわが人質《ひとじち》になってもよいから、和議《わぎ》じゃ。」

こうして、大坂方《おおざかがた》は、和議《わぎ》をのぞむようになった。

「おろかなことを。」

幸村《ゆきむら》や又兵衛《またべえ》たち浪人《ろうにん》の五人衆《にんしゅう》は、こぞって大反対《だいはんたい》した。

「いま、ここで和議《わぎ》など、もってのほか。」

しかし、大野治長《おおのはるなが》らの気持《きも》ちは和議《わぎ》にかたむいていた。

「和議《わぎ》しか、あるまい。」

なによりも、淀君《よどぎみ》の意向《いこう》を無視《むし》することができなかったのである。

それに、もうひとつの理由《りゆう》があった。和議《わぎ》をして、時間《じかん》をかせいでいれば、事態《じたい》は好転《こうてん》するかもしれない。いま七十四歳《さい》という高齢《こうれい》の家康《いえやす》は、もうそれほどの余命《よめい》はないだろう。もしも家康《いえやす》が死《し》んだなら、状況《じょうきょう》は一変《いっぺん》する。大坂城《おおざかじょう》の秀頼《ひでより》のもとに、大名《だいみょう》たちがふたたびあつまってくるであろう。

淀君《よどぎみ》や治長《はるなが》たちは、そう考《かんが》えたのだ。


十二月《がつ》十八日《にち》、茶臼山《ちゃうすやま》の西《にし》、京極忠高《きょうごくただたか》の陣《じん》で、和議《わぎ》の交渉《こうしょう》がおこなわれた。大坂方《おおざかがた》からは常高院《じょうこういん》、家康側《いえやすがわ》からは本多忠純《ほんだただずみ》が出席《しゅっせき》した。家康《いえやす》の出《だ》した和議《わぎ》の条件《じょうけん》は、大坂方《おおざかがた》にとって、それをのむのは、むずかしくなかった。

――大坂城《おおざかじょう》は、本丸《ほんまる》だけのこし、二《に》の丸《まる》、三《さん》の丸《まる》はとりこわし、外堀《そとぼり》は埋《う》める。

——淀君《よどぎみ》が人質《ひとじち》となることはない。ただし、大野治長《おおのはるなが》、織田有楽斎《おだうらくさい》から人質《ひとじち》を出《だ》す。

——籠城中《ろうじょうちゅう》の譜代《ふだい》の武士《ぶし》、および浪人《ろうにん》たちは、なんのおとがめもない。

「そのような条件《じょうけん》なら、よい。」

人質《ひとじち》となって江戸《えど》へ行《い》かされることをおそれていた淀君《よどぎみ》は、胸《むね》をなでおろした。

この三条件《じょうけん》には、口約束《くちやくそく》の条件《じょうけん》がついていた。そして、それこそが、家康《いえやす》がねらっていたものだった。

——惣構《そうがま》えや外堀《そとぼり》のとりこわしは、徳川方《とくがわがた》でおこなうが、二《に》の丸《まる》、三《さん》の丸《まる》のとりこわしは城方《しろかた》にておこなう。

大坂城《おおざかじょう》の守《まも》りにおいて、もっともたいせつなのは、二《に》の丸《まる》の深《ふか》い堀《ほり》だった。

太閤秀吉《たいこうひでよし》がぽろりともらしたひとこと、「堀《ほり》を埋《う》めれば、大坂城《おおざかじょう》を攻《せ》めおとせる。」ということばを現実《げんじつ》のものとさせるために、家康《いえやす》は、城方《しろかた》が反対《はんたい》しないように、たくみな口約束《くちやくそく》の条件《じょうけん》をつけたのだ。

「なに、二《に》の丸《まる》のとりこわしは、われらにまかせるというのか。」

大坂方《おおざかがた》はそのことに安心《あんしん》した。

「二《に》の丸《まる》は、われらでとりこわせるのだ。それならば、いくらでも手加減《てかげん》できるし、時間《じかん》もかせげる。」

治長《はるなが》たちをそう思《おも》わせたところに、家康《いえやす》の深《ふか》いたくらみがひそんでいた。

あくる十九日《にち》、和議《わぎ》は内々《ないない》に成《な》った。

そして二十日《はつか》には、淀君《よどぎみ》をおそれさせた大砲《たいほう》は鳴《な》りをひそめた。

「よかった。砲撃《ほうげき》がやみました。」

大坂城《おおざかじょう》の女《おんな》たちは胸《むね》をなでおろした。

幸村《ゆきむら》は思《おも》った。

「和議《わぎ》など、無意味《むいみ》だ。家康《いえやす》は、本気《ほんき》で豊臣家《とよとみけ》を存続《そんぞく》させるつもりはない。いずれ、また攻《せ》めよせてくる。その前《まえ》に、家康《いえやす》をおそってしまおう。」

このとき、幸村《ゆきむら》は、日《ひ》が暮《く》れたら、家康《いえやす》の本陣《ほんじん》を攻《せ》めようと決《き》めた。

(突撃《とつげき》しかない。家康《いえやす》の首《くび》をとれば、大坂方《おおざかがた》の勝利《しょうり》となる。)

幸村《ゆきむら》は、ひそかに三好兄弟《みよしきょうだい》や根津甚八《ねづじんぱち》、海野六郎《うんのろくろう》らの精鋭部隊《せいえいぶたい》に、茶臼山《ちゃうすやま》の家康本陣《いえやすほんじん》に向《む》かって、真田丸《さなだまる》から突撃《とつげき》させるべく、準備《じゅんび》をさせた。

（真田一族《さなだいちぞく》の、突進《とっしん》をうけてみよ、家康《いえやす》。）

ところが、その計画《けいかく》がどこからかもれて、大野治長《おおのはるなが》らに知《し》られてしまった。

「なりませぬぞ、幸村《ゆきむら》どの。」

真田丸《さなだまる》にやってくると、治長《はるなが》は血相《けっそう》を変《か》えて、猛反対《もうはんたい》した。

「せっかく成《な》ろうとしている和議《わぎ》を、そこもとは、ぶちこわされるおつもりか。」

「そのようなこと、幸村《ゆきむら》、いたしませぬ。」

幸村《ゆきむら》はそういって、治長《はるなが》を安心《あんしん》させて、城《しろ》へ帰《かえ》した。

だが、幸村《ゆきむら》は、奇襲《きしゅう》をあきらめてはいなかった。

（和議《わぎ》に油断《ゆだん》している家康陣《いえやすじん》を、夜討《ようち》して、家康《いえやす》の首《くび》をとるのだ。そうすれば、この戦《いくさ》、大坂方《おおざかがた》の勝《か》ちになる。）

しかし、猿飛《さるとび》から、知《し》らせがきた。家康《いえやす》の本陣《ほんじん》が、びっしりと、油断《ゆだん》なく守《まも》られているというのだ。

（さすがは、家康《いえやす》。いま、奇襲《きしゅう》しても、むだか。）

幸村《ゆきむら》は、天《てん》をあおいだ。

「これで、豊臣家《とよとみけ》もいよいよ最期《さいご》か。」

大助《だいすけ》はふんがいした。

「父上《ちちうえ》、真田丸《さなだまる》もとりこわされるのですか。」

幸村《ゆきむら》はくちびるを嚙《か》みしめた。

「家康《いえやす》め、見《み》せかけの和議《わぎ》で、ごまかそうとするとはな。」

「では、家康《いえやす》は、本気《ほんき》で大坂方《おおざかがた》と和睦《わぼく》しようとは思《おも》っていないといわれるのですか。」

幸村《ゆきむら》はうなずいた。

「家康《いえやす》は、大坂城《おおざかじょう》がじゃまなのだ。それが存在《そんざい》するかぎり、天下《てんか》は完全《かんぜん》にはおさまらぬと考《かんが》えておる。だから、大坂城《おおざかじょう》が燃《も》え落《お》ちるまでは、家康《いえやす》は手《て》をゆるめまい。」

大助《だいすけ》はいった。

「それがわかっているのに、大野治長《おおのはるなが》さまや淀君《よどぎみ》は、和睦《わぼく》をすすめられるのですか。」

幸村《ゆきむら》はため息《いき》をついた。

「治長《はるなが》も、淀《よど》の方《かた》も、家康《いえやす》のおそろしさがわかってはおらぬのだ。」

幸村《ゆきむら》は空《そら》をあおいだ。

「家康《いえやす》は、待《ま》つことのできる男《おとこ》だ。そのときがくるまでは、しんぼう強《づよ》く、がまんできる男《おとこ》だ。

考《かんが》えてもみよ。あのわがままな織田信長《おだのぶなが》にがまんし、あの太閤秀吉《たいこうひでよし》にも、ひたすらがまんしてきたのだぞ。自分《じぶん》が天下《てんか》をにぎるまではと、ずっとがまんしてきて、今度《こんど》は、大坂城《おおざかじょう》をほろぼすまで、少《すこ》しだけ、がまんしようというのだ。」

「家康《いえやす》とは、そういう男《おとこ》ですか。」

「そうだ。かくなるうえは、いま一度《いちど》おこるであろう、戦《いくさ》の場《ば》で、家康《いえやす》を討《う》つしかない。」

幸村《ゆきむら》はいった。

「家康《いえやす》ひとりを討《う》てば、天下《てんか》はおおいに動《うご》く。そのときこそは……。」

幸村《ゆきむら》はつぶやいた。

祖父《そふ》と父《ちち》が夢見《ゆめみ》た、乾坤一擲《けんこんいってき》の勝負《しょうぶ》のときがくる。天下人《てんかびと》、家康《いえやす》の首《くび》をとれば、真田《さなだ》一族《いちぞく》にも、天下《てんか》をねらえるときがやってくる。

（そのときこそ、われら真田《さなだ》の力《ちから》を天下《てんか》に見《み》せつけるのだ。）

慶長《けいちょう》十九年《ねん》、十二月《がつ》二十二日《にち》、徳川《とくがわ》と豊臣《とよとみ》の和議《わぎ》が正式《せいしき》に発表《はっぴょう》された。

「やれやれじゃ。」

「これで、もう、関東《かんとう》との戦《いくさ》もありますまい。」

淀君《よどぎみ》たち、大坂城《おおざかじょう》の女《おんな》たちは、家康《いえやす》の本心《ほんしん》を知《し》らず、すなおによろこんだ。

徳川方《とくがわがた》によって、まっさきにとりこわされたのは、真田丸《さなだまる》だった。そして三日《みっか》めには、大坂城《おおざかじょう》の南方《なんぽう》の惣構《そうがま》えはすべてとりこわされてしまった。

とりこわしの最中《さいちゅう》、幸村《ゆきむら》は、敵方《てきがた》である真田信吉《さなだのぶよし》の陣中《じんちゅう》へ、おもむいた。兄《あに》の信幸《のぶゆき》が病《やまい》のために、二十歳《はたち》の信吉《のぶよし》が信州《しんしゅう》の真田家《さなだけ》をひきいて、徳川軍《とくがわぐん》にくわわっていたのだ。

「これは叔父上《おじうえ》、よくぞまいられました。」

兄《あに》のおもかげがある信吉《のぶよし》は、よろこんで、幸村《ゆきむら》をでむかえた。

「うむ。そなたと会《あ》ったのは、そなたがまだおさなきころであったが、いまやりっぱな大将《たいしょう》となったな。信州真田家《しんしゅうさなだけ》も安心《あんしん》じゃ。」

信吉《のぶよし》はいった。

「ありがとうございます。父《ちち》も、上田城《うえだじょう》で、九度山村《くどやまむら》の叔父上《おじうえ》はどうしているだろうと、よくいわれておりました。わたくしも、こたびは、叔父上《おじうえ》が敵《てき》ながら、よいはたらきをされたと感心《かんしん》しております。」

幸村《ゆきむら》は笑《わら》った。

それから、そばにひかえていた真田家《さなだけ》の老臣《ろうしん》たちに、いった。

「そなたたち、くれぐれも、兄《あに》とともに、真田家《さなだけ》の行《ゆ》く末《すえ》をたのむぞ。」

老臣《ろうしん》たちは涙《なみだ》を流《なが》した。

「幸村《ゆきむら》さまも、ごぶじで。」

幸村《ゆきむら》は涙《なみだ》をうかべて、その場《ば》を去《さ》った。


「ようし、にっくき、真田丸《さなだまる》も消《き》え失《う》せたか。」

真田丸《さなだまる》がとりこわされたことを確認《かくにん》すると、家康《いえやす》は、本多正純《ほんだまさずみ》をよんだ。

「よいか。外堀《そとぼり》を埋《う》める作業《さぎょう》が終《お》わったら、かまわぬから、二《に》の丸《まる》の堀《ほり》も、こちらで埋《う》めてしまえ。」

「二《に》の丸《まる》も、われらの手《て》で？」

「そうじゃ。ようしゃするな。」

正純《まさずみ》はうなずいた。

「はっ。おおせのとおりにいたしまする。」

家康《いえやす》は茶臼山《ちゃうすやま》から、京都《きょうと》の二条城《にじょうじょう》へひきあげた。

正純《まさずみ》は、大坂城《おおざかじょう》につたえた。

「当方《とうほう》で、外《そと》まわりの堀《ほり》を埋《う》めてしまいましたが、そちら側《がわ》の作業《さぎょう》がいっこうにはかどっていないご様子《ようす》。そちらがすまぬと、こちら側《がわ》の人夫《にんぷ》を国《くに》へ帰《かえ》せないので、われらが城方《しろかた》のお手伝《てつだ》いをさせていただく。」

と、申《もう》し入《い》れるや、有無《うむ》をいわさず、ただちに諸国《しょこく》の人夫《にんぷ》を動員《どういん》して、三《さん》の丸《まる》と二《に》の丸《まる》の堀《ほり》を、いっせいに埋《う》めはじめた。

「なにをするのか。」

「約束《やくそく》がちがうではないか。」

城方《しろかた》は怒《おこ》って、正純《まさずみ》に抗議《こうぎ》しようとした。だが、正純《まさずみ》は病気《びょうき》だといつわって、城方《しろかた》に会《あ》おうとしなかった。

「ええい、馬鹿《ばか》な。」

そこで、城方《しろかた》は、京都《きょうと》にいる、正純《まさずみ》の父《ちち》である本多正信《ほんだまさのぶ》に抗議《こうぎ》した。

「二《に》の丸《まる》は、城方《しろかた》で埋《う》めるはず。ところが、そちら側《がわ》が勝手《かって》に埋《う》めようとしておりますぞ。和議《わぎ》違反《いはん》ではありませぬか。」

「なんと。」

正信《まさのぶ》はおどろいたふりをした。

「いや、そうでござったか。あの、正純《まさずみ》のおろか者《もの》が、そのようなことをしているのですか。いや、お城《しろ》のかたがたのお怒《いか》りはごもっともでござる。さっそく、大御所《おおごしょ》さまに申《もう》しあげよう。」

正信《まさのぶ》はそう返事《へんじ》したが、埋《う》め立《た》て作業《さぎょう》はいっこうに止《と》まらなかった。

そうこうしているうちに、あくる元和元年《げんなかんねん》（一六一五年《ねん》）の正月《しょうがつ》二十四日《か》には、かんじんな二《に》の丸《まる》の堀《ほり》がすっかり埋《う》め立《た》てられてしまった。

「だまされた。」

「家康《いえやす》め。」

このときになって、大坂城《おおざかじょう》の治長《はるなが》らは、はじめて家康《いえやす》の意図《いと》がどこにあったか、思《おも》い知《し》らされたのである。

しかし、すべてはもはやあとの祭《まつ》りだった。

大坂城《おおざかじょう》は、二《に》の丸《まる》、三《さん》の丸《まる》の堀《ほり》を失《うしな》い、本丸《ほんまる》だけの、あわれな姿《すがた》となってしまったのである。

こうして、大坂冬《おおざかふゆ》の陣《じん》は終《お》わった。

家康《いえやす》は、和睦《わぼく》と同時《どうじ》にすばやく動《うご》いた。

近江《おうみ》の国友村《くにともむら》の鉄砲鍛冶《てっぽうかじ》をよびつけて、百五十匁筒《もんめづつ》十挺《ちょう》、百二十匁筒《もんめづつ》十挺《ちょう》、百匁筒《もんめづつ》十挺《ちょう》、さらに大量《たいりょう》の大砲《たいほう》の製造《せいぞう》を命《めい》じたのである。

「わしは、すでに七十四歳《さい》。一日《いちにち》も早《はや》く、豊臣家《とよとみけ》をほろぼしてしまわなくてはならぬ。」

駿府《すんぷ》にもどっていきながらも、家康《いえやす》の心《こころ》は、すでにつぎの大坂城攻《おおざかじょうぜ》めに、はやっていた。

一方《いっぽう》、大坂方《おおざかがた》も、負《ま》けてはいなかった。

休《やす》むことなく、つぎの戦《いくさ》の準備《じゅんび》をはじめていた。浪人《ろうにん》たちは去《さ》ろうとしなかったし、あらたに召《め》しかかえる浪人《ろうにん》はあとを断《た》たなかった。

「徳川《とくがわ》との決戦《けっせん》だ。」

城内《じょうない》は活気《かっき》にみちていた。埋《う》められた二《に》の丸《まる》の堀《ほり》も、ふたたび掘《ほ》りかえされたが、なかなかとのようにはならなかった。

大将《たいしょう》の秀頼《ひでより》は二十三歳《さい》で、見《み》かけは堂々《どうどう》としていたが、母《はは》の淀君《よどぎみ》のいうことをひたすら聞《き》くだけの、統率力《とうそつりょく》のまったくない若者《わかもの》だった。

そして、かつて秀吉《ひでよし》により、秀頼《ひでより》につけられていた七将《しちしょう》とよばれた隊長《たいちょう》らは、近衛兵《このえへい》ともいうべき存在《そんざい》だったが、戦《いくさ》を知《し》らない、口先《くちさき》ばかりの者《もの》たちだった。

かれらは、幸村《ゆきむら》や後藤又兵衛《ごとうまたべえ》らの浪人《ろうにん》たちの作戦《さくせん》を、

「いや、それはよくありませぬ。」

と、ことごとくしりぞけるばかりだった。

第《だい》十八章《しょう》　日本一《ひのもといち》の兵《つわもの》

元和元年《げんながんねん》、三月《がつ》十二日《にち》、大坂方《おおざかがた》の監視《かんし》にあたっていた板倉勝重《いたくらかつしげ》が、大坂城《おおざかじょう》では戦《いくさ》の準備《じゅんび》に余念《よねん》がないことを、駿府《すんぷ》の家康《いえやす》に報告《ほうこく》した。

「和議《わぎ》など無視《むし》して、かれらは、ちゃくちゃくと戦支度《いくさじたく》をしておりまする。」

家康《いえやす》はうなずいた。

「さようか。ならば、もはや大坂《おおざか》との和議《わぎ》は、なしじゃな。」

そういう家康《いえやす》の顔《かお》は、晴《は》ればれとしていた。

三月《がつ》二十四日《か》、戦《いくさ》をなんとかさけたいと願《ねが》う大野治長《おおのはるなが》が、弁明《べんめい》の使者《ししゃ》をおくってきたが、家康《いえやす》はうけつけなかった。

「へたないいわけをしおって。さて、いよいよ、たたきつぶすか。」

四月四日《がつよっか》、家康《いえやす》は全国《ぜんこく》の大名《だいみょう》たちに、大坂城攻《おおざかじょうぜ》めをうながしてから、駿府《すんぷ》をあとにした。

秀忠《ひでただ》は、七日《なのか》、江戸城《えどじょう》から出陣《しゅつじん》した。

十五万《まん》の大軍《たいぐん》で、家康《いえやす》が攻《せ》めよせてくる。

その知《し》らせをうけて、大坂城《おおざかじょう》では、四月《がつ》十三日《にち》に、軍議《ぐんぎ》がもたれた。

「幸村《ゆきむら》どのの作戦《さくせん》をうかがいたい。」

長宗我部盛親《ちょうそかべもりちか》から、発言《はつげん》をもとめられた幸村《ゆきむら》は、いった。

「二《に》の丸《まる》、三《さん》の丸《まる》の堀《ほり》がないいま、大坂城《おおざかじょう》に籠城《ろうじょう》することはかないませぬ。ただちに討《う》って出《で》ましょう。秀頼《ひでより》ぎみを先頭《せんとう》にして、伏見城《ふしみじょう》を攻《せ》めおとし、宇治勢多《うじせた》の橋《はし》を落《お》とし、天下《てんか》のあるじとして、洛中《らくちゅう》でまつりごとをおこなえば、末代《まつだい》までの名聞《めいぶん》となりましょう。」

しかし、秀頼《ひでより》を出陣《しゅつじん》させようという、幸村《ゆきむら》のことばに、大野治長《おおのはるなが》らが反対《はんたい》した。淀君《よどぎみ》がゆるすはずがないと思《おも》ったからだ。

「ならば、」

と、幸村《ゆきむら》はいった。

「五万《まん》五千の軍勢《ぐんぜい》を二手《ふたて》にわけて、秀頼《ひでより》ぎみの指揮《しき》で、家康《いえやす》・秀忠軍《ひでただぐん》に捨《す》て身《み》の突撃《とつげき》をかけましょう。」

幸村《ゆきむら》の胸《むね》には、織田信長《おだのぶなが》の桶狭間《おけはざま》の戦《いくさ》があった。

若《わか》き信長《のぶなが》はたった三千の兵《へい》で、二万《まん》五千の今川軍《いまがわぐん》に突入《とつにゅう》し、義元《よしもと》の首《くび》をあげて、圧倒的《あっとうてき》に不利《ふり》だといわれた戦《いくさ》を、奇跡的《きせきてき》な勝利《しょうり》にみちびいたのだ。

さらに、「肥前《ひぜん》の熊《くま》」とおそれられた龍造寺隆信《りゅうぞうじたかのぶ》は、五万《まん》七千の大軍《たいぐん》で、一万《まん》の有馬《ありま》・島津軍《しまづぐん》と戦《たたか》い、絶対的《ぜったいてき》に優勢《ゆうせい》だった。それにもかかわらず、島津勢《しまづぜい》に本陣《ほんじん》を急襲《きゅうしゅう》されて、あろうことか、隆信《たかのぶ》は首《くび》をとられてしまった。このことで、九州制覇《きゅうしゅうせいは》を目《め》の前《まえ》にしながら、龍造寺氏《りゅうぞうじし》はほろび去《さ》ったのである。

(そうだ。信長《のぶなが》のように戦《たたか》えば、勝《か》てる。)

幸村《ゆきむら》には確信《かくしん》があった。

(圧倒的《あっとうてき》な大軍《たいぐん》にたいして、少数《しょうすう》の兵《へい》が突進《とっしん》し、うまく大将《たいしょう》の首《くび》をとれば、戦《いくさ》は大逆転《だいぎゃくてん》するのだ。いまこそ、それをしなければならぬ。)

しかし、秀頼《ひでより》は出陣《しゅつじん》しなかった。淀君《よどぎみ》に泣《な》きつかれ、どうしても大坂城《おおざかじょう》をはなれられなかったのだ。

元和元年《げんなげんねん》、大坂夏《おおざかなつ》の陣《じん》が、四月《がつ》二十六日《にち》から、はじまった。

四月《がつ》二十八日《にち》、かつては信長《のぶなが》につかえていたこともある、豪傑《ごうけつ》として名《な》をはせた塙団右衛門《ばんだんえもん》は、先陣《せんじん》を切《き》って、岸和田城《きしわだじょう》へ突入《とつにゅう》した。だが、城門《じょうもん》を破《やぶ》ることができないまま、紀州《きしゅう》の浅野軍《あさのぐん》と激突《げきとつ》し、討《う》ち死《じ》にした。

五月六日《がつむいか》、後藤又兵衛《ごとうまたべえ》は、二千五百の兵《へい》をひきいて、道明寺《どうみょうじ》に陣《じん》をはっていた二万《まん》の伊達政宗《だてまさむね》軍《ぐん》につっこみ、三千挺《ちょう》の鉄砲《てっぽう》に撃《う》たれ、討《う》ち死《じ》にした。

この道明寺《どうみょうじ》の戦《いくさ》では、薄田兼相《すすきだかねすけ》といった名将《めいしょう》も戦死《せんし》した。

同じ日《おなひ》、木村重成《きむらしげなり》は八尾《やお》で藤堂高虎《とうどうたかとら》を打《う》ち破《やぶ》るも、つづく若江《わかえ》の戦《たたか》いで、井伊直孝《いいなおたか》ひきいる大《たい》軍《ぐん》に敗《やぶ》れ、討《う》ち死《じ》にした。

その日《ひ》、幸村《ゆきむら》の軍勢《ぐんぜい》は、赤一色《あかいっしょく》の軍装《ぐんそう》で統一《とういつ》されていた。旗《はた》も、のぼりも、指《さ》し物《もの》も、すべて赤《あか》だった。

かつて世《よ》におそれられていた信玄《しんげん》の「赤備え《あかぞな》」が、この日《ひ》、あざやかによみがえったようだった。

「どこだ、どこに家康《いえやす》はいるのだ。」

幸村《ゆきむら》は、忍《しの》びを使《つか》って、家康《いえやす》のいる場所《ばしょ》を調《しら》べさせたが、わからなかった。

そのため、やみくもに突入《とつにゅう》するのをやめて、しんがりとなって、各地《かくち》で戦《たたか》っていた大坂方《おおざかがた》の軍《ぐん》勢《ぜい》をまとめ、ひきあげさせることにした。赤備え《あかぞな》の真田勢《さなだぜい》は、十文字槍《じゅうもんじやり》をかかげる幸村《ゆきむら》の下知《げじ》にしたがい、一糸乱《いっしみだ》れることがなかった。

徳川軍《とくがわぐん》は、幸村《ゆきむら》をおそれ、遠《とお》まきにして、攻《せ》めてこなかった。

このとき、幸村《ゆきむら》は、胸《むね》をはった。

――関東勢《かんとうぜい》、百万《まん》も候《そうら》え、男《おとこ》は一人《いちにん》もなく候《そうろう》。

(なんだ、関東勢《かんとうぜい》は山《やま》ほども軍勢《ぐんぜい》がいるのに、わたしを止《と》めようとする、骨《ほね》のある武将《ぶしょう》はひとりもいないのか。)

そういって、幸村《ゆきむら》は、十二時間《じかん》にもおよんだ、すさまじい戦《いくさ》のしんがりを堂々《どうどう》とつとめ、大坂方《おおざかがた》の全軍《ぜんぐん》をぶじ、天王寺方面《てんのうじほうめん》まで撤退《てったい》させたのである。

同《おな》じその日《ひ》、大助《だいすけ》は、誉田《ほんだ》で伊達軍《だてぐん》の片倉重長《かたくらしげなが》と戦《たたか》い、敵将《てきしょう》とはげしい太刀打《たちう》ちをして、槍傷《やりきず》を負《お》いながらも、多《おお》くの首《くび》をとって、馬首《ばしゅ》につないだ。

その夜《よる》、茶臼山《ちゃうすやま》に陣《じん》をはった幸村《ゆきむら》は、星《ほし》を見《み》た。

北十字星《きたじゅうじせい》は、ふしぎな青《あお》い光《ひかり》で、いくどもまたたいた。まるで泣《な》いているかのようにまたたく星《ほし》が、幸村《ゆきむら》の胸《むね》にしみた。

幸村《ゆきむら》は、そのときがきたのを感《かん》じた。

「天《てん》には、ときがある。」

北十字星《きたじゅうじせい》を見《み》つめながら、幸村《ゆきむら》はつぶやいた。

「地《ち》にも、ときがある。生《い》きるにも、ときがあり、死《し》ぬにも、ときがある。そして、いまこそ、そのときだ。」

（死《し》ぬときがきた。）

幸村《ゆきむら》の胸《むね》を、みずからの生涯《しょうがい》の日々《ひび》、四十九年《ねん》の年月《ねんげつ》が流《なが》れていった。


あくる五月七日《がつなのか》。

幸村《ゆきむら》の姿《すがた》は、りりしかった。緋縅《ひおどし》の鎧《よろい》、鹿《しか》の角《つの》の前立《まえだ》てに白熊《はぐま》つきの兜《かぶと》をかぶり、河原毛《かわらげ》の愛《あい》馬《ば》に、六文銭《ろくもんせん》の紋《もん》を打《う》った金覆輪《きんぷくりん》の鞍《くら》をおき、紅《くれない》の厚総《あつぶさ》をかけていた。

幸村《ゆきむら》ひきいる軍勢《ぐんぜい》は、およそ五千あまりだった。

息子《むすこ》の大助《だいすけ》も、赤備《あかぞな》えの装備《そうび》で、茶臼山《ちゃうすやま》の東《ひがし》に陣《じん》どった。

視察《しさつ》にあらわれた大野治長《おおのはるなが》に、幸村《ゆきむら》はいった。

「秀頼《ひでより》ぎみが出陣《しゅつじん》されれば、士卒《しそつ》の意気《いき》が、おおいにあがりましょう。」

それは、幸村《ゆきむら》の最後《さいご》の賭《か》けだった。

こうすれば、勝《か》てるという、それは最後《さいご》のきわめつけの作戦《さくせん》だった。

「徳川方《とくがわがた》が、天満《てんま》・船場《せんば》へ攻《せ》めることはまずありませぬ。明石全登《あかしたけのり》を敵《てき》の後方《こうほう》へまわしてください。明石軍《あかしぐん》ののろしを合図《あいず》に、わたしが家康《いえやす》の本陣《ほんじん》をおそいます。そのときに、明石勢《あかしぜい》が家康《いえやす》の背後《はいご》をつけば、きっと勝《か》てます。」

治長《はるなが》はうなずいた。

「わかった。秀頼《ひでより》ぎみに申《もう》しあげよう。」

しかし、その顔《かお》には、秀頼出陣《ひでよりしゅつじん》はとうてい無理《むり》だという表情《ひょうじょう》がうかんでいた。そのうえ、幸村《ゆきむら》の本心《ほんしん》をまだ疑《うたが》っている様子《ようす》が見《み》られた。

正午近《しょうごちか》く、松平忠直《まつだいらただなお》の越前隊《えちぜんたい》が真田陣《さなだじん》にせまった。

このとき幸村《ゆきむら》は、越前《えちぜん》の大軍《たいぐん》と戦《たたか》っている大助《だいすけ》をよんだ。

「わが真田一族《さなだいちぞく》の多《おお》くが家康側《いえやすがわ》についているので、治長《はるなが》はまだわたしを疑《うたが》っている。おまえは、秀頼《ひでより》ぎみのもとへ行《い》き、父《ちち》の思《おも》いをつたえて、ぜひにも、出陣《しゅつじん》をうながせ。」

大助《だいすけ》は首《くび》をふった。

「いやです。城《しろ》へは行《い》きませぬ。今日《きょう》、父上《ちちうえ》は討《う》ち死《じ》にされるおつもりでしょう。去年《きょねん》、九度山《くどやま》村《むら》をはなれるとき、母上《ははうえ》がいわれました。父上《ちちうえ》からけっしてはなれてはならぬ、と。父上《ちちうえ》と同《おな》じ枕《まくら》で、討《う》ち死《じ》にせよ、と。父上《ちちうえ》が討《う》ち死《じ》にされたら、大助《だいすけ》もならんで、討《う》ち死《じ》にいたしまする。」

大助《だいすけ》は幸村《ゆきむら》の鎧《よろい》にすがって、泣《な》いた。

「よいか。大助《だいすけ》、わしと離《はな》れて、秀頼《ひでより》ぎみのもとへ行《い》くのも、忠孝《ちゅうこう》の道《みち》じゃ。」

幸村《ゆきむら》も涙《なみだ》をこらえるようにして、いった。

「大助《だいすけ》よ。死《し》なば、冥土《めいど》で逢《あ》おう。わが六文銭《ろくもんせん》は三途《さんず》の川《かわ》の旗印《はたじるし》じゃ。弓矢《きゅうし》の家《いえ》に生《う》まれた身《み》が、しばしの別《わか》れを悲《かな》しむな。」

きっぱりとした口調《くちょう》でそういうと、幸村《ゆきむら》は大助《だいすけ》の手《て》を、強《つよ》くふりはらった。

「行《い》け、大助《だいすけ》。秀頼《ひでより》ぎみの出陣《しゅつじん》をうながせ。」

大助《だいすけ》は泣《な》きながら、城《しろ》へ向《む》かった。

しかし、秀頼《ひでより》は出陣《しゅつじん》しなかった。

「やはり、秀頼《ひでより》ぎみは出陣《しゅつじん》されぬのか。」

茶臼山《ちゃうすやま》で、幸村《ゆきむら》は心《こころ》を決《き》めて、十文字槍《じゅうもんじやり》をかかげて、兵《へい》に告《つ》げた。

「みなの者《もの》、これよりわれらは出陣《しゅつじん》する。ねらいは、家康《いえやす》の首《くび》だけだ。その御首《おんくび》をとる。それ以《い》外《がい》には、目《め》もくれるな。いざ、出陣《しゅつじん》！」

幸村《ゆきむら》の下知《げじ》で、赤備《あかぞな》えの軍勢《ぐんぜい》三千が、家康《いえやす》の本陣《ほんじん》めがけて、突撃《とつげき》した。

まずは、正面《しょうめん》にいた松平忠直隊《まつだいらただなおたい》一万《まん》三千に、はげしい体当《たいあ》たりをくらわせた。そして、左右《さゆう》をかためる兵《へい》が討《う》ちとられ、みるみる軍勢《ぐんぜい》が細《ほそ》くなっていくのもかまわず、徳川軍《とくがわぐん》のなかに、するどい錐《きり》をもみこむように、前《まえ》へ、前《まえ》へと進撃《しんげき》していった。

一度《ど》、二度《ど》、三度《ど》。その突撃《とつげき》は、すさまじかった。

ついに、めざす家康本陣《いえやすほんじん》の先手《さきて》と衝突《しょうとつ》した。

「まさか。」

徳川《とくがわ》の旗本《はたもと》たちは、幸村隊《ゆきむらたい》のすさまじさに、手《て》もなく打《う》ち負《ま》かされ、大混乱《だいこんらん》におちいった。

「ひけっ。ひけっ。」

三里《り》ほども退却《たいきゃく》しつづけ、ようやく立《た》てなおした。

家康本陣《いえやすほんじん》は、三度《ど》も真田軍団《さなだぐんだん》に追《お》い立《た》てられ、ここに家康《いえやす》がいると示《しめ》す、馬印《うまじるし》も隠《かく》さなければならないほどになった。

「攻《せ》めよっ、攻《せ》めよっ！」

幸村《ゆきむら》の火《ひ》のような攻撃《こうげき》に、家康陣《いえやすじん》は総《そう》くずれした。

そのとき家康《いえやす》の側《がわ》にふみとどまっていた武将《ぶしょう》は、小栗忠左衛門《おぐりちゅうざえもん》ひとりだった。家康《いえやす》の旗頭《はたがしら》がたおれたのは、武田信玄《たけだしんげん》に敗北《はいぼく》した三方ヶ原《みかたがはら》以来《いらい》のことだった。

このときの様子《ようす》は、のちに「山下秘録《やましたひろく》」に、こうしるされている。

——真田《さなだ》は五月七日《がつなのか》の合戦《かっせん》にも、家康卿《いえやすきょう》の御旗本《おはたもと》さして、一文字《いちもんじ》に打《う》ちこむ。家康卿《いえやすきょう》の御馬印《おうまじるし》を臥《ふ》せさする事《こと》、異国《いこく》は知《し》らず、日本《ひのもと》には、ためしなき勇士也《ゆうしなり》。ふしぎなる弓取《ゆみと》り也《なり》。


「またも、真田《さなだ》か。」

家康《いえやす》は決死《けっし》の真田隊《さなだたい》に追《お》われ、必死《ひっし》で逃《に》げた。

一時《いちじ》は、絶望《ぜつぼう》して切腹《せっぷく》しようかと思《おも》うほど、追《お》いつめられたが、なんとか逃《に》げのびたのである。


「……無念《むねん》。逃《に》がしたか。」

幸村《ゆきむら》は、家康《いえやす》が本陣《ほんじん》から逃《のが》れたことを知《し》ると、

「もはや、これまで。」

と、みずからの死《し》をさとった。

「嵐《あらし》のなかで生《う》まれ、嵐《あらし》をしずめたわたしの生涯《しょうがい》が、いま終《お》わる。」

幸村《ゆきむら》は思《おも》った。

「わたしの死《し》とともに、戦国《せんごく》という大嵐《おおあらし》がしずまるのだ。」

午後《ごご》二時《じ》だった。

幸村《ゆきむら》は、押《お》しよせてきた徳川《とくがわ》の大軍《たいぐん》にかこまれた。

十文字槍《じゅうもんじやり》をたずさえてはいたが、もう、それをふるう気力《きりょく》は失《う》せていた。もはや全身傷《ぜんしんきず》だらけで、疲《つか》れはてていた。

「幸村《ゆきむら》だっ！」

徳川軍《とくがわぐん》がさけんだ。

「幸村《ゆきむら》がここにいるぞっ！」

大波《おおなみ》がおそうように、徳川《とくがわ》の兵《へい》たちが、馬上《ばじょう》の幸村《ゆきむら》をおそってきた。

その大波《おおなみ》のなかで、幸村《ゆきむら》はしずかに目《め》をとじた。

「…………」

まぶたの向《む》こうで、北十字星《きたじゅうじせい》が、青《あお》くまたたいた。

（おじいさま、父上《ちちうえ》。幸村《ゆきむら》は、真田一族《さなだいちぞく》による天下《てんか》とりをめざしましたが、思《おも》いをはたせず、死《し》んでいきまする……。）

幸村《ゆきむら》の目《め》から、涙《なみだ》がひとしずくこぼれ落《お》ちた。

このとき、幸村《ゆきむら》は四十九歳《さい》だった。

「なんという、つわものか。」

幕府軍《ばくふぐん》にくわわっていた薩摩《さつま》の島津忠恒《しまづただつね》は、幸村《ゆきむら》のすさまじい突撃《とつげき》と、そのはなばなしくも、壮絶《そうぜつ》な最期《さいご》を目《め》にして、感激《かんげき》した。

「まさしく日本一《ひのもといち》だ。」

忠恒《ただつね》は薩摩藩《さつまはん》の家中《かちゅう》にあてた文《ふみ》で、こう書《か》きしるした。

——御所様《ごしょさま》(家康《いえやす》)の御陣《ごじん》へ、真田左衛門佐《さなださえもんのすけ》仕《し》かかり候《そうらい》て、御陣衆《ごじんしゅう》追《お》ひちらし、討《う》ちとり申《もう》し候《そうろう》。御陣衆《ごじんしゅう》、三里《り》ほどずつ逃《に》げ候衆《そうろうしゅう》は、皆々《みなみな》生《い》きのこられ候《そうろう》。三度《ど》めに真田《さなだ》も討《う》ち死《じ》ににて候《そうろう》、真田日本一《さなだひのもといち》の兵《つわもの》、いにしえよりの物語《ものがたり》にもこれなき由《よし》。

(家康《いえやす》の陣《じん》へ、真田幸村《さなだゆきむら》は攻《せ》めかかって、本陣《ほんじん》を守《まも》る徳川勢《とくがわぜい》を追《お》いちらし、討《う》ちとった。本陣《ほんじん》の兵《へい》は、そのあと三里《り》ほど逃《に》げて、なんとかぶじだったが、真田幸村《さなだゆきむら》は三度《ど》めの攻撃《こうげき》で、討《う》ち死《じ》にしてしまった。真田《さなだ》こそは日本一《ひのもといち》の兵《つわもの》だ。むかしからのいいつたえにも、これほどの武勇《ぶゆう》はないであろう……。)

この最後《さいご》の戦《いくさ》で、真田《さなだ》一族《いちぞく》の譜代《ふだい》の家臣《かしん》である百四十五名《めい》も、長《なが》いあいだ真田《さなだ》につかえてきた草《くさ》の者《もの》だった、穴山小助《あなやまこすけ》も、由利鎌之助《ゆりかまのすけ》も、三好兄弟《みよしきょうだい》も、根津甚八《ねづじんぱち》も、海野六郎《うんのろくろう》らも、みな討《う》ち死《じ》にしていった。

のちに、大坂方将兵《おおざかがたしょうへい》の首《くび》が数《かぞ》えられたが、その数《かず》はあわせて、一万《まん》四千五百三十と、いわれている。

幸村《ゆきむら》が死《し》んだあと、徳川軍《とくがわぐん》はここぞと、全軍《ぜんぐん》をあげて、大坂城《おおざかじょう》を攻《せ》めたてた。その猛攻《もうこう》により、大坂城《おおざかじょう》は炎《ほのお》につつまれて、焼《や》けおちていった。

秀頼《ひでより》は、家康《いえやす》の孫娘《まごむすめ》であり、自分《じぶん》の妻《つま》だった千姫《せんひめ》を解放《かいほう》した。そして、淀君《よどぎみ》とともに大坂城本《おおざかじょうほん》丸《まる》を脱出《だっしゅつ》し、山里曲輪《やまざとくるわ》に身《み》をひそめた。

「なにとぞ、命《いのち》だけは。」

秀頼《ひでより》と淀君《よどぎみ》の助命《じょめい》をこう文《ふみ》を、大野治長《おおのはるなが》は家康《いえやす》におくった。

しかし、家康《いえやす》は首《くび》をふった。

「ならぬ。切腹《せっぷく》せよ。」

それを聞《き》き、もはや逃《に》げ道《みち》はないと、秀頼《ひでより》と淀君《よどぎみ》は自害《じがい》した。つきそっていた大野治長《おおのはるなが》ら近臣《きんしん》

も自害《じがい》した。最後《さいご》まで、秀頼《ひでより》につきそっていた大助《だいすけ》も、白《しろ》い数珠《じゅず》を首《くび》にかけ、ひざ鎧《よろい》をつけたまま、

「父上《ちちうえ》、おそばにまいります。」

とさけんで、切腹《せっぷく》した。

「嵐《あらし》の男《おとこ》よ。」

戦《いくさ》がすべて終《お》わった夜《よる》、幸村《ゆきむら》が死《し》んだ戦場《せんじょう》に、猿飛《さるとび》はぽつんと立《た》っていた。はげしかった戦闘《せんとう》の、ほら貝《がい》のひびきと、突進《とっしん》していく兵《へい》たちの喊声《かんせい》、鉄砲《てっぽう》の音《おと》などが、いまはうそのように、しずまりかえっていた。

夜空《よぞら》には、幸村《ゆきむら》の愛《あい》した北十字星《きたじゅうじせい》をはじめ、びっしりとすきまなく、星々《ほしぼし》が美《うつく》しい光《ひかり》でかがやいていた。

「ふしぎなる弓取《ゆみと》り、真田幸村《さなだゆきむら》よ。」

猿飛《さるとび》は、しわだらけの顔《かお》に、涙《なみだ》をうかべて、つぶやいた。

「ついに、おまえも星《ほし》となったか……。」

そのつぶやく声《こえ》は、血《ち》なまぐさい戦場《せんじょう》を吹《ふ》きすぎていく風《かぜ》のようにひびき、やがて消《き》えていっ

た。

「ようやく、天下《てんか》がおさまったな。」

家康《いえやす》は満足《まんぞく》だった。

自分《じぶん》がまだ元気《げんき》で生《い》きているうちに、目《め》ざわりでならなかった豊臣家《とよとみけ》を完全《かんぜん》にほろぼして、もはや、だれにもじゃまされない徳川《とくがわ》の天下《てんか》をきずきあげたのだ。

「これでよい。がまんをかさねてきたが、ようやく、これで戦国《せんごく》の世《よ》は終《お》わる。」

家康《いえやす》は、大坂城《おおざかじょう》を、あとかたもないほどに破壊《はかい》しつくした。そして、大坂《おおざか》に入《はい》っていた浪人《ろうにん》たちの残党狩《ざんとうが》りをおこない、処刑《しょけい》した。逃《に》げていた長宗我部盛親《ちょうそかべもりちか》も、秀頼《ひでより》の子《こ》、国松《くにまつ》も処刑《しょけい》された。

大坂夏《おおざかなつ》の陣《じん》が終《お》わったあくる元和《げんな》二年《ねん》（一六一六年《ねん》）、三月《がつ》二十七日《にち》、家康《いえやす》は太政大臣《だいじょうだいじん》となった。

そして、四月《がつ》十七日《にち》、秀忠《ひでただ》らの見《み》まもるなか、やすらかなおもざしで、息《いき》をひきとっていった。七十五歳《さい》だった。

こうして、徳川幕府《とくがわばくふ》の支配《しはい》する世《よ》が、のちに二百五十年《ねん》ものあいだ、明治維新《めいじいしん》までつづくことになったのである。

幸村《ゆきむら》の兄《あに》、信幸《のぶゆき》の真田家《さなだけ》は、元和《げんな》八年《ねん》（一六二二年《ねん》）にはこれまでの信州《しんしゅう》と上州《じょうしゅう》の領地《りょうち》から、川中島《かわなかじま》の松代藩《まつしろはん》へうつった。信幸《のぶゆき》は、松代藩《まつしろはん》十三万石《まんごく》の大名《だいみょう》として、九十三歳《さい》まで生《い》きのびた。

そして、松代藩《まつしろはん》は明治維新《めいじいしん》の世《よ》までつづいた。

終《お》わり

真田幸村《さなだゆきむら》の年表《ねんぴょう》

※年齢《ねんれい》は数《かぞ》え年《どし》です。

年《ねん》代《だい》		真田幸村《さなだゆきむら》のできごと	世《よ》の中《なか》のうごき
1567（永禄《えいろく》10）	1歳《さい》	幸村《ゆきむら》、武田家《たけだけ》の足軽大将《あしがるだいしょう》の真田昌幸《さなだまさゆき》（当時《とうじ》の名《な》は武藤喜兵衛《むとうきへえ》）の次男《じなん》として甲斐《かい》の国《くに》（山梨県《やまなしけん》）甲府《こうふ》で生《う》まれる。幼名《ようみょう》を弁丸《べんまる》、別名《べつめい》・信繁《のぶしげ》という。	
1572（元亀《げんき》3）	6歳《さい》	父《ちち》・昌幸《まさゆき》が武田信玄《たけだしんげん》にしたがい、甲府《こうふ》を出発《しゅっぱつ》し西《にし》へ向《む》かう。	
			1573年《ねん》　武田信玄《たけだしんげん》が死《し》ぬ。
1574（天正《てんしょう》2）	8歳《さい》	祖父《そふ》の幸隆《ゆきたか》が死《し》ぬ。幸隆《ゆきたか》の長男《ちょうなん》の信綱《のぶつな》が真田家《さなだけ》を継《つ》ぐ。	
1575（天正《てんしょう》3）	9歳《さい》	長篠《ながしの》の戦《たたか》いで信綱《のぶつな》が戦死《せんし》したため、父《ちち》・昌幸《まさゆき》が真田家《さなだけ》を継《つ》ぐ。	
			1578年《ねん》　上杉謙信《うえすぎけんしん》が死《し》ぬ。
1580（天正《てんしょう》8）	14歳《さい》	戸石城《といしじょう》、岩櫃城《いわびつじょう》、沼田城《ぬまたじょう》を手《て》に入《い》れ、二万石《まんごく》の武将《ぶしょう》となる。	
1582（天正《てんしょう》10）	16歳《さい》	4月《がつ》、昌幸《まさゆき》が織田信長《おだのぶなが》につかえるが、信長《のぶなが》が死《し》んだため、7月《がつ》、北条氏《ほうじょうし》に降参《こうさん》する。その後《ご》、9月《がつ》には徳川《とくがわ》の配下《はいか》に入《はい》る。	1582年《ねん》　本能寺《ほんのうじ》の変《へん》で、織田信長《おだのぶなが》が死《し》ぬ。
1583（天正《てんしょう》11）	17歳《さい》	昌幸《まさゆき》が上田城《うえだじょう》をきずき始《はじ》める。	

1585（天正《てんしょう》13）	19歳《さい》	7月《がつ》、幸村《ゆきむら》が人質《ひとじち》として春日山城《かすがやまじょう》に行《い》く。 8月《がつ》、昌幸《まさゆき》、信幸《のぶゆき》（幸村《ゆきむら》の兄《あに》）父子《ふし》が、上田城《うえだじょう》をめがけて攻《せ》めてきた徳川《とくがわ》の大軍《たいぐん》を神川《かんがわ》でやぶる。	1585年《ねん》 豊臣秀吉《とよとみひでよし》が関白《かんぱく》となる。
1586（天正《てんしょう》14）	20歳《さい》	昌幸《まさゆき》、沼田城《ぬまたじょう》を攻《せ》めてきた北条軍《ほうじょうぐん》をやぶる。 幸村《ゆきむら》、人質《ひとじち》として豊臣秀吉《とよとみひでよし》のいる大坂《おおざか》へ行《い》く。 信幸《のぶゆき》、人質《ひとじち》として駿府《すんぷ》の家康《いえやす》のもとへ行《い》く。後《のち》に、家康《いえやす》の手配《てはい》で、本多忠勝《ほんだただかつ》の娘《むすめ》、稲姫《いなひめ》と婚姻《こんいん》。 幸村《ゆきむら》、秀吉《ひでよし》の手配《てはい》で、大谷吉継《おおたによしつぐ》の娘《むすめ》、小夜姫《さよひめ》と仮祝言《かりしゅうげん》をおこなう。	
			1588年《ねん》 秀吉《ひでよし》の刀狩《かたなが》りはじまる。
1590（天正《てんしょう》18）	24歳《さい》	昌幸《まさゆき》、信幸《のぶゆき》、幸村父子《ゆきむらふし》が、秀吉《ひでよし》の小田原征伐《おだわらせいばつ》に加《くわ》わる。 小田原平定後《おだわらへいていご》、秀吉《ひでよし》により、真田家《さなだけ》は上田城《うえだじょう》を本城《ほんじょう》に、戸石《といし》、岩櫃《いわびつ》、沼田《ぬまた》などの城《しろ》をもつ、三万《まん》八千石《せんごく》の大名《だいみょう》となることを保障《ほしょう》される。	1590年《ねん》 秀吉《ひでよし》の小田《おだ》原征伐《わらせいばつ》がはじまる。
			1592年《ねん》 文禄《ぶんろく》の役《えき》おきる。秀吉《ひでよし》が朝鮮出兵《ちょうせんしゅっぺい》。
1594（文禄《ぶんろく》3）	28歳《さい》	幸村《ゆきむら》が、従五位下左衛門佐《じゅごいげさえもんのすけ》に任《にん》ぜられ、豊臣《とよとみ》の姓《せい》を名《な》のる。 小夜姫《さよひめ》と婚姻《こんいん》の式《しき》をあげる。	

年《ねん》代《だい》	真田幸村《さなだゆきむら》のできごと		世《よ》の中《なか》のうごき
			1597年《ねん》 慶長《けいちょう》の役《えき》。二度《ど》目《め》の朝鮮出兵《ちょうせんしゅっぺい》。
			1598年《ねん》 秀吉《ひでよし》が死《し》ぬ。
			1599年《ねん》 徳川家康《とくがわいえやす》、伏見城《ふしみじょう》から大坂城《おおざかじょう》へうつる。天下《てんか》の実権《じっけん》を握《にぎ》り始《はじ》める。
1600（慶長《けいちょう》5）	34歳《さい》	昌幸《まさゆき》、幸村《ゆきむら》が豊臣方《とよとみがた》、信幸《のぶゆき》が徳川方《とくがわがた》に分《わ》かれてつくことを父子《ふし》で決《き》める。そのまま関ヶ原《せきがはら》で西軍《せいぐん》（石田三成《いしだみつなり》の豊臣方《とよとみがた》）と東軍《とうぐん》（徳川家康方《とくがわいえやすがた》）に分《わ》かれて戦《たたか》う。 昌幸《まさゆき》、幸村《ゆきむら》は徳川秀忠軍《とくがわひでただぐん》を上田城《うえだじょう》でくいとめるなど力《ちから》を発揮《はっき》するが、結果《けっか》としては西軍《せいぐん》が敗《やぶ》れたので、上田城《うえだじょう》をあけわたして高野山《こうやさん》へ流罪《るざい》となる。 12月《がつ》、高野山《こうやさん》の登《のぼ》り口《ぐち》にあたる九度山村《くどやまむら》へ移《うつ》る。一帯《いったい》は真田屋敷《さなだやしき》とよばれ、以後《いご》14年《ねん》にわたり、住《す》みつづける。	1600年《ねん》 関ヶ原《せきがはら》の戦《たたか》い。

1602（慶長《けいちょう》7）	36歳《さい》	幸村《ゆきむら》の子《こ》、大助《だいすけ》が生《う》まれる。（1601〜1603年《ねん》の諸説《しょせつ》あり。）	
			1603年《ねん》 家康《いえやす》、征夷《せいい》大将軍《たいしょうぐん》となる。
1611（慶長《けいちょう》16）	45歳《さい》	昌幸《まさゆき》、九度山村《くどやまむら》で67歳《さい》で病死《びょうし》する。	
1614（慶長《けいちょう》19）	48歳《さい》	10月《がつ》、幸村《ゆきむら》、豊臣方《とよとみがた》に招《まね》かれて、大助《だいすけ》とともに大坂城《おおざかじょう》に入る。大坂城外《おおざかじょうがい》に真田丸《さなだまる》を作《つく》る。 12月《がつ》、徳川方《とくがわがた》が真田丸《さなだまる》に攻《せ》め込《こ》むが大敗《たいはい》する。徳川軍《とくがわぐん》は幸村《ゆきむら》を味方《みかた》にするためにとりたてようとするが、失敗《しっぱい》する。 その後《ご》、徳川軍《とくがわぐん》と豊臣軍《とよとみぐん》の和議《わぎ》が成立《せいりつ》する（大坂冬《おおざかふゆ》の陣《じん》終《お》わる）。家康《いえやす》は大坂城《おおざかじょう》の二《に》の丸《まる》、三《さん》の丸《まる》、真田丸《さなだまる》をこわしてしまう。	
1615（元和元年《げんながんねん》）	49歳《さい》	4月《がつ》、家康《いえやす》、ふたたび大坂城《おおざかじょう》に攻《せ》め込《こ》む。大坂城《おおざかじょう》に残《のこ》っていた豊臣軍《とよとみぐん》も応戦《おうせん》し、大坂夏《おおざかなつ》の陣《じん》はじまる。 5月《がつ》、幸村《ゆきむら》は家康《いえやす》の本陣《ほんじん》に突撃《とつげき》するも、あと一歩《いっぽ》のところで及《およ》ばず、家康本陣《いえやすほんじん》で戦死《せんし》。大助《だいすけ》も大坂城《おおざかじょう》で死《し》ぬ。	1615年《ねん》 大坂夏《おおざかなつ》の陣《じん》で豊臣秀頼《とよとみひでより》が死《し》に、豊臣氏《とよとみし》が滅亡《めつぼう》する。武家《ぶけ》諸法度《しょはっと》・禁中並公家諸法度《きんちゅうならびにくげしょはっと》が制定《せいてい》される。
			1616年《ねん》 家康《いえやす》が死《し》ぬ。

＊著者紹介

小沢章友《おざわあきとも》

1949年、佐賀県生まれ。早稲田大学政経学部卒業。『遊民爺さん』（小学館文庫）で開高健賞奨励賞受賞。おもな作品に『三国志』（全７巻）、『飛べ！　龍馬』『織田信長－炎の生涯－』『豊臣秀吉－天下の夢－』『徳川家康－天下太平－』『黒田官兵衛－天下一の軍師－』『武田信玄と上杉謙信』『大決戦！　関ヶ原』『徳川四天王』『西郷隆盛』『伊達政宗－奥羽の王、独眼竜－』『西遊記』『明智光秀－美しき知将－』『渋沢栄一　日本資本主義の父』『北条義時　武士の世を開いた男』（以上、青い鳥文庫）、『三島転生』（ポプラ社）、『龍之介怪奇譚』（双葉社）などがある。

＊画家紹介

流石《さすが》　景《けい》

1981年、青森県生まれ。東洋美術学校卒業。2007年『FIND NEW WAY!』で第79回週刊少年マガジン新人漫画賞入選をはたし、「マガジンSPECIAL」2008年No.1において同作でデビュー。現在、週刊少年マガジンで『ドメスティックな彼女』を連載中。代表作に『GE～グッドエンディング～』（全16巻）がある。

講談社　青い鳥文庫

真田《さなだ》幸村《ゆきむら》
——風雲《ふううん》！　真田丸《さなだまる》——　戦国《せんごく》武将《ぶしょう》物語《ものがたり》
小沢《おざわ》章友《あきとも》

2015年11月15日　第１刷発行
2023年２月16日　第10刷発行

（定価はカバーに表示してあります。）

発行者　鈴木章一
発行所　株式会社講談社
東京都文京区音羽2-12-21　郵便番号112-8001
電話　編集（03）5395-3536
販売（03）5395-3625
業務（03）5395-3615

N.D.C.913　282p　18cm

装　丁　久住和代
印　刷　図書印刷株式会社
製　本　図書印刷株式会社
本文データ制作　講談社デジタル製作

KODANSHA

ISBN978-4-06-285526-6

戦国武将物語

豊臣秀吉

天下の夢

小沢章友／作　棚橋なもしろ／絵

「ここではない。自分《じぶん》がいるべきところは、ここではない。」幼《おさな》いころから、そう思《おも》い続《つづ》けていた秀吉《ひでよし》は、自《じ》分《ぶん》の居場所《いばしょ》を探《さが》して生《う》まれた村《むら》を飛《と》び出《だ》します。苦労《くろう》して各地《かくち》を転々《てんてん》としながら、いろいろな知恵《ちえ》・力《ちから》を手《て》に入《い》れた秀吉《ひでよし》は、やがて「武士《ぶし》になりたい」という夢《ゆめ》を持《も》ちます。貧《まず》しい農家《のうか》に生《う》まれた秀吉《ひでよし》が駆《か》け抜《ぬ》けた、天下《てんか》とりへの道《みち》を描《えが》いた物語《ものがたり》です！

戦国武将物語

徳川家康

天下太平

小沢章友／作
棚橋なもしろ／絵

—がまんだ。この世《よ》は思《おも》いどおりにならないことばかりだ。だから、がまんするのだ。そうしていれば、いつか道《みち》はひらける。」—。幼《おさな》くして母《はは》と生《い》き別《わか》れ、人質《ひとじち》として苦労《くろう》した少年時代《しょうねんじだい》から、家康《いえやす》はその信念《しんねん》をつらぬいてきた。信長《のぶなが》、秀吉《ひでよし》とも互角《ごかく》に渡《わた》り合《あ》い、戦国時代《せんごくじだい》を終《お》わらせ、260 年続《ねんつづ》く太平《たいへい》の時代《じだい》、江戸時代《えどじだい》のいしずえをきずいた家康《いえやす》の生涯《しょうがい》とは!?